실크로드의 땅,
중앙아시아의 평원에서

7시가 되자 게이트가 열렸다 … 기내 창가쪽 자리에 앉
아 밖을 내다보니 그동안 여행하며 보았던 잊을 수 없는
풍경들이 눈앞에 펼쳐졌다.

인간이 망가뜨린 아랄해, 뜨거운 햇살 아래 아지랑이가
피어오르던 키질쿰사막, 해발 3,163m에서 바라본 웅장
한 천산산맥의 줄기, 거대한 괴물이 살고 있다는 파란
이식쿨호수와 그 너머로 보이던 만년설을 간직한 산맥
그리고 러시아에서 본 바이칼 … 바이칼 알혼 섬의 정보
센터에 붙어있던 글귀.
‘ Think Like Baikal ’
최고수심이 1,600m에 이르며 수십 개의 물줄기가 호수
로 들어오지만 오직 앙가라강을 통해서만 빠져나간다는
바이칼. 그 바이칼처럼 넓고 깊게 생각하라는 의미일까.

실크로드의 땅,
중앙아시아의 평원에서

김준희 지음

평민사

차 례

글을 시작하며

자신이 여행하면서 겪었던 경험을 글로 쓴다는 것은 설레임과 함께 불안감을 동반하는 일입니다. 설레임은 자신의 여행이야기를 다른 사람들에게 풀어 놓는다는 즐거움에서 비롯될 것입니다. 반면에 불안감은 자신이 겪은 일을 온전하게 글로 표현하지 못할지도 모른다는 느낌 때문이겠지요.

이 여행기는 2005년 여름에 제가 중앙아시아 3개국(우즈베키스탄, 카자흐스탄, 키르키즈스탄)을 여행하면서 작성한 여행기입니다. 오마이뉴스에 연재했던 연재기사에 내용을 더 추가해서 한권의 책으로 만들게 되었습니다.

위에서 말한 불안감에도 불구하고, 제가 여행기를 쓰게 된 것은 여행 중에 보고 느낀 것들을 글로 옮겨보고 싶다는 욕심 때문이었습니다. 제가 여행을 하면서 본 중앙아시아의 사람과 음식, 도시, 풍경 그리고 각 국가의 공통점과 차이점을 가급적 과장없이 서술하려고 노

력했습니다. 그리고 앞으로 이 지역을 여행하려고 할 여행자에게 필
요한 정보도 함께 담았습니다. 이 책을 읽다보면 이런 내용들과 함께
여행지로 중앙아시아가 가지고 있는 매력적인 면도 느낄 수 있을 것
입니다.

하지만 저는 무엇보다도 저의 여행기가 재미있기를 바랍니다. 좋
은 여행기가 그렇듯이, 이 책을 읽으면서 마치 중앙아시아를 여행하
고 있는 듯한 느낌을 갖기 바랍니다. 그리고 한걸음 더 나아가서, 중
앙아시아의 넓은 초원과 사막으로 배낭 메고 떠나고 싶은 충동을 받
기 바랍니다. 그것은 망설임을 극복하고 기록을 남기기로 결심한 저
의 가장 큰 바람이기도 합니다.

_ 첫 번째 이야기

우즈베키스탄의 수도,

타쉬켄트

우즈베키스탄의 수도인 타쉬켄트는 사막의 도시다.
그리고 모스크바, 키예프와 함께 구소련의 3대 도시로
꼽히는 대도시이기도 하다.
오래 전 고선지 장군이 정복한 석국,
그리고 강제이주된 고려인의 사연이 얽힌 곳 타쉬켄트.
나에게는 중앙아시아 여행의
시작을 알리는 도시이기도 하다.

Tashkent

비행기에서 바라본 우즈베키스탄의 모습은 황토색…
사막을 연상시키는 황토색의 모래벌판 위 사방으로 뻗어있는 길들.
공중에서 본 그 모습은 마치 나스카의 문양 같았다.
그 넓은 벌판을 바라보고 있자니 지금부터야말로 중앙아시아,
드디어 내게 미지의 땅에 대한 첫번째 실감이 났다.

1. 타쉬켄트에서는 무단횡단을 해도 됩니다

러시아의 이르쿠츠크(Irkutsk)를 떠난 비행기는 약 4시간 만에 우즈베키스탄의 수도 타쉬켄트(Tashkent)에 도착했다. 3시 30분에 이르쿠츠크를 떠나 4시간을 날아왔지만, 시차 때문에 도착할 즈음의 현지 시간은 4시를 조금 넘긴 시간이었다. 일주일에 한 번씩 있는 이 항공편의 가격은 세금을 포함해서 210달러 정도이다.

비행기에서 바라본 우즈베키스탄의 모습은 황토색이었다. 사막을 연상시키는 황토색 모래벌판 위 사방으로 뻗어있는 길들. 공중에서

본 그 모습은 마치 나스카의 문양 같았다. 비행기에서 그 넓은 벌판을 바라보고 있자니 중앙아시아에 도착했다는 것이 실감났다. 이제 곧 비행기가 우즈베키스탄 공항에 착륙하면 세관을 지나 공항을 빠져나갈 것이고, 나의 중앙아시아 여행이 시작되는 것이다. 이것은 낯선 사람과 낯선 거리, 모든 것이 새롭고 생소한 환경 속에 혼자 떨어진다는 것을 의미한다. 처음 가는 여행지에 도착할 때 쯤이면 항상 느끼는 기분, 기대감과 함께 설레이는 불안감을 느끼면서 난 나의 일정을 다시 떠올렸다.

내가 앞으로 여행할 국가는 우즈베키스탄(Uzbekistan), 카자흐스탄(Kazakhstan), 키르키즈스탄(Kyrgyzstan) 3개국이다. 중앙아시아 여행 계획을 구체적으로 세우면서부터 이 세 나라를 여행하자고 생각하고 있었다. 물론 중앙아시아라고 부르는 지역은 이보다 더 넓은 범위다. 투르크메니스탄과 타지키스탄도 중앙아시아 국가이고, 카스피해 넘어서 아제르바이잔도 중앙아시아에 속하는 나라들일지 모른다. 하지만 난 계획을 세우면서 투르크메니스탄과 타지키스탄은 일정에서 제외했다. 그 나라들에 대해서는 별로 호기심이 생기지도 않았지만 이상하게 정서적으로 멀리 느껴졌기 때문이다. 그리고 현실적으로 이 두 나라에서는 배낭여행자에게 쉽게 관광비자를 내주지 않는다는 것도 문제였다. 하긴 정서적으로 멀게 느껴지는 것은 카자흐스탄이나 키르키즈스탄도 마찬가지일 것이다. 어쩌면 우즈베키스탄도.

이 세 나라의 관광비자를 받는 것은 어렵지 않지만 비용이 비싸다. 3개국 비자를 받는 비용 모두를 합쳐서 200달러가 넘게 들었다. 이렇게 처음부터 여행 시작의 비자문제부터 비쌌기 때문에 어쩌면 심리적으로 덜 가깝게 느껴졌을지 모른다.

나의 계획은 우선 우즈베키스탄을 약 한 달간 여행하고 육로로 국경을 넘어 카자흐스탄으로 들어가는 것이다. 그렇게 카자흐스탄을 여행한 후 다시 육로로 국경을 지나 키르키즈스탄으로 들어갈 생각이다. 그렇지만 이런 일정이 계획대로 가능할지는 아직 미지수다.

내가 중앙아시아에 대해 무엇을 얼마나 알고 있던가? 오래전부터 막연히 동경해 오던 곳이 중앙아시아지만, 혼자서 배낭 메고 이곳을 여행하기에 난 모르는 것이 너무도 많다. 무엇보다 큰 문제는 언어의 문제일 것이다. 내가 향할 3개국은 구소련으로부터 독립한 지 15년가량 된 나라들이다. 그래서인지 아직까지 이 지역에서는 러시아어만 잘 하더라도 의사소통에는 문제가 없다고 한다. 다만 내가 러시아어를 못한다는 것이 문제가 되겠지만.

주요도시들을 육로로 이동하며 여행하고, 또 육로로 국경을 넘는 것이 얼마나 수월할지 아직 모를 일이다. 이곳의 현지인들, 그리고 경찰과 국경의 직원들은 말 못하는 이 이방인에게 과연 친절한 모습을 보여줄 것인가 —.

이런 문제를 생각하자면 한도 끝도 없다. 그리고 이런 생각을 자꾸 해봤자 불안감만 늘어갈 뿐이다. 혼자 떠나는 여행지에서 항상 그랬듯 어찌 보면 그냥 백지상태에서 부딪히는 것이 가장 좋은 방법일지 모른다.

난 다시 창밖을 바라보았다. 모래벌판을 지나자 멀리 타쉬켄트가

타쉬켄트 인근 침간의 풍경

보였다. 인구 250만의 대도시답게 큰 아파트와 단층건물과 포장도로
들이 조화된 느낌이다. 그리고 타쉬켄트의 외곽으로는 큰 밭과 군데
군데 모여 있는 집들이 인상적이다.

타쉬켄트가 가까워지자 조용하던 주변이 웅성거리기 시작한다. 이
비행기에 타고 있는 승객들 중에는 흔히 말하는 보따리 상인들이 많
아 보인다. 러시아의 물건을 우즈베키스탄으로 가져와서 파는 것일
까? 러시아의 이르쿠츠크 공항에서 출국수속을 할 때 보았던 장면이
떠올랐다. 커다란 짐을 들고 세관을 통과하려는 많은 사람들로 이르
쿠츠크 공항은 붐비고 있었다. 내릴 때가 되자 내 옆자리에 앉아있던

사람은 날 바라보고 소리 없이 웃었다. 가무잡잡한 얼굴색에 검은 머리. 아마 러시아인이 아니라 우즈베키스탄 사람일 것이다. 서로 말은 통하지 않았지만 이 사람은 비행기를 타고 오는 동안 나에게 무척 친절한 모습을 보여주었다. 앞으로의 여행에서도 이런 사람들만 만날 수 있다면 얼마나 좋을까?

공항으로 들어선 비행기는 엄청난 소리를 내면서 활주로를 질주하다가 멈추어 섰다. 창밖을 바라보니 이곳은 활주로 한가운데다. 그리고 잠시 후에 비행기의 문이 열렸다. 순간적으로 어리둥절했지만 가방을 챙기고 나서 사람들을 따라 밖으로 향했다. 어느새 비행기 문에는 승객이 오르내릴 수 있는 커다란 계단이 붙어 있다. 계단을 내려선 사람들은 모두 그 앞에 대기하고 있는 셔틀버스로 뛰어갔다. 승객들은 저 버스를 타고 공항건물까지 이동하는 것 같다. 나도 계단을 내려서 활주로에 발을 딛자마자 뛰기 시작했다.

'긴장하자. 비행기에서는 편하게 앉아 있었을지 모르지만 지금부터는 어떤 상황에서건 긴장해야 할 필요가 있다.'

활주로를 따라서 달리던 셔틀버스는 큰 건물 앞에서 승객들을 내려놓았다. 건물 안으로 들어선 나는 사람들을 따라서 입국심사대로 향했다. 입국심사는 의외로 간단했다. 심사관은 내 얼굴을 한번 보더니 비자에 입국도장을 찍어주었다. 입국심사를 거쳐 세관신고서를 제출한 후 나는 공항건물 밖으로 나왔다. 중앙아시아의 진주라고 불리는 우즈베키스탄에 도착한 것이다. 이 세관신고서 때문에 한 달 후에 난 큰 곤욕을 치르게 되지만, 이 사실을 알지 못했던 나는 우즈베

키스탄에 도착한 기쁨에 엎드려서 땅에 입이라도 맞추고 싶은 심정
이었다.

타쉬켄트에 도착한 첫 인상은 덥다는 것이다. 구름 없는 푸른 하늘
과 강한 햇빛, 원래 더운 오아시스 도시인 데다가, 한창 더울 때인 8
월 중순에 도착했으니 그 더위가 오죽할까. 공항에 마중 나와 있던 현
지인의 도움을 받아 환전을 하고 싼 숙소를 찾아서 들어갔다.

우즈베키스탄의 화폐단위는 숨(sum)이다. 숨의 달러환율이 우리나
라의 그것과 비슷하다. 그러니까 '1원 = 1숨'이라고 봐도 무방한 것
이다. 계산하기가 쉬워서 좋다. 사실 계산이라고 할 수도 없지만. 우
즈베키스탄에서는 지폐와 동전을 함께 사용하기는 하는데, 가장 큰
지폐단위가 1,000숨이다. 이 사실을 알지 못한 채 나는 멋모르고
200달러를 환전했다. 환전소에서는 나에게 뭉칫돈을 주었다. 200달
러는 약 20만 숨. 1,000숨짜리 지폐 150장과 500숨짜리 지폐 100장
을 나에게 주었다. 졸지에 나는 지폐 250장을 가방에 넣고 다녀야 하
는 신세가 된 것이다.

이 많은 지폐를 사용하는 일은 첫날부터 낯선 경험이다. 내가 찾아
들어간 호텔의 요금은 아침 식사를 포함해서 하루에 30달러다. 즉 우
즈베키스탄 화폐로는 3만 숨에 해당하는 금액이다. 난 달러로 요금을
계산하려고 했다. 하지만 이 호텔의 매니저는 달러를 받지 않는단다.

"달러로 내면 안되요?"

"예. 우리는 오직 숨으로만 요금을 받습니다."

난 할 수 없이 가방에서 지폐뭉치를 꺼냈다. 우선 이틀을 묵기로 하
고 1000숨짜리 지폐 60장을 세어서 매니저에게 주었다. 그러자 매니

저는 다시 그 지폐를 일일이 세어보고 나서 나에게 방의 열쇠를 넘겨
주었다. 앞으로 옮겨 다닐 숙소에서도 이런 식이라면 꽤나 번거로운
일이 아닐 수 없다.

숙소에서 샤워와 정리를 하고 나자 어느새 밖은 어두워지고 있었
다. 밤거리에 혼자 나가는 것이 꺼려졌지만, 우즈베키스탄에 도착한
첫 날을 그냥 보낼 수 없다는 생각에 카메라를 챙겨서 밖으로 나섰다.

밤이 되자 더위는 한풀 꺾여 있었다. 밤거리에는 사람들도 그다지
많지 않았고, 왕복 8차선 도로에는 특이하게도 보행자 신호등과 횡단
보도가 없었다. 사람들은 대충 양옆의 차선을 본 다음에 무단횡단을
하고 있었다.

우즈베키스탄에는 대우자동차 공장이 있다. 연간 10만대 가량을
생산한다고 하는데 그래서인지 이곳에서 볼 수 있는 가장 흔한 차가
바로 대우차다. 다마스, 티코, 마티즈, 넥시아(씨에로)가 타쉬켄트의
밤거리를 달리고 있었다.

보행신호가 없는 차도를 나도 현지인들처럼 그냥 건너보았다. 위
험하기는 하지만 세상 모든 일이 그렇듯이 여기에도 좋은 점이 있고
나쁜 점이 있다. 나쁜 점은 신호가 없기 때문에 자칫하다가는 차에 받
힐 가능성이 있다는 것. 그것도 우즈벡에 널려있는 대우차에 받힐 가
능성이 많은 것이다. 반면에 좋은 점은 신호가 없기 때문에 무단횡단
을 해도 걸릴 염려가 없다는 것. 아니 무단횡단이라는 개념 자체가 존
재하지 않는다는 것이다.

그 밤거리를 찍기 위해서 카메라를 들고 있는데 옆으로 한 할아버
지가 다가오더니 한국말로 나에게 말을 했다.

우즈베키스탄의 수도, 타쉬켄트 거리

"경찰이 사진 찍지 말라 하오."

"예?"

이 할아버지는 고려인인지 어설픈 한국말을 하고 있었다.

"사진 찍으면 카메라 뺏긴다 하오."

무슨 얘긴지 몰라 주위를 둘러보는데 어느새 옆으로 우즈벡 경찰이 와 있었다. 경찰은 거리 한쪽의 건물을 가리키면서 나에게 말했다.

"노, 포토그래피."

뭔지는 모르지만 그 건물은 사진촬영이 금지된 곳인 것 같았다. 나는 알겠다고 하고 그 자리를 떴다. 우즈벡 경찰에 관한 안 좋은 소문을 많이 들어서 가급적 경찰과는 마주치지 않는 것이 좋겠다고 생각한 것이다.

거리를 걷다가 한쪽에 있는 노천카페에 앉았다. 작은 편의점 같은 가게가 있고, 그 앞의 공터에 테이블 여러 개를 놓아둔 곳이다. 그리고 한쪽에서는 꼬치구이 샤슬릭을 만들어 팔고 있다. 배가 고팠기 때문에 맥주 한 병과 꼬치구이 샤슬릭과 '리뾰쉬까'라고 부르는 빵을 샀다. 말이 잘 통하지 않았지만 바디랭귀지와 메모를 통해서 살 수 있었다. 500cc짜리 맥주는 한 병에 1000숨, 샤슬릭 한 꼬치는 400숨, 쟁반만한 빵이 하나에 100숨이다. 혼자 테이블에 앉아서 이것을 먹고 있자니 우즈베키스탄에 왔다는 사실이 실감났다.

이르쿠츠크에서 남서쪽으로 4시간을 날아 타쉬켄트에 도착했다. 그 4시간의 차이가 생각보다 많은 변화를 보여주었다. 금발의 백인들도 있지만 거리에는 기본적으로 나와 비슷하게 보이는 사람들이 많다. 인구 60만의 이르쿠츠크에 비하면 인구 250만의 타쉬켄트 거리는 크고 잘 정돈된 느낌이다. 러시아에서는 경찰을 보지 못했는데 타쉬켄트의 거리에는 경찰들이 많다. 왠지 무뚝뚝한 느낌의 러시아 사람들 대신에, 타쉬켄트 상점의 아저씨는 말 한마디 못하는 이 여행객을 웃는 얼굴로 맞아주고 있다.

하지만 나에게는 눈에 보이는 변화보다 이르쿠츠크에서 느꼈던 점들이 더 크게 다가왔다. 이곳에서도 난 이방인이라는 것, 러시아어를 못하기 때문에 말이 통하지 않는다는 것, 내가 누군지 아는 사람이 없다는 것 등이 그런 것들이다. 맥주를 마시며 주위를 둘러보았다. 등 뒤에서는 알 수 없는 가사의 음악이 흘러나오고 있다. 앞에서는 나와 비슷해 보이지만 어딘지 다른 사람들이 거리를 걷고 있고, 사람들은 신호등 없는 8차선 도로를 잘도 건너다닌다. 우즈베키스탄의 첫날밤이다.

2. 타쉬켄트에서
포석 조명희를 만나다

타쉬켄트는 몇 가지 점에서 한국과 인연이 있는 곳이다. 타쉬켄트와 연관이 있는 최초의 한인은 고구려 출신 당나라 장수인 고선지 장군이다. 1,300여 년 전 고선지 장군은 파미르 고원을 넘어서 석국을 정복했다고 알려져 있는데, 바로 이 석국이 오늘날의 타쉬켄트다. 그리고 구소련에 의해서 1937년 연해주에서 중앙아시아로 강제이주 당한 한인들의 일부가 지금의 타쉬켄트 근방에 정착을 했고, 그 후손들의 상당수는 아직도 이 지역에 살고 있다.

나는 그 한인들의 흔적을 따라가 보기로 했다. 처음 간 곳은 타쉬켄트 중심가에 있는 나보이 문학박물관이다. 알리세르 나보이라는 인물은 우즈벡 민족문학의 창시자로 알려진 사람이다. 모두가 아랍어로만 작품을 쓰던 15세기, 그는 우즈벡어로 문학작품을 창작한 인물로 많은 우즈벡인들의 존경을 받는 작가라고 한다.

타쉬켄트 시내지도를 구입한 나는 지도를 보면서 그곳까지 걸어가 보기로 했다. 멀게 느껴진 거리였고 더위가 걱정이었지만 타쉬켄트와 친숙해지려면 걷는 것이 좋겠다는 생각이 들었다. 지도를 보자 나보이의 이름을 붙인 긴 거리도 있었고, 그 거리 한쪽에 나보이 박물관, 그리고 조금 떨어진 곳에는 나보이 극장과 나보이 지하철역도 보였다. 우즈벡에서 나보이가 얼마나 유명한 인물인지 알 것 같았다.

타쉬켄트 나보이 극장

타쉬켄트의 거리는 대로뿐만 아니라 큰 거리 사이에 있는 작은 길까지 모두 거리의 이름이 써 있다. 그리고 시내 지도에도 크고 작은 많은 거리마다 이름이 표시되어 있었다. 방향감각과 지도만 있다면 시내 어디에서든 길을 잃을 가능성은 없어보였다. 거리로 나서서 걷기 시작하자 먼저 눈에 띄는 것은 많은 경찰들이다. 초록색 계열의 제복을 입은 경찰들이 최소 200m마다 한두 명씩 있는 것 같았다. 우즈벡 경찰에 관한 이상한 소문을 들었던 나는 그 앞을 지날 때마다 긴장

 실크로드의 땅, 중앙아시아의 평원에서

했지만, 경찰들은 날 본 척도 하지 않았다.

계속 걷다보니 오른쪽으로 한국 대사관이 보였다. 커다란 대사관에는 태극마크가 있고, 그 앞에는 여러 명의 경찰들이 있었다. 내가 관심을 가졌던 것은 대사관 자체보다도 그 창에 붙어 있는 에어컨이었다. 아침인데도 햇볕이 너무 뜨거워 그 안에 들어가 햇볕을 피해 에어컨 바람을 쐬며 찬 음료수를 한잔 마신다면 남부러울 것이 없겠다는 생각을 하고 다시 걷기 시작했다. 그러자 이번에는 대통령궁처럼 보이는 건물이 나왔다. 그 앞의 넓은 도르는 건물 양옆으로 바리케이드를 쳐놓은 채 차들의 진입을 금지하고 있고, 건물 앞에는 총을 멘 경찰들이 초소 주변을 걷고 있었다.

밝은 한낮에 길을 걸으면서 바라본 타쉬켄트의 느낌은 크다, 덥다, 거창하다 — 이런 것들이다. 무엇보다 왕복 8차선 도로에 보행자를 위한 신호등과 횡단보도가 없는 것을 보면 거창이라는 단어가 가슴에 와닿는다. 지도를 보고 여기까지 걸어오면서 많은 길을 건넜다. 왕복 2차선이나 4차선 도로는 그냥 대충 양 옆을 보고 건너면 된다. 왕복 6차선 도로도 그런대로 건널 만하다. 하지만 왕복 8차선 도로만큼은 적응이 되지 않는다. 8차선 도로를 건너기 위해 그 앞에 서서 맞은편을 바라보면 막막한 느낌이다. 예전에 어느 책에서 보았던 표현이 떠올랐다. 아마 14세기 대항해시대에, 지중해를 빠져나온 유럽의 선원들이 대서양을 바라보았을 때의 기분도 이와 비슷했을지 모른다.

1시간쯤 걸었을까. 나보이 거리가 앞에 나타났다. 4거리 한쪽으로는 나보이 박물관이 있을 것이다. 나는 그곳으로 걸어갔다. 나보이에 관심이 있어서 여기에 온 것이 아니라, 이 박물관 4층 한쪽에 위치한 조명희 기념실을 보고 싶어서였다.

　포석 조명희는 충북에서 태어나 일본유학을 거쳐서 조선 프롤레타리아 예술가 동맹(KAPF)에 가입해 활동하며 대표작 〈낙동강〉을 발표했던, 일제강점기 재소한인 작가 중 한 명이다. 그는 1928년 소련으로 망명, 소련작가동맹회원의 일원으로 활동하다가 1937년 소련헌병에게 체포되어 이듬해 하바로프스크에서 총살당했다.

　조명희는 이후 명예회복이 되어 소련작가연맹회원으로 복권되고, 타쉬켄트의 나보이 기념관에 조명희 기념실이 만들어졌다. 그리고 타쉬켄트 남쪽에는 '조명희 거리'라고 명명된 거리가 있다. 언뜻 타쉬켄트와는 연관이 없어 보이는 조명희 기념실이 이곳에 있는 이유는 조명희의 후손들이 지금 타쉬켄트에 살고 있기 때문이라고 한다.

　나보이 기념관의 입장료는 1000숨이다. 1층은 입구와 홀이고 2, 3, 4층은 전시실이다. 2층과 3층에는 나보이와 관계있는 각종 책과 필사본, 그리고 나보이의 조각상과 초상화가 진열되어 있었다. 한쪽으로는 나보이가 사용했다는 테이블도 있다. 그리고 나보이와는 관계가 없어 보이는 그림과 도자기, 다른 작가의 책과 그림도 있다.

　4층으로 올라가자마자 나는 조명희 기념실을 찾았다. 넓은 4층의 한쪽에 위치한 작은 문에는 '조명희 기념실'이라고 한글로 써 있었다. 낯선 땅에서 만나는 낯익은 이름. 하지만 그 문은 잠겨 있었다.

　어찌된 영문일까 생각하다가 나는 2층으로 내려갔다. 박물관을 관리하는 아주머니에게 '조명희'라고 말을 하며 손짓으로 그 문이 잠겨

조명희 기념실 내부에 있는 흉상. (흉상 위 액자 구절과 달리 그는 다시 고국 땅을 밟지 못했다.)

있다는 시늉을 했다. 아주머니는 알겠다는 듯이 웃으며 나와 함께 4층으로 올라가서 그 문을 열어 주었다. 이 기념실은 항상 열어두는 것이 아니라 지금 같이 별도의 요청이 있어야 열어 주는 모양이다.

조명희 기념실은 작은 공간이다. 기념실의 정면에는 조명희의 흉상이 있고, 그 위에는 '그러나 필경에는 그도 멀지 않아서 잊지 못할 이 땅으로 돌아올 날이 있겠지 락동강' 이라고 쓰인 액자가 걸려 있었다. 액자의 구절과는 달리 조명희는 소련으로 망명한 후, 다시는 한국 땅에 오지 못한 채 그곳에서 총살당했다. 기념실의 오른쪽으로는 조명희가 쓴 친필시와 편지, 조명희 관련 각종 책들과 그의 작품 전집 및 선집들이 있었다.

그 위 벽에는 조명희 관련 신문기사를 스크랩한 액자와 유가족의 사진들이 있고, 그 아래의 방명록에는 이곳을 다녀간 한국인들이 적어놓은 글이 있었다. 벽 한쪽에는 활동시절에 찍은 양복을 입고 앉아 있는 사진이 있고, 감옥에서 찍은 빡빡머리에 수인번호가 붙어 있는 옷을 입고 찍은 사진도 있다.

조명희는 스탈린 숙청시절에 '인민의 적' 이란 죄명으로 체포되었다고 한다. 체포되지 않았더라면 조명희는 연해주의 다른 한인들처럼 타쉬켄트 근방 어딘가로 강제이주 되었을 것이다. 하지만 그러지 못한 채 죽은 이후에야 사진과 유물들만이 타쉬켄트 한쪽에서 전시되고 있었다.

난 조명희의 감옥사진을 보았다. 활동시절에 찍은 사진과는 달리 핼쑥한 얼굴에 우울하고 슬퍼 보이는 눈빛이었다. 조명희는 총살당하면서 무슨 생각을 했을까. 소련으로 망명할 수밖에 없었던 자신의 운명을 탓하고, 빼앗긴 조국을 원망하면서 그리워했을지 모른다.

기념실 밖에서는 이곳의 문을 열어준 아주머니가 서성이고 있었다. 아마 내가 나가면 다시 이 문을 잠그는 모양이다. 잠긴 다음에 이 방은 언제 다시 열릴지 모른다. 이곳을 보기 위해서 여기까지 걸어왔고 이 방도 얼마만에 열린 것인지 모르는데, 기다리는 아주머니가 신경 쓰이긴 했지만 쉽게 나갈 수는 없는 노릇이다.

박물관을 나오자 점심때가 지나 있었다. 난 박물관에서 조금 떨어진 곳에 있는, 현지인들이 '브로드웨이' 라고 부르는 거리로 갔다. 이곳은 낮이나 밤이나 타쉬켄트의 젊은이들이 모여드는 곳이다. 거리에는 많은 카페와 노점상들이 있고 사람들을 상대로 사진을 찍어주는 사진사들, 즉석에서 초상화를 그려주는 사람들로 활기가 넘쳤다.

눈에 띄는 카페에 들어가서 점심으로 양고기 볶음밥인 쁠로프와 양고기국인 슈르빠, 그리고 콜라를 먹었다. 쁠로프와 슈르빠를 합친 가격이 1000숨이다. 현지인들처럼 뜨거운 차이를 마시고 싶다는 생각도 있었지만 무더위와 강한 햇볕 때문에 차가운 콜라를 마셨다.

우즈벡의 식당에서 파는 음식들은 쁠로프, 슈르빠, 꼬치구이인 샤슬릭, 리뾰쉬까라고 부르는 전통 빵 그리고 차이가 많다. 차이는 질료니 차이와 쵸르니 차이가 있는데 질료니 차이는 녹차, 쵸르니 차이

타쉬켄트 브로드웨이 분수(위), 우즈벡 식당(아래)

는 흑차라고 보통 말한다. 유목의 전통을 가지고 있고 상당수가 이슬람 교도인 나라이기 때문에, 이 음식들의 대부분은 고기가 주를 이루고 특유의 양고기 냄새가 난다. 하지만 기름지고 자극적인 음식을 좋아하는 나에게는 딱 맞는 메뉴라고 느껴졌다.

점심을 먹고 브로드웨이를 둘러본 후 티무르 광장으로 향했다. 티무르 광장은 아미르 티무르의 동상이 있는 곳으로 이 주변을 타쉬켄트의 중심가라고 부른다. 우즈베키스탄이 구소련으로부터 독립하기 전에는 이 광장에 티무르의 동상 대신 마르크스의 동상이 있었다고 한다. 중앙아시아의 다른 나라들처럼, 우즈베키스탄도 독립과 함께 많은 것을 변화시켰던 것이다.

아미르 티무르의 동상은 말을 타고 있는 모습이다. 아미르 티무르는 14세기에 사마르칸드(Samarkand)를 수도로 중앙아시아를 제패한 풍운아였다. 그는 전성기 시절에 인도의 델리에서 바그다드까지 점령하고 모스크바에 쳐들어가기도 했다. 현재 우즈베키스탄의 대통령인 까리모프는 이전 티무르제국을 부활시키자는 운동을 펼치고 있다고 한다.

난 그 한쪽의 벤치에 앉았다. 더위가 문제였다. 건조한 지역이라서 그나마 다행이지만 바람도 구름도 없는 여름의 햇볕은 뜨거웠다. 서울처럼 푹푹 찌는 더위가 아니라 사람을 말려 버릴 듯한 뜨거움이다.

아미르 타무르의 말 달리는 동상

관개시설이 잘 된 곳이라서 공원 곳곳에 있는 스프링쿨러에서는 물이 뿜어져 나오고 있다. 타쉬켄트에 있는 많은 나무들은 비가 안내려도 스프링쿨러의 물로 여름을 시원하게 지낼 수 있을 것처럼 보였다.

사실은 나무를 걱정할 일이 아니라 나 자신을 걱정할 문제다. 우즈베키스탄이 이렇게 더운 줄 알았다면 카자흐스탄이나 키르키즈스탄을 먼저 들렀다가 오는 건데… 하는 생각이 떠올랐다. 하지만 어쩌랴. 이왕 이렇게 된 거 이 더위에 적응하는 수밖에 없다. 우즈베키스탄에서 한 달을 여행할 계획이니 한 달 동안 이 더위를 참아야 한다는 얘기다. 타쉬켄트의 더위야 그렇다 치고, 앞으로 가게 될 역사도시인 사마르칸드, 부하라(Buxoro)는 얼마나 더울까. 그리고 히바(Khiva)는?

우즈베키스탄의 국토는 북서쪽에서 남동쪽으로 비스듬하고 길게 놓인 형상이다. 타쉬켄트는 그 동쪽에 위치해 있고, 서쪽으로 가면서 사마르칸드와 부하라, 히바가 차례로 나온다. 문제는 서쪽으로 갈수록 지역이 사막지형에 가까워 진다는 것. 황무지 근처에 놓여진 그 서쪽 도시들도 이곳 못지않게 더울 것이다.

난 자리에서 일어섰다. 우즈벡 여행은 이제 시작이고, 초장부터 더위에 진이 빠져서는 안된다. 더위가 심한 한낮에는 걸어다니는 것을 피하는 것도 나쁘지 않은 방법일 것이다. 내일은 우즈벡에 이름을 남긴 또 다른 한인, 김병화 박물관과 그 농장에 가봐야겠다.

박물관 안은 가운데 벽 사이로 좌우측이 나뉘어져 있다.
왼쪽에는 김병화가 사용했다는 테이블과 의자와 각종 집기들,
방명록이 있고 벽에는 당시의 생활을 담은 사진들이 있다.
한쪽에는 '우리와 함께 하던 한 사람
그는 우리의 영원한 영웅이다'라고 써 있다.

3. 고려인의 영웅, 김병화 박물관에 가다

타쉬켄트에는 크고 작은 바자르(시장)들이 많다. 우리나라의 재래시장을 연상시키는 이 바자르에서는 주로 먹을거리를 팔고, 옷이나 기타 생활 도구들도 많이 취급한다.

내가 머물고 있는 호텔 앞에도 바자르가 있다. '가스피탈리'라는 이름의 비교적 작은 크기의 바자르다. 이 바자르 주위에는 한인 식당과 한인 상점, 한인 여행사가 많다. 이 가스피탈리 바자르를 중심으로 한인 타운이 형성되어 있는 것이다. 저녁에는 바자르 문을 닫기 때문에 이 바자르를 구경하려면 오전시간이 가장 적당하다.

아침을 호텔에서 먹고 하루의 일과(?)를 시작하기 전에 이 바자르를 어슬렁거리면서 구경했더니 이곳의 먹거리가 얼마나 싼지 알 수 있었다. 주먹만한 토마토 10개에 300숨, 든 수박 하나에 600숨, 포도 1kg이 400숨, 1.5L짜리 음료수가 400숨, 쟁반만한 빵이 200숨… 이런 식이다. 이 바자르 주변 여러 한인 상점은 주로 한국인이 운영하며 취급하는 물건도 한국에서 들여온 상품들이다. 난 그 중 한 상점에 들어가 보았다. 크지 않은 상점에는 온통 한국 식품들이다. 우리나라의 고추장과 된장을 포함해서 커피믹스, 라면, 컵라면, 새우깡 등의 과자 그리고 맥주도 많이 있다. 한쪽에 서서 이 물건을 구경하고 있으려니까 아주머니가 옆으로 와서 한국말로 말을 붙였다.

"한국에서 왔어요?"

"예. 혼자 우즈베키스탄 여행 중입니다."

"혼자서요? 러시아말 잘해요?"

"아뇨. 전혀 못하죠."

"근데 어떻게 혼자서 여길 여행해요?"

글쎄. 말도 한마디 못하면서 어떻게 앞으로 여행해 나갈지, 나도 그게 의문이다. 내가 물었다.

"아주머니는 이곳에 온 지 오래 되셨어요?"

"나? 나는 여기서 장사한 지 몇 년 됐어요. 이제 좀 있다가 한국에 가려고."

"한국에요? 장사 그만두고 영구귀국 하신다고요?"

"아니. 다음 달이 추석이잖아요. 그동안은 추석 때 한국에 안 갔었는데 올해는 한번 가보려고요."

　　오전이라서 그런지 많은 손님들이 이 상점에 들락거린다. 한국인도 있고 우즈벡인도 있다. 아주머니는 손님들을 상대하느라 바쁘다. 난 한쪽에 진열된 물건들 중 컵라면을 하나 살까 하고 보았는데 유통기한이 몇 달 지나 있었다. 그래서 아침저녁으로 마실 커피믹스 여러 개와 밤에 맥주와 함께 먹으면 좋을 것 같은 새우깡을 하나 샀다. 이 바자르에는 캔맥주나 큰 페트병에 담긴 맥주를 파는 상점이 많다. 가격도 싸서 500ml짜리 맥주캔 하나가 보통 500~600숨 정도다. 이 맥주들은 대부분 우즈베키스탄제가 아닌 러시아에서 수입해온 러시아 맥주들이다. 난 바자르를 둘러보고 타쉬켄트의 외곽으로 향했다.

바자르 내부

　　타쉬켄트의 바자르 중에서도 가장 큰 바자르가 타쉬켄트 남쪽 외곽에 위치한 꾸일룩 바자르다. 김병화 박물관 가는 길가에 위치해 있는 이 바자르에 많은 고려인 상인들이 있다고 하길래 난 이곳을 먼저 들렀다.

　　최대 규모에 걸맞게 꾸일룩 바자르는 많은 사람들로 북적였다. 물건을 사고파는 사람들뿐 아니라 짐을 들어 주겠다는 일꾼들도 많고 입구는 호객을 하는 택시 기사들로 정신이 없었다. 이곳에 많은 고려인 상인들이 있다지만 외모로는 고려인인지 우즈벡인인지 구별하기가 힘들다. 그렇다고 덮어놓고 다가가서 "혹시 고려인이세요?" 하고 물어볼 수도 없는 노릇이다. 그래서 그냥 걸어다니며 구경을 했다.

이곳 상인들의 모습은 다른 바자르의 그것과 별 차이가 없어보였지만, 파는 음식의 종류는 다양했다. 비닐에 넣어서 팔고 있는 배추김치, 오이무침과 당근과 각종 채소 그리고 수많은 빵과 소시지와 고기가 있다. 토마토와 수박도 많고 한쪽의 샤슬릭 가게에서는 샤슬릭을 굽는 연기가 피어오르고 있다. 그 가게는 오전인데도 테이블에 앉아서 샤슬릭과 함께 맥주를 마시는 현지인들이 보였다. 한쪽에서는 한 컵에 50숨을 하는 차가운 즉석 청량음료를 팔고 있었다. 더운 날씨 때문인지 그 음료를 마시는 현지인들이 많았다. 나도 한잔 사서 마셨는데 음료를 1회용 종이컵에 담아주는 것이 아니라 유리컵에 담아주기 때문에 그 자리에서 원샷을 하그 다시 컵을 돌려주어야 한다.

구운 양고기를 적당히 썰어 손바닥만한 빵에 끼운 후 케찹 같은 소스를 뿌려서 팔고 있는 가게도 있다. 가즈은 1000숨. 별로 배가 고프지 않았음에도 먹고 싶은 생각이 들었지만 주위에 그 빵을 앉아서 먹을 만한 테이블 하나 보이지 않았다. 순간 걸으면서 그걸 먹다 고기와 소스가 흘러 옷에 묻는 곤란한 상상이 스치자 쉽게 포기해버렸다.

바자르를 구경한 후 김병화 박물관으로 향했다. 걸어서는 가기 힘든 거리고 정확한 위치도 시내지도에는 없기 때문에 할 수 없이 택시를 탔다. 우즈베키스탄에는 택시가 많다. 하지만 택시 마크를 붙여놓은 정식택시는 많지 않다. 그냥 거리에서 아무 차한테나 손을 흔들면 차가 서고, 올라탄 다음 목적지를 말하고 가격을 흥정하면 된다.

꾸일륙 바자르에서 김병화 박물관까지 2,000숨에 가기로 합의하고 차를 탔다. 검문소를 지나 먼 거리를 달린 후에 김병화 농장 입구에서 내려 걷기 시작했다. 맞은편으로는 목화밭이 펼쳐져 있다. 목화는 우즈베키스탄에서 효자노릇을 하는 주요 수출품이지만, 바로 이 목화경작 때문에 우즈벡은 아랄해를 망가뜨리는 대가를 치러야 했다. 운이 좋다면 난 그 아랄해에도 가볼 수 있을 것이다.

김병화는 우즈베키스탄 고려인의 역사를 이야기할 때 빼놓을 수 없는 인물이다. 1905년 연해주에서 태어나 공산당 활동을 했다는 그는, 다른 연해주의 한인들처럼 1937년 중앙아시아로 강제이주되었다. 강제이주 직후 황무지에 물길을 놓고 수백만 평의 벌판을 논밭으로 개간하고 식량을 지원한 공로로 구소련으로부터 두 차례에 걸쳐 노력영웅훈장을 받은 인물이다.

김병화가 일을 했던 농장은 원래 '북극성 농장'이란 이름이었는데, 1974년 그가 죽으면서 '김병화 농장'이란 이름으로 변경되었다. 지금 내가 가고 있는 곳이 바로 그 김병화 농장이다. 김병화가 1940년부터 35년간 농장장으로 있을 당시, 이 농장은 뛰어난 생산 능력 때문에 구소련으로부터 수차례 훈장을 받았다고 한다.

양 옆에 나무들이 늘어선 길을 걸어 들어가자 김병화 농장이 나왔고, 그 안에 오른쪽으로 김병화 박물관이 있다. 안에서는 뭔가를 보수 중인 인부들과 한 아주머니가 있었다.

"들어가도 되요?"

말을 걸며 안으로 들어서자 아주머니가 나에게 묻는다.

"어디에서 왔어?"

"한국에서 왔습니다."

김병화 박물관 전경과 내부 모습:

'이중사회주의 노력영웅'

'우리와 함께 하던 한 사람 그는 우리의 영원한 영웅이다'

김병화는 우즈베키스탄 고려인의 역사를 이야기할 때
빼놓을 수 없는 인물이다.

“아니, 지금 어디에서 왔냐고. 타쉬켄트에서 왔어?”

“예, 타쉬켄트에서 택시타고 왔습니다.”

“한국에서 온 건 당연하지, 여기는 한국사람밖에 안 와.”

김병화 박물관은 작은 1층짜리 건물이다. 그 옆에는 김병화의 동상이 있고 ‘이중사회주의 로력영웅’ 이라고 써 있다.

박물관 안 가운데 벽 사이로 좌우측이 나뉘어져 있다. 왼쪽에는 김병화가 사용했다는 테이블과 의자, 각종 집기들과 방명록이 있고 벽에는 당시의 생활을 담은 사진들이 있다. 한쪽에는 ‘우리와 함께 하던 한 사람 그는 우리의 영원한 영웅이다’ 라고 써 있다.

오른쪽으로는 이 농장의 역대 농장장들과 노력훈장을 받았던 사람들의 사진, 구소련으로부터 받은 상장과 훈장을 전시해 놓고 있다. 역대 농장장과 노력훈장을 받은 사람들의 대부분은 고려인들이다.

그 벽 한쪽에는 강제이주 직후에 갈대로 지은 집을 찍은 사진이 있었다. ‘집’ 이라고 명시해 놓지 않았다면 도저히 사람이 사는 집이라고는 봐줄 수 없는 그런 모습이다. 맞은편 벽에는 당시에 사용하던 도구들을 전시하고 있었다. 빨래통과 국자, 물바가지, 신발, 그릇들이 있었다. 그리고 10여 년 전 이곳을 방문했던 김영삼 전 대통령이 기증했다는 큰 시계가 보였지만, 시계는 죽었는지 멈춰져 있다.

난 아주머니에게 물어 보았다.

“지금 이 농장에는 몇 명이 있습니까?”

“지금? 지금은 한 3천 명 되지.”

“고려인은 얼마나 됩니까?”

"고려인은 얼마 안돼, 한 7백 명 정도? 많이 줄었지. 그것도 노인하고 애들이 많아. 젊은 사람들은 전부 모스크바나 카자흐스탄으로 일하러 가고 없어."

"왜 여기서 일을 안 하고 모스크바나 카자흐스탄으로 가지요?"

"돈이 안되니까 그렇지. 지금 이 농장어서 일해서는 돈 못 벌거든."

1937년 한인들의 강제이주는 비밀리에 진행되었다고 한다. 출발하기 하루나 반나절 전에 사람들에게 알렸고, 한 객차에 4가족씩 탄 채 약 18만 명의 한인들이 기차로 이동했다. 어디로 가는지도 알지 못했고 추위와 배고픔 때문에 많은 아이와 노인들이 죽었다. 기차가 이동 중에 멈추면 죽은 사람들을 땅에 묻고 다시 기차를 타고 떠났다. 여기에 대해서 항의했던 사람들의 상당수는 어딘가로 끌려가서 다시는 돌아오지 못했다고 한다.

한인들의 강제이주를 직접 명령한 사람은 스탈린이었다. 강제이주의 공식적인 이유는 크게 두 가지로 하나는 연해주 한인들의 첩자활동 방지, 다른 하나는 중앙아시아 지역으로의 농업인력 공급이었다. 연해주에서 강제이주에 대한 소문이 돌 때도 이 지역의 많은 한인들은 이 소문을 반신반의했다고 한다. 소비에트 혁명에 많은 기여를 한 조선인들을 그렇게 황무지로 몰아낼 이유가 없다고 믿었기 때문이다. 어쨌거나 그렇게 한 달 동안 이동한 후에 도착한 곳이 바로 중앙아시아였다. 지금 카자흐스탄의 우스토베, 우즈베키스탄의 타쉬켄트 인근이 그 주된 지역이다.

4가족씩 탔다는 객차. 화장실도 없었던 그 객차는 답답하고 더럽고

김병화 동상

불편했을 것이다. 하지만 그보다 더 큰 문제는 자신들이 어디로—왜—이동하는지, 언제까지 기차를 타고 있어야 하는지 모른다는 불안과 공포였을 것이다.

공산당 활동을 했다는 김병화는 이동 도중 아무런 항의도 하지 않고 불안한 생각과 감정을 그냥 묻어두었던 것일까.

난 김병화의 동상 앞에 섰다. 대화를 할 수 있다면 '왜 그렇게 열심히 일을 하셨습니까?' 라고 묻고 싶었다. 박물관 안에서 본 글귀처럼 김병화는 분노를 억누른 채 이곳을 새로운 조국으로 생각했던 것일까. 당시 그가 보았을 벌판을 지금 나도 보고 있다. 전에는 황무지였을 이곳이 지금은 목화밭과 포장도로와 전봇대가 들어서 있다.

한인들은 이곳에 도착했을 때 어떤 기분이었을까. 당시 이곳에는 인간의 생활에 필요한 것이라고는 아무 것도 없었다. 오직 벌판과 갈대밭 그리고 멀리 눈 덮인 천산산맥이 놓여있을 뿐이었다. 여기서 한반도까지는 수천 km. 독립이 된다하더라도 조국으로 돌아갈 길이 없고 그 이전에 조선의 독립여부조차 알 수 없을 것이다. 그리고 설상가상으로 이주 이후 10년간 이 지역을 벗어나서는 안된다는 금족령이 내려졌다고 한다. 최소한 10년간 이곳에서 살아야 한다는 것을 깨달은 순간 한인들은 처음에는 절망하고 그 후에는 분노했을 것이다.

김병화 농장에서 만난 아이들

그리고 이곳의 한인들이 집을 짓고 물길을 대고 농사를 하고 결국 노력영웅이 되기까지 지탱해 준 힘은 바로 그 분노였을 것이다. 당시에 온통 갈대밭과 황무지였던 이 지역이 오늘날 이런 곡창지역으로 바뀐 것은, 그리고 황무지에 만들어진 도시 타쉬켄트가 인구 250만의 대도시로 성장할 수 있었던 것은 강저이주된 한인들의 노력 덕분일 것이다.

박물관의 바깥에서 몇몇 아이들이 놀고 있다. 겉모습만으로는 우즈벡인인지 고려인인지 알 수가 없다. 혹시라도 이 아이들이 한글을 알까 싶어서 우리말로 말을 붙여 보았지만 아이들은 어리둥절한 표정만 지을 뿐이다.

어리둥절하기는 나도 마찬가지다. 넓은 농장은 왠지 썰렁한 분위기였고, 아주머니의 말처럼 아이들만 눈에 보였다. 판자집과 현대식 양옥과 교회처럼 보이는 건물이 있는 이 농장. 한쪽에는 학교도 있고 아이들을 위한 놀이터도 있다. 한때 구소련으로부터 많은 훈장을 받았다는 이곳은 이제 젊은이들이 떠나가서 점점 작아지고 있다.

이곳의 고려인들은 어떻게 자신의 정체성을 유지해 갈까? 후에 카자흐스탄에서 만난 이 지역 전문가의 말에 의하면, 우즈벡이나 카자흐스탄의 고려인들은 해당국가에서 소수민족이기 때문에 일정 정도 차별을 받는 부분이 있다고 한다. 이러한 것들을 없애기 위한 작업이 한창 진행 중이지만 아직은 요원한 일이라고.

역사는 반복된다고 하던가? 소비에트 혁명에 큰 공을 세운 연해주의 한인들이 제대로 대접받지 못하고 중앙아시아로 강제 이주된 것처럼, 황무지였던 이곳을 개간하고 풍요롭게 만든 한인들은 다시 우즈베키스탄에서 소수민족이라는 이유로 차별받고 있는 것이다.

농장을 나와서 근처 식당에 들어가서 '국시'와 차이(chai)로 늦은 점심을 먹고 이후의 계획을 세웠다. 타쉬켄트에는 술집과 가라오케와 나이트클럽이 많고 스트립바까지 있다. 돈 쓰면서 놀기에는 좋을지 몰라도 배낭여행자가 오래 머물 만한 곳은 못된다. 난 일정을 빨리 잡았다. 역사도시인 사마르칸드에 가고 싶었다.

_ 두 번째 이야기

영광의 고도, 사마르칸드

오래 전부터 사마르칸드에 오고 싶었다.
실크로드라는 단어를 들을 때마다
떠오르는 도시 사마르칸드.
실크로드의 중심지로서
'중앙아시아의 로마' 라고 불리우던 대도시.
중앙아시아를 정복한 티무르제국의 수도.
여행자에게 이만큼 영감을 주는
장소도 흔하지 않을 것이다.

Samarkand

티무르제국 이후 유목민은 더 이상 정주민에 대해
군사적 우위를 점하지 못했다.
한때 유럽인들에게 공포의 대상이었던 몽골의 기마궁사들은 총포 앞에서 무너져 갔고,
몇백 년간이나 유지해왔던 우위는 역전되어 버렸다.
티무르제국은 최후의 유목제국이었던 것이다.

1. 최후의 유목제국,
티무르제국의 사마르칸드

타쉬켄트에서 남서쪽으로 350km 떨어진 곳에 위치한 고도(古都) 사마르칸드. 타쉬켄트에서 사마르칸드로 가는 기차는 일주일에 세 번 금, 토, 일요일에 있다. 아침 7시에 출발하는 기차의 일등석 가격은 11,000숨이다.

사마르칸드로 가는 기차를 타기 위해서 새벽 5시 30분에 일어난 나는 씻고 배낭을 챙겨서 호텔을 나섰다. 당연히 아침은 못 먹었고 어쩌면 사마르칸드에 도착할 때까지 쫄쫄 굶게 될지도 모른다. 하지만 기분만은 좋았다. 상쾌한 새벽공기와 파란 하늘 때문일 수도 있고,

유명한 역사도시인 사마르칸드어 간다는 기대 때문인지도 모른다. 한창 뭔가를 공사 중인 타쉬켄트의 기차역은 의외로 한산했다. '타쉬켄트에 사는 사람들은 사마르칸드에 잘 안 가요' 이곳 현지인에게서 들었던 말이 문득 떠올랐다. 사마르칸드는 우즈베키스탄에서 두 번째 큰 도시다. 두 번째로 큰 도시에 왜 사람들이 잘 안 갈까?

일등석은 6명이 한 칸을 사용하는 형쾌로 문 안쪽 양 옆에 3개씩 의자가 마주보는 구조로 놓여있다. 가운데는 작은 테이블이 있고 그 테이블 위에는 주전자와 컵이 있다. 아침 7시인데도 밖은 밝아 있었다. 기차가 출발하자 잠시 후 직원들이 돌아다니면서 빵과 요구르트가 담긴 간식을 나누어주었다. 나는 그것들을 먹은 후 커다란 창을 통해 바깥 경치를 감상하고 싶어져 복도로 나왔다.

기차가 타쉬켄트를 벗어나자 넓은 우즈베키스탄의 벌판이 나타났다. 풀이 듬성듬성 놓여있는 우즈벡의 벌판에는 간혹 가다 집들이 몇 채 나타나고 풀을 뜯는 양과 염소떼들이 있다. 그리고 그 뒤편으로는 낮은 산들이 가로막고 있었다. 서쪽으로 갈수록 산은 점점 없어지고 지형은 사막에 가까워진다.

한국에 있을 때는 여간해서 기차를 잘 안탔는데, 여행을 오니 기차를 타는 경우가 많아진다. 앞으로 여행하면서도 기차를 많이 이용하게 될 것 같다. 버스에 비해 안전하고 편안한 데다가, 무엇보다도 표를 구하기 쉽다는 점 때문이다.

몽골의 울란바토르에서 러시아의 이르쿠츠크로 갈 때도 2박 3일짜리 장거리 기차를 탔었다. 울란바토르에서 이르쿠츠크까지는 먼 거리다. 하지만 2박 3일 동안 달릴 만한 거리는 아니다. 가는 도중에 자주 정차하고 기차의 속도 자체도 그다지 빠르지 않기 때문에 많은 시간이 걸린다. 좁은 국토에 사는 우리들은 KTX니 뭐니 해서 빠르게빠르게 이동하려고 하지만, 넓은 대륙의 땅덩어리에 사는 사람들은 느리게느리게 움직인다. 지금 이 기차도 마찬가지다. 타쉬켄트에서 사마르칸드까지는 350km. 소요시간은 4시간이라고 하니 이 기차도 빠른 편은 아니다.

사마르칸드는 아미르 티무르제국의 수도였던 곳이다. 사마르칸드의 역사를 이야기할 때 아미르 티무르를 빼고는 이야기할 수 없을 만큼 이곳은 아미르 티무르와 많은 연관이 있는 도시다. 물론 티무르제국 이전에도 사마르칸드는 자신의 역사를 가지고 있었다. 이곳은 기원전 6세기부터 기원후 13세기까지 이 지역의 주요 도시로 중국에서는 강국(康國)이란 이름으로 부르기도 했다. 하지만 그 당시의 도시와 유물은 몽골군의 침입으로 파괴되고 말았다. 지금 남아 있는 유적은 대부분 14세기 이후 티무르제국 시대에 만들어진 것들이다. 사마르칸드는 우즈베키스탄에서 두 번째로 큰 도시이자 유네스코가 지정한 문화도시이기도 하다. 창밖으로 멀리 펼쳐진 벌판을 바라보면서 이런 생각을 하고 있을 때, 누군가 나에게 영어로 말을 걸어왔다.

"사마르칸드에 가는 길예요? 어느 나라에서 왔어요?"

제복을 입은 큰 키에 갸름한 얼굴, 그리고 구레나룻이 인상적인 이 친구는 이 기차에서 근무하는 직원이라고 한다. '바하그'라는 이 친

 실크로드의 땅, 중앙아시아의 평원에서

구는 올해 27살인데, 결혼을 해서 다음 달에 아빠가 된다고 한다. 그가 기차 여직원에게 무슨 말을 하자 잠시 후 여직원은 나에게 커피를 한잔 가져다 주었다. 나는 커피를 마시며 바하그와 얘기를 했다.

"우즈베키스탄에 언제 왔어요?"

"며칠 전에. 그동안 타쉬켄트에 있다가 오늘 사마르칸드에 가는 길예요. 어디에 살아요?"

"타쉬켄트에. 타쉬켄트에서도 좀 오래된 거리에 살아요."

그가 다시 나에게 물었다.

"우즈베키스탄이 어때요?"

"아직까지는 좋아요."

"그래요?"

"네. 사람들도 친절하고 음식도 맛있고. 근데 좀 더워서 문제예요."

"덥죠. 우즈벡은 여름에 많이 더워요. 더위도 그렇고 으즈베키스탄 사람들은 생활이 많이 어려워요."

"왜요?"

"월급이 적어서 그렇지요. 우즈벡 사람들의 평균 수입은 한 달에 50달러 정도거든요."

한 달에 50달러면 우즈벡 돈으로 약 5만 숨이다. 우즈베키스탄 물가가 한국에 비해서 많이 싸다지만 이건 농산물이나 채스, 과일의 경우가 그렇다. 일반적인 공산품은 수입을 많이 하기 때문에 그다지 싼 것도 아니다. 그렇다면 어떻게 5만 숨으로 한 달을 살까?

예를 들어 1가구 3인 거주의 가정에서 각각 한 달에 5만 숨씩 수입이 생긴다면 모두 15만 숨이 된다. 우즈베키스탄은 구소련에서 독립한 지 약 15년 정도 된 국가이다. 아직 남아 있는 사회주의 영향 때문인지 우즈벡 정부에서 국민들에게 제공하는 전기와 수도, 가스 등의 요금이 무척 싸다고 한다. 우리나라의 그것과는 비교할 수 없을 정도로—. 거기에 생활에 필요한 식료품의 가격이 싸다는 것을 생각해보면 15만 숨으로 한 가족이 한 달 동안 기본적인 생활을 할 수 있을 것도 같다. 그렇지만 기본적인 생활만 보장된다고 해서 어떻게 만족하며 살 수 있나? 바하그가 우즈벡 사람들의 생활이 어렵다고 말한 것이 이해된다. 바하그가 다시 나에게 물었다.

"당신 나라는 어때요? 한 달 월급이 어느 정도 수준예요?"

이런 질문에는 어떻게 대답할까. 난 그냥 작년에 내가 받았던 월급을 달러로 환산해서 말해주었다. 그는 고개를 끄덕이며 창밖을 바라본다. 바하그와 이런 이야기를 하고 있자니 어느새 기차는 사마르칸드 역에 도착했다. 기차역을 빠져나가는 나에게 바하그는 오른손을 가슴에 대면서 살짝 고개를 숙인다. 오른손을 가슴에 대는 행동은 '고맙다' 라는 의미라고 한다. 난 바하그에게 손을 흔들며 기차역을 나왔다.

사마르칸드 역 앞에는 수많은 택시들이 몰려 있었다. 난 그중에서 한 대를 골라 사마르칸드의 중심가 레기스탄 광장까지 흥정 끝에 3천 숨에 가기로 하고 택시에 올랐다. 택시 기사는 서툰 영어로 자기가 호텔을 많이 알고 있다며 안내해주겠다고 한다.

사마르칸드에는 별 4개짜리 호텔부터 수많은 호텔들이 있지만, 그런 비싼 호텔에 갈 수는 없다. 나는 사마르칸드 시내에 많이 있는

‘B&B 호텔’이라고 부르는 비교적 싼 숙소를 찾았다. B&B(Bed & Breakfast)는 글자 그대로 침대와 아침 식사를 제공하는 그런 숙소다. 우리나라에서 볼 수 있는 민박이나 게스트 하우스는 우즈베키스탄에 없다. 특히 **외국인이면 필수적으로 해야 하는 거주등록**을 위해서는 정식 숙박기관에 머무는 것이 좋다.

그렇다고 B&B 호텔이라고 불리는 이런 숙소의 가격도 싼 편은 아니라는 것. 우즈베키스탄에는 **외국인 2중 물가제도**라는 것이 있어서 외국인은 현지인에 비해서 더 비싼 가격으로 공공요금을 지불해야 한다. 우즈벡의 국내선 비행기를 이용하려면 현지인보다 약 4배 비싼 가격으로 표를 사야 하고, 호텔에서도 약 2-3배가량의 가격을 지불해야 한다. 게다가 유적지와 박물관 입장료도 차이가 있다. 유적지 입장료가 현지인들은 200숨, 300숨 가량인데 외국인들에게는 2천 숨을 넘게 받는다.

1천 숨이면 밥 한 그릇을 먹고도 몇백 숨이 남는 곳에서 이 차액은 적은 돈이 아니다. 게다가 우즈베키스탄에는 이런 유적지가 많이 있어서 주요한 곳만 본다 하더라도 10군데 이상을 생각해야 한다. 이 차액이 10번 넘게 쌓인다고 생각하니 그리 유쾌한 기분은 아니었다.

택시는 레기스탄 광장 바로 맞은편에 있는 ‘자리나’라는 이름의 작은 호텔 앞에 멈추었다. 하지만 이 호텔에는 빈 방이 없단다. 뭔가 이상하다는 생각이 들었다. 지금은 8월 말. 사마르칸드가 유명한 관광도시지만 여행철이 끝나가는 시점인데 빈 방이 없다니? 택시 운전사는 다시 중심가에서 좀 떨어진 곳으로 차를 몰았다. ‘LUX’라는 이름의 작은 B&B 호텔을 골랐다. 6일 동안 거물 테니 싸게 해달라고 해서 아침 식사 포함 하루에 20달러짜리 방을 잡았다. 이 호텔에는 영어를 잘하는 젊은 남자 두 명이 함께 손님을 맞고 있었다. 아침에 기차에서 주는 빵과 요구르트만 먹었기 때문에 배가 고팠던 나는 그들에게 물어보았다. 이미 시간은 1시가 넘어 있었다.

"뭐 좀 먹을 수 있어요?"

"뭘 먹고 싶은데요?"

"쁠로프하고 슈르빠요."

"좀 기다리셔야 되요. 요리사가 음식을 새로 준비해야 하거든요. 준비되면 제가 얘기할 게요."

방에 들어가서 씻고 나서 쉬고 있으려니까 밖에서 부르는 소리가 들렸다. 식당으로 가보니 한쪽 테이블에 나를 위한 음식이 준비되어 있다. 커다란 접시에 쁠로프가 가득 담겨 있고 그 옆에 역시 슈르빠가 큰 대접에 담겨 있었다. 이걸 혼자서 다 먹으란 말인가? 둘이 먹기에도 충분해 보이는 양이었지만 어쩔 수없이 꾸역꾸역 먹고 나서 밖으로 나왔다.

호텔 밖으로 나오자 눈에 들어오는 파란 하늘과 햇빛. 우즈베키스탄 제1의 역사도시이자 관광도시인 사마르칸드에 왔다는 것이 실감났다. 벌써부터 푸른색 둥근 돔을 볼 생각에 가슴 설레였다. 사마르칸드는 인구 약 40만이 살고 있는 도시지만, 타쉬켄트에 비하면 작은 도시다. 그리고 주요한 유적들이 중심가 부근에 모여 있어서 걸어서도 충분히 시내관광을 할 수 있는 도시이기도 하다.

사마르칸드의 시내지도를 구입한 후 벤치에 앉아 계획을 세워보았

레기스탄 거리, 티무르 동상

다. 사마르칸드의 중심가는 레기스탄 거리다. 아미르 티무르의 동상이 있는 레기스탄 거리 서쪽에서 출발해서 동쪽으로 가다보면 티무르의 무덤인 '구르 에미르'가 있고 레기스탄 광장이 나온다. 여기를 지나 타쉬켄트 거리로 들어서서 걷다보면 비비하님 성원과 바자르, '샤흐이진다'라고 부르는 대영묘, 아프라시압 언덕으로 통하는 길이 연결된다.

간단해서 좋았다. 우선 구르 에미르로 가기 전 레기스탄 광장을 구경하기로 했다. 지도를 보며 천천히 걸어서 레기스탄 광장 앞으로 간 나는 다시 한번 뭔가 이상하다는 생각이 들었다. 광장 앞에는 수많은 경찰이 있었고 광장의 진입은 통제 되어 있었다. 무슨 일인지 몰라서 어안이 벙벙해져 있던 내게 한 사람이 다가오더니 영어로 말을 붙였다.

"외국인입니까? 어디에서 왔어요?"

"한국에서 왔어요."

"여행 온 거예요?"

난 레기스탄 광장을 가리키며 갈했다.

"네. 근데 지금 여기는 어떻게 된 거지요?"

"여기는 레기스탄 광장입니다."

행사준비 중인 레기스탄 광장

"그건 나도 알아요. 여기서 지금 무슨 행사를 하는 거지요?"

"아 이거요? 독립기념일이 얼마 안 남아서 음악축제 준비 중예요."

"음악축제? 언제 하는데요?"

"내일부터요."

"내일부터 언제까지요?"

"5일 동안 하는 걸로 아는데요."

막막해졌다. 내일부터 5일간이면 내가 사마르칸드에 머무는 기간과 일치한다. 그렇다면 난 레기스탄 광장에 자유롭게 들어가 볼 수 없다는 얘기다. 머릿속에서는 온갖 생각이 떠올랐다. 무슨 이런 우연의 일치가 있나. 부하라에 먼저 갔다가 다시 올까. 하지만 그렇게 하면 나중에 히바에 갈 때 어려워진다. 그렇다고 사마르칸드에 머무는 기간을 늘릴 수도 없는 노릇이다.

 실크로드의 땅, 중앙아시아의 평원에서

구르 에미르 가는 길

　자리나 호텔에 빈 방이 없었던 이유가 그제서야 이해가 되었다. 레기스탄 광장 앞은 독립기념행사와 음악축제에 참가하려는 사람들로 붐비고 있었다. 불운한 우연의 일치를 원망하며 결국 난 레기스탄 광장에서 많은 시간을 보내려던 계획을 버릴 수밖에 없었다. 사전조사를 제대로 안 해 본 게으른 인간의 한심함을 탓하면서, 난 다른 유적들에서 더 많은 시간을 보내야겠다고 생각하며 구르 에미르 모슬렘으로 그냥 발길을 돌렸다.

　구르 에미르는 레기스탄 광장에서 도보로 10분 거리에 있다. '구르'는 무덤, '에미르'는 왕이라는 뜻이라고 한다. 즉 구르 에미르는 왕의 무덤이라는 뜻이 된다. 이곳은 아미르 티무르가 오트라르 원정에서 죽은 자신의 손자 무하마드 술탄을 위해서 지은 무덤이다. 이 무덤은 1404년에 만들어졌으나 이듬해 중국 명나라를 원정하러 가던

구르 에미르 전경 : '구르'는 무덤, '에미르'는 왕이라는 뜻이라고 한다. 즉 구르 에미르는 왕의 무덤이라는 뜻이다. 티무르(Timur)와 그의 손자 등 3대 제왕의 묘가 안치되어 있다. 1404년 아미르 티무르가 오트라르 원정에서 죽은 자신의 손자 무하마드 술탄을 위해 만들었다.

도중 병으로 사망한 티무르도 이곳에 묻히게 되었다.

커다란 푸른 돔이 인상적인 구르 에미르의 입장료는 2100숨, 게다가 안에서 사진을 찍으려면 700숨을 더 내야 한다. 합쳐서 2800숨. 난 2800숨으로 우즈베키스탄에서 무엇을 할 수 있는지를 생각했다. 이 돈이면 양고기 볶음밥을 4그릇 먹을 수 있고, 1.5L 음료수는 7병, 500cc 병맥주는 4병을 살 수 있는 돈이다. 비싸긴 하지만 방법이 없다. 난 2800숨을 건네주고 안으로 들어갔다.

안으로 들어가자 처음 보이는 것은 아미르 티무르의 원정로, 전성기 시절 티무르제국의 지도였다. 사마르칸드를 수도로 했던 티무르제국은 인도의 델리에서 북으로는 타쉬켄트까지, 서쪽으로는 바그다드를 넘어 이스탄불까지 점령하고 있었다.

전성기 시절의 칭기즈칸에는 못 미치지만 그에 버금가는 넓은 영토다. 칭기즈칸과 아미르 티무르는 한 가지 중요한 차이가 있었다. 칭기즈칸은 원정을 끝내고 나면 그 지역에 자신의 혈통과 통치수단에 맞는 체제를 구축해 두었다. 하지만 아미르 티무르는 그런 체제를 원정지역에 마련해놓지 않았다. 그냥 벼락같이 쳐들어가서 박살내고 노획물을 챙겨서 돌아오는 형식이었던 것이다. 그래서인지 몽골제국은 칭기즈칸이 죽은 이후에도 유지되었지만, 티무르제국은 티무르 사후에 분열되고 축소되었다.

안쪽으로 들어가자 티무르 일가의 관 여러 개가 있다. 가운데 있는 흑녹색 관이 티무르의 관, 그 북쪽은 스승의 관, 우측과 좌측은 각각 무하마드 술탄과 아들 샤 루흐의 관이다. 그러나 이건 위치만을 나타낸 것이고 실제 관은 같은 위치의 지하 4미터 아래에 있다고 한다.

구르 에미르 내부 모습

관 주위로 여러 명의 서양인들이 모여 사진을 찍으며 이야기를 하고 있었다. 아미르 티무르는 자신의 사후 몇백 년 후, 세상 사람들이 지구 반 바퀴를 돌아와 돈을 주고 자신의 무덤을 구경하게 될 거라고 짐작이나 할 수 있었을까.

이 여러 개의 묘석이 구르 에미르의 내부라니… 이걸 보기 위해 2800숨을 내고 이곳에 들어왔다는 것이 믿어지지 않을 만큼 단순한 유적이다. 티무르의 관에는 '내가 이곳을 나갈 때 세계는 혼란에 빠질 것이다' 라는 뜻의 글귀가 써 있다고 한다. 구소련의 학자들이 티무르의 묘를 연 것은 1941년 6월 22일. 재미있는 것은 묘가 열린 바로 그날 독일이 소련을 침공했다는 것이다. 아미르 티무르의 관이 열린 후 구소련 학자들의 조사에 의해서 티무르는 생전에 한쪽 다리가 불구였다는 사실이 밝혀졌다. 이 사실이 알려지자 티무르에 대한 악몽을 가지고 있던 유럽인들은 그를 가리켜서 '절름발이 티무르' 라고 부르기 시작했다고 한다.

난 근처 의자에 앉아서 사진을 찍으며 시간을 보냈다. 밖이 더워서 나가기도 싫었고 돈이 아까워서라도 좀더 안에 있고 싶었다. 어느새 외국인들은 모두 밖으로 나가고 나 혼자 남았다. 뜨거운 밖의 날씨와는 달리 서늘한 돔 내부는 조용하고 한적하다.

 실크로드의 땅, 중앙아시아의 평원에서

다시 칭기즈칸을 생각해 보았다. 칭기즈칸과 아미르 티무르는 약 200년의 차이를 두고 차례로 중앙아시아와 유럽의 일부를 정복했다. 대제국을 건설했다는 점에서 이 둘은 비슷하다. 유목생활을 하던 세력이 유럽의 정주문명(定住文明)으로 치고 들어와서 파괴하고 약탈했다는 점, 서양인들이 칭기즈칸과 티무르의 침략에 대해서 '고대문명을 응징하기 위해 파견된 신의 채찍' 이라고 부르는 점도 동일하다.

차이점도 있다. 아미르 티무르는 제국의 수도였던 이곳 사마르칸드에 자신의 무덤과 성원을 포함해서 많은 건축물을 남겼지만, 칭기즈칸은 별다른 건축물을 남기지 않았다. 아미르 티무르는 타쉬켄트와 사마르칸드의 동상으로 우즈베키스탄의 상징적인 인물이고, 칭기즈칸은 지금의 몽골 내에서 칭기스 맥주와 지폐에 실린 얼굴로 역시 몽골인들에게 자랑스러운 존재다.

또 한 가지는 무덤이다. 칭기즈칸은 그의 무덤이 바이칼호수 알혼섬 어딘가에 있을 것이라는 소문만 떠돌 뿐, 실제로 그의 무덤이 어디에 있는지는 아무도 모른다. 노병은 죽지 않고 사라져 가는 법. 아미르 티무르는 죽어서 구르 에미르에 묻혔지만, 칭기즈칸은 자신의 무덤도 알리지 않고 사라져 갔다.

티무르제국 이후 유목민은 더 이상 정주민에 대해 군사적 우위를 점하지 못했다. 한때 유럽인들에게 공포의 대상이었던 몽골의 기마궁사들은 총포 앞에서 무너져 갔고, 몇백 년간이나 유지해왔던 우위는 역전되어 버렸다. 티무르제국은 최후의 유목제국이었던 것이다.

중앙아시아를 여행하겠다고 마음먹었을 때부터 내 마음 한구석에는
사마르칸드가 있었다. 고대에 번성한 강국(康國),
칭기즈칸에 의해 파괴된 도시를 티무르가 재건한 제국의 수도
그리고 그 이전에 실크로드의 중심도시로 수많은 대상들이 거쳐 간
'중앙아시아의 로마'.

2. 실크로드의 흥망과 함께 한
사마르칸드

육상의 실크로드를 이야기할 때 그 길은 중국의 시안(장안)에서부터 터키의 이스탄불까지를 가리킨다. 시안의 서쪽에는 광대한 타클라마칸사막이 있고 이 사막을 북쪽으로 돌아서 가는 길이 천산 남로, 남쪽으로 돌아서 가는 길이 서역 남로에 해당한다. 그리고 타클라마칸사막과는 관계없이 천산산맥의 북쪽을 질러가는 길이 천산 북로다.

이 세 곳 중 어느 길을 택하든 육상의 실크로드 길은 중간에 사마르칸드를 거치게 된다. 시안에서 이스탄불에 이르는 긴 길의 가운데 위

치한 사마르칸드를 중심으로 실크로드를 동과 서로 나눌 수 있다.

사마르칸드는 티무르제국의 수도이기 전 기원후 10세기까지 번성했던 육상 실크로드 중심지로서의 역사를 가지고 있다. 교역로의 중심이었기 때문에 사마르칸드가 치러야 했던 대가도 컸다. 기원전 500년경에는 다리우스에게 정복되어 페르시아제국의 일부가 되었었고, 기원전 300년경에 다시 알렉산더에게 정복되기도 했었다.

기원 후 7세기 당나라의 승려 현장 삼장은 경전을 구하기 위해 인도로 가던 중 이곳을 방문했다. 현장은 사마르칸드를 가리켜서 '외국 각지에서 들어온 값진 상품이 이곳에 모여 있다. 땅이 비옥하여 농작물이 많이 난다. 숲에는 나무가 울창하고 꽃과 과일이 풍부하다' 라고 『대당서역기』에 묘사하고 있다. 당시 사마르칸드와 시안을 잇는 동쪽의 실크로드를 통해서 많은 상품이 거래되었다. 사마르칸드의 상인들은 양털과 비취와 보석을 시안으로 가지고 가서 팔았고, 대신 중국에서 고급 비단을 사서 사마르칸드로 돌아와 팔곤 했다.

사마르칸드에서 시안으로 가는 길은 약 5천km다. 낙타와 말에 짐을 싣고 가는 여정은 족히 수개월이 걸렸을 것이다. 이 도중에는 세계에서 제일 험한 산맥인 파미르고원과 천산산맥이 있고, 세계에서 제일 삭막한 사막인 타클라마칸사막이 있다. 하지만 무엇보다 까다로웠던 것은 국경수비대와 부유한 상인을 노리는 도적이었을 것이다. 타클라마칸사막을 북쪽으로 또는 남쪽으로 지나가는 대상의 낙타행렬은 많은 경우 수백 마리에 달했다고 한다. 사막을 가로지르는 그 대상의 모습은 일대 장관이었으리라.

그러나 이렇게 풍족했던 도시도 칭기즈칸의 침략으로 파괴되어 버렸다. 당시에 나무가 울창했었다는 숲은 지금 찾아 볼 수 없고, 칭기즈칸의 원정 이전에 있었다던 문명의 흔적도 오직 박물관 안과 발굴되지 않은 언덕에 묻혀 있을 뿐이다.

중앙아시아를 여행하겠다고 마음먹었을 때부터 내 마음 한구석에는 사마르칸드가 있었다. 고대에 번성한 강국(康國), 칭기즈칸에 의해 파괴된 도시를 티무르가 재건한 제국의 수도 그리고 그 이전에 실크로드의 중심도시로 수많은 대상들이 거쳐 간 '중앙아시아의 로마'. 여행자에게 이만큼 영감을 주는 도시도 흔하지 않을 것이다. 하지만 사마르칸드에 와서 보니 실크로드의 흔적은 발견할 수 없었다.

티무르제국 이전의 유적에 관심이 있다면 아프라시압 언덕으로 가거나 아프라시압 박물관에 가야만 한다. 그래서 나도 아프라시압 박물관과 언덕으로 향했다. 사마르칸드의 중심가인 레기스탄 거리와 탸쉬켄트 거리를 지나서 걷다 보면 아프라시압 박물관과 그 뒤로 아프라시압 언덕으로 오르는 길목(아래 사진)이 나온다.

타쉬켄트 거리를 지나서 포장도로를 걷다보니 아프라시압 박물관

이 보였다. 안으로 들어가자 가운데는 그 유명한 아프라시압 벽화가 보관되어 있는 곳이고, 그 왼쪽으로 전시실이 있었다. 사마르칸드의 건축물들이 티무르제국 시대의 것들이라면, 이 박물관의 전시물들은 그 이전의 역사를 보여주는 것이다.

첫 번째 전시실에는 이곳에서 발굴 작업을 했던 당시의 사진들이 주로 있었다. 다음 전시실에는 이곳에서 발굴된 유물들이 놓여있었다. 1-4세기의 아프라시압 역사는 기록된 것이 없어서 오직 고고학에만 의존해야 한다. 이 전시실에는 많은 유물들이 있었다. 알렉산더 시대의 유물부터 세라믹으로 만들어진 도기와 잔, 작은 항아리와 작은 석상들, 그 옆에는 그림과 문양이 있는 동전과 엽전을 연상시키는 구멍이 있는 동전, 사람 한 명이 들어갈 만한 큰 항아리도 있다. 물론 이 항아리는 온전한 형태가 아닌 부서진 조각들을 모아서 붙여놓은 것이다. 그 위의 벽에는 이 항아리를 발굴하고 있는 모습을 찍은 사진이 붙어 있다. 이 많은 조각들을 모아서 어떻게 이 큰 항아리로 모습을 복원했을까. 아마도 그 작업은 천 조각의 퍼즐그림 맞추기보다 더 힘들었을 것이다. 이외에도 9-12세기에 사용했다는 화려하게 채색된 세라믹 그릇들이 많이 있었다.

전시실을 빙 돌아서 나오자 이곳을 관리하는 아주머니가 "프레스코 프레스코"라고 말을 하며 벽화가 보관되어 있는 곳으로 데리고 갔다. 이 벽화가 프레스코 벽화인 모양이다. 이 벽화는 아프라시압 언덕에서 발굴된 흔히 아프라시압 벽화라고 부르는 것이다. 7세기에 만들어졌다는 높이 2m가 넘는 커다란 이 벽화는 정면과 좌우측으로 나뉘어 있었다.

우측의 벽화는 사냥을 하는 모습인데 활과 창으로 호랑이같이 생긴 동물을 잡는 그림이고, 좌측으로는 코끼리에 올라 탄 신부와 말을 탄 시녀들, 그 뒤를 따르는 행렬의 모습이다. 정면으로는 왕이 가운데 앉아 있고 각국에서 온 사절들이 그 앞에 조공을 위해 서 있는 듯한 모습이다. 이 각국의 사절들은 중국인, 투르크인, 파미르의 유목민 그리고 고구려인도 있다고 한다. 이 벽화가 만들어진 것은 7세기. 당시는 육상 실크로드를 통한 교역이 활발했던 때다. 그 시기에 고구려의 사신이 공물을 들고 사마르칸드를 방문했던 것일까.

당시 사마르칸드의 문화적 역량을 잘 나타내주는 벽화라고 하지만 전체적으로 낡고 바래고 군데군데 떨어진 모습이다. 한마디로 말해서 형체를 알아보기 힘들 정도다.

박물관을 둘러보고 나와서 그 뒤쪽으로 올라오니 이곳이 아프라시압 언덕이다. 아프라시압 언덕은 칭기즈칸이 파괴하기 전 이 도시의 중심지였던 곳이다. 지금은 그냥 황량한 곳인 이 언덕에서 1958년 한 목동이 우연히 동전과 유물을 발견한 것을 계기로 발굴이 시작되었다. 그리고 몇 년 전까지 프랑스 고고학팀이 이 언덕에서 발굴작업을 진행했다고 한다.

지금은 발굴이 중단되었는지 아니면 발굴이 끝난 것인지 그냥 방

치되어 있었다. 하긴 듬성듬성 풀이 있을 뿐인 이 황량한 언덕에서 따가운 햇볕과 달려드는 날파리를 무릅쓰고 발굴작업을 하는 것이 쉽지는 않았을 것이다. 넓은 언덕을 돌아다니다 보니 발굴이 중단된 듯한 현장을 볼 수 있었다. 그곳에는 벽돌 같은 것으로 만들어진 성벽의 흔적이 보였다. 언덕 가운데 자리한 그 흔적은 흙속에 묻혀있던 것을 최근에 발굴한 것이 아니라, 오래전 만들어 놓은 것을 얼마 전에 부숴버린 것 같은 모습이다.

이 언덕 한쪽 끝에서는 사마르칸드의 모습이 보인다. 저 멀리 비비하님 성원과 그 앞으로 바자르와 대로도 보인다. 이곳에서 바라본 사마르칸드의 하늘 역시 파랗다. 그 파란 하늘 아래로 비비하님 성원의 에메랄드 빛 돔이 겹쳐진다. 아미르 티무르가 살았던 시절에도 하늘은 지금처럼 푸른빛이었으리라. 티무르는 아마도 푸른 하늘빛에 매료되어서 모든 건축물의 돔을 푸른색으로 만들게 했을 것이다.

그리고 이 많은 웅장한 건물들을 만들고 난 이후에 "너희가 우리의 힘을 알고 싶다면, 우리의 건축물들을 보라"고 말했다고 한다. 중앙아시아를 제패하고 거대한 이슬람제국을 세운 아미르 티무르. 하지만 열흘 붉은 꽃 없고, 달도 차면 기우는 법이다. 그 커다란 티무르제국은 티무르가 죽고 나서 와해 되어버렸다.

아프라시압 언덕을 내려오면서 나는 실크로드 그리고 당시의 사마르칸드를 생각했다. 사마르칸드를 중심으로 하는 육상 실크로드가 가장 활발했던 때는 기원후 7-8세기였다. 중국 문화가 화려했던 왕조인 당나라의 수도 장안은 수많은 외국인들이 모여들었던 '세계 제일의 국제 도시'였다. 그리고 실크로드의 중심에 위치한 사마르칸드도 많은 대상들이 오고가는, 유럽의 어느 도시보다 큰 대도시였다. 당시에 육상 실크로드가 번성했던 이유 중 하나는 국제색이 풍부했던 당나라의 문화와 정책이 크게 작용했을 것이다.

하지만 8세기 중반, 실크로드의 판도가 바뀌기 시작했다. 당의 중앙아시아 지배에 불만을 품고 있던 아랍 세력은 연합군을 형성해서 동쪽으로 진군해 오고 있었고, 이에 맞서기 위해서 고구려 출신 당나라 장수인 고선지 장군도 대군을 이끌고 서쪽으로 진격하고 있었다. 아랍연합군과 당나라 군대가 맞붙은 이 전투 이후로 당나라가 중앙아시아에서 전면 철수하며 실크로드의 양상도 바뀌어 갔다. 육상로보다는 해상 교역로가 활발해지기 시작했고, 당나라는 내부반란에 시달리며 세력이 약해져갔다.

사마르칸드도 변화했다. 수많은 종교들이 공존했던 예전과는 달리 이슬람 문화가 본격적으로 자리를 잡기 시작했고, 몇 세기 후에는 칭기즈칸의 원정대가 도시를 파괴하고 말았다. 실크로드의 흥망과 함께 사마르칸드의 모습도 변해갔던 것이다.

3. 사마르칸드에서 6일간
뭐했냐고 묻거든

사마르칸드에는 많은 유적과 이슬람 풍의 건물들이 있지만 그중에서 가장 유명한 곳 세 군데를 꼽으라면 레기스탄 광장과 구르 에미르 그리고 비비하님 성원일 것이다.

이 세 곳에서 마지막으로 갔던 비비하님 성원은 아미르 티무르의 왕비였던 비비하님과 관련된 전설이 전해 내려오는 곳이다. 비비하님은 아미르 티무르가 인도의 델리를 원정 중일 때, 티무르가 돌아오면 줄 선물로 이 장대한 이슬람 성원을 짓게 했다. 그러나 성원이 완성되어갈 무렵, 페르시아의 건축가는 비비하님에게 사랑을 고백하면

비비하님 성원의 전경 : 어두운 전설을 간직하고 있는 비비하님 성원은 밖에서 보면 그 명성에 걸맞게 웅장한 건물이다. 이 장대한 건축물은 완공 이후 지진으로 붕괴되기도 했고, 부하라의 왕은 비비하님 성원의 자재를 허물어서 가지고 가기도 했다고 한다.

 실크로드의 땅, 중앙아시아의 평원에서

서 자신의 사랑을 받아주지 않으면 더 이상 일을 하지 않겠다고 통첩했다. 결국 젊은 건축가의 사랑을 비비하님이 받아들였지만 세상에 비밀이란 없는 법. 인도 원정을 끝내고 돌아온 아미르 티무르는 이 사실을 알아차렸다. 페르시아의 건축가는 사랑하는 여인을 버린 채 중동으로 야반도주를 했고, 비비하님은 티무르의 손에 죽었다고 한다.

어두운 전설을 간직하고 있는 비비하님 성원은 밖에서 보면 그 명성에 걸맞게 웅장한 건물이다. 이 장대한 건축물은 완공 이후 지진으로 붕괴되기도 했고, 부하라의 왕은 비비하님 성원의 자재를 허물어서 가지고 가기도 했다고 한다.

입장료 2,100숨을 내고 안으로 들어가니 성원 앞에는 뜰이 있다. 안뜰에서는 다른 유적지와 마찬가지로 기념엽서와 목각인형 등을 팔고 있는 장사꾼들이 있었다. 밖에서 볼 때는 웅장한 느낌이었는데 안으로 들어와보니 그 느낌은 작아져 있었다. 안뜰에서 본 성원의 외벽은 온통 떨어져나간 벽돌 투성이고 그 때문에 벽은 군데군데 구멍이 뚫린 모습이다.

성원 안으로 들어가니 내부 상태는 더 안 좋았다. 내벽은 사방이 균열로 갈라진 모습으로 부서지다만 듯한 몰골이다. 성원이 완공되었을 당시 여기에서 기도를 하던 무슬림들은 천정에서 떨어지는 벽돌을 피해 다녀야 했다고 한다. 천정을 올려다보니 그 모서리에도 거미줄처럼 갈라진 균열이 여러 군데 보였고, 벽돌 하나가 툭 떨어진다 해도 이상할 것 없어 보였다.

성원 옆에 있는 작은 뜰도 마찬가지다. 널려있는 쓰레기와 돌의 파편들이 보였다. 이곳에서 올려다본 성원의 모습도 기괴하기만 하다.

보수가 진행 중인지 건물 곳곳에서 밖으로 튀어나와 있는 철제 구조물들, 떨어져나간 벽돌과 균열 생긴 벽이 최악의 조화를 이룬 모습은 마치 유령의 탑 같은 기괴함이다.

인도원정을 마치고 돌아온 티무르가 야심차게 건설했다는 이 성원. 그 야심이 지나쳤던 것인지 아니면 슬픈 전설의 주인공인 비비하님의 원한 때문인지, 사마르칸드의 손꼽히는 건축물 중 하나인 이 성원은 마치 폐허처럼 방치되고 있었다.

가까이에서 본 샤흐이진다 대영묘의
화려한 돔 모습(좌)과 전경(우)

성원을 둘러보고 샤흐이진다라는 이름의 대영묘로 향했다. 사마르칸드에서 가장 신성한 곳이라는 이곳은 평일과 주말을 따로 구분할 것 없이 많은 현지인들이 찾아오는 곳으로도 유명하다. 티무르 일가의 무덤이 있는 이곳은 번잡한 시내 중심가에서 벗어나 있다.

크고 작은 여러 개의 돔이 인상적인 이곳도 지금은 보수공사 중이라서 내부로 들어갈 수 있는 곳은 제한되어 있었다. 안쪽으로 들어가보니 샤흐이진다의 뒤쪽으로 공동묘지가 보였다. 특이한 점은 비석에 얼굴을 그려놓았거나 얼굴 사진으로 장식해 놓았다는 것이다. 사방이 무덤이라 그런지 시내중심가를 벗어난 곳이라 그런지, 이곳은 조용하고 적막한 느낌이다. 대영묘 자체의 볼거리 보다는 조용한 분

위기가 좋은 그런 곳이다.

사마르칸드에 유적만 있는 것은 아니다. 주립대학교가 있는 거리에서 아미르 티무르 동상이 있는 쪽으로 오다 보면 좌측에 커다란 공원이 있는 거리가 있다. 이 거리의 입구는 한눈에 보더라도 공원이라는 것을 알 수 있다. 이곳으로 들어서면 많은 노천카페와 울창한 나무들, 꽃밭과 그 옆으로 늘어선 러시아 풍의 작은 건물들이 있는 공원 내 산책로가 나온다.

복잡한 시내로부터 벗어나 조용히 쉬고 싶은 사람에게 적당한 장소다. 그리고 그런 이유로 내가 매일 찾았던 곳이기도 하다. 아침이건 저녁이건 이곳은 한산하다. 이 공원에는 노천카페가 많지만 손님이 앉아 있는 테이블의 수는 손가락으로 꼽을 정도 밖에 되지 않는다. 이곳의 노천카페에서 파는 커피는 한잔에 200-300숨 정도다. 처음 이 카페에서 커피를 마셨을 때 가격을 잘 몰라서 당황했던 기억이 있다. 테이블에 앉아 서툰 러시아말로 커피를 주문하고 가격을 묻자 아주머니는 손가락을 두 개 펴보였다. 그래서 난 '2천 숨이구나. 뭐 비싼 편은 아니네' 라고 생각했었다. 큰 머그잔에 넘치도록 담겨진 커피를 천천히 마시고 카운터로 가서 2천 숨을 아주머니에게 건넸다. 그러자 아주머니는 손을 휘휘 저으면서 나에게 1800숨을 거슬러주었다.

공원을 천천히 걸으며 기분 내키는 대로 벤치에도 앉고 사진도 찍으면서 시간을 보내다보면 여행자의 한가로움을 즐길 수 있다. 시내를 벗어난 조용한 공원. 사마르칸드의 골치 아픈 역사나 이슬람 유적과는 전혀 관계없는 곳이 바로 이 공원이다. 많은 사람과 상인들로 북적이는 바자르와 달리 늘 조용하고 한적하다. 또 울창한 나무들이 만들어내는 그늘 때문에 그다지 덥지도 않다. 예전 사마르칸드도 이곳처럼 평화롭지 않았을까. 아니 전성기 때 사마르칸드는 수많은 외국인들이 들락거렸다니까 어쩌면 바자르처럼 활기 넘쳤을지도 모르겠다.

사마르칸드에서 6일을 보냈다. 어떤 사람은 '거기서 뭐 할 게 있다고 6일이나 있었냐?' 고 묻기도 했지만, 난 그냥 씩 웃을 뿐 특별히 할 말은 없다. 꼭 무언가를 하기 위해 온 것이 아니라, 그냥 여행을 하고 있는 것뿐이니까.

 실크로드의 땅, 중앙아시아의 평원에서

그 6일 동안 나는 대충 끼니를 때우고, 유적지 주변을 서성이고, 바자르를 기웃거리고, 아프라시압 언덕에 올라 폭염을 만끽하며 시내를 바라보곤 했다. 지나다니는 사람들은 많았지만 그중에서 날 아는 사람은 없다. 누군가 한국말을 할 줄 아는 사람을 만나면 반가웠겠지만, 당연히 6일 동안 그런 일은 없었다.

사마르칸드의 중심가인 레기스탄 거리에는 많은 식당과 노천카페, PC방도 있다. 손님을 환영하는 유목민의 전통을 가지고 있어서인지 우즈벡 현지인들은 대체로 외국인에게 친절하다. 그러나 현지 사정을 잘 모르는 여행자에게 바가지를 씌우는 바자르의 가게주인도 있고, 끊임없이 따라오면서 기념품을 사라고 조르는 상인도 있다.

8월 말의 사마르칸드는 덥다. 특히 아프라시압 언덕은. 그 무더위 속에서 생각까지 날아가버릴 것 같은 아프라시압 언덕. 구름 없는 하늘에서 내리쬐는 햇볕과 사방 황량하고 단단한 흙언덕인 이곳에서 걸음을 잘못 옮기다가는 낡은 운동화를 뚫고 들어오는 억센 풀에 찔리기 쉽다. 쉴 만한 나무나 그늘 하나 없어 더위를 식히려면 그저 불어오는 바람을 기다리는 수밖에 없다. 이 언덕 밑에 묻혀있는 유적도 마찬가지일 것이다. 땅속에 묻혀 있는 유물들은 누군가가 자신을 발굴해 주길 그저 기다리는 수밖에 없을 것이다.

언제 이 언덕의 발굴이 끝날까? 그리고 언제 비비하님 성원은 보수공사를 끝마치고 제 모습을 찾을까?

몽골 원정대에게 파괴된 사마르칸드를 재건한 인물 아미르 티무르. 그 아미르 티무르는 명나라를 원정하러 가던 도중 죽었다고 한다. 만일 티무르가 죽지 않고 명나라에 쳐들어갔다면 결과는 어떻게 되었을까? 역사에 '만일'이란 것은 없다지만.

티무르가 오스만제국을 침략했을 때 동원한 병사의 수는 거의 100만에 가까웠다고 한다. 그러나 명나라 원정시 출발할 때 그의 군대는 20만 정도에 불과했다. 사마르칸드에서 당시 명나라의 수도였던 난징까지는 족히 5천km가 넘는 거리였다. 티무르가 과연 어떤 길을 따라서 난징으로 진군할 계획이었을지는 모르겠으나 어떤 길을 택했더라도 실크로드를 따라서 갈 수 밖에 없었을 것이다. 과거 대상들이 교역을 위해 말과 낙타에 상품을 싣고 가던 그 길을 티무르는 정복자가 되기 위해 군사를 이끌고 이동할 생각이었을 것이다.

티무르가 거쳐 가려고 했던 5천km가 넘는 원정길은 그동안의 어떤 길보다도 멀고 험한 길이 되었을 것이다. 20만 대군을 이끌고 파미르 고원과 타클라마칸사막을 거쳐서 명나라로 들어가는 길은 그 자체로 고역이었을지 모른다. 하지만 만일 티무르가 죽지 않고 파미르 고원을 넘고 타클라마칸사막을 통과해서 명나라로 쳐들어 갔다면 어떻게 되었을까? 당시 명나라의 왕은 영락제였다. 명나라 왕들 중에서 가장 호전적이었다고 알려진 인물이다. 그리고 티무르는 명나라를 이슬람으로 개종시키겠다는 야심을 갖고 있었다. 영락제와 티무르가 맞붙었다면 결과를 예측할 수는 없겠지만 볼 만한 한판 승부가 되지 않았을까. 아프라시압 언덕에서 멀리 사마르칸드를 바라보자면 온갖 생각들이 떠오른다. 쓸데없는 이런 역사의 가정까지도.

티무르제국의 수도이자 실크로드의 중심지였던 영광의 도시 사마르칸드. 이제 이곳을 떠나서 부하라, 히바로 가면 아미르 티무르의 흔적과도 멀어져갈 것이다.

_ 세 번째 이야기

천년의 고도(古都) 부하라

부하라의 구시가지는 마치 아라비안 나이트의
한 장면을 연상시킨다.
황토색의 낮고 둥근 석조 건물과
푸른색 돔으로 장식된 수많은 유적들.
조용한 라비하우스 주위 카페에 앉아서
그 모습을 바라보고 있자면, 펑 하는 소리와 함께
램프의 요정이 나타나더라도 놀랄 것 같지 않다.

Buxoro

부하라에 도착한 첫 느낌은 조용하다는 것이다.
거창한 타쉬켄트나 사람들로 번잡했던 사마르칸드와는 달리
이곳의 인상은 한적한 느낌이다. 큰 대로나 큰 건물, 돌아다니는 차도 별로 없다.
라비하우스 주위로 많은 유적이 모여 있는 이곳은 온통 이슬람 유적과
이슬람풍 건물들로 마치 도시가 커다란 야외박물관처럼 느껴진다.

1. 종교도시 부하라에 도착하다

사마르칸드의 기차역 앞은 오전부터 많은 택시와 버스로 붐볐다. 타쉬켄트와 부하라로 가는 합승택시를 타려는 사람, 호객하는 운전기사, 흥정을 하는 승객 그리고 많은 시내버스들로 북적이고 있었다. 택시를 타고 부하라에 가기로 결정한 나는 부하라로 가는 합승택시를 골라 탔다. 가격은 30달러. 나 혼자 30달러를 내는 것이 아니라 함께 택시를 타는 사람들과 나누어서 낸다.

대중교통이 많이 발달해있지 않은 우즈베키스탄에서는 도시에서 도시로 이동할 경우, 이런 식의 합승택시를 많이 이용한다. 이런 장거리 택시는 주로 대우의 티코나 넥시아(씨에로)가 많다. 차종에 따라

서 요금도 차이가 있는데 보통 티코를 이용할 경우, 넥시아의 요금보다 5달러 정도 싼 편이다. 오전에 출발하면 오후에 도착하는 경우가 많기 때문에 중간에 식당에서 밥을 먹게 되는데 이때 운전기사의 밥값도 택시 승객이 지불하게 된다.

부하라는 사마르칸드에서 서쪽으로 300km 정도 떨어진 도시다. 중앙아시아에서 가장 종교적인 도시이자 세계에서 가장 오래된 도시 중 하나이다. 실크로드의 주요 도시 중 하나기도 했기에 과거에는 수많은 대상숙소들이 있었던 곳이다. '부하라' 는 산스크리트어로 '사원' 이라는 뜻이라고 한다.

사마르칸드에서 현지인 2명과 함께 타고 출발한 택시는 오후 3시경 부하라 버스터미널에 도착했다. 여기서 다시 택시를 타고 부하라 관광의 중심지라고 할 수 있는 라비하우스에서 내린 나는 배낭을 메고 근처에 많이 있는 B&B 호텔을 찾았다. 'Sasha & Son' 이라는 이름의 작은 호텔에 들어서자 청바지를 입은 늘씬한 젊은 여인이 나를 맞아주었다. 그녀의 이름은 '에리나' 라고 했다.

"방 있어요?"

"예. 있어요."

"하루에 얼마예요?"

"35달러요."

너무 비싸다. 난 놀라서 되물었다.

"35달러요? 너무 비싸요."

"얼마를 예상했는데요?"

"아침 식사까지 포함해서 20달러요."

"잠깐 기다려보세요."

그녀는 안쪽으로 들어가더니 잠시 후 열쇠 하나를 들고 나타났다.

"20달러짜리 방이 하나 있어요. 이쪽으로 와요."

2층으로 올라간 그녀는 방문 하나를 열어 보여주었다. 혼자 쓰기에 적당한 작은 방이다. 침대 하나에 냉장고, 에어컨, 화장실과 샤워실도 있다. 난 이곳에서 4일을 묵기로 하고 짐을 풀고 밖으로 나섰다.

내가 묵기로 한 숙소 앞에는 라비하우스(Labi Hauz)라는 이름의 연못이 있다. 17세기 초에 만들어졌다는 이 연못 주변에는 3개의 인상적인 건물―, 노디르 디반베기 메드레세와 쿠켈다쉬 메드레세 그리고 노디르 디반베기 하나카(대상숙소)가 있다. 메드레세는 과거 신학교로 사용되었던 곳인데 지금은 기념품 가게와 찻집으로 바뀌어있다.

라비하우스 주위에는 많은 현지인들이 있었다. 나스레딘 동상 옆에서 할아버지들이 장기 같은 것을 두는 모습도 보였고, 주위 노천카페에서는 대낮부터 술을 마시는 아저씨들도 있었다. 그리고 노천카페에서 일하는 사람들은 연신 물통으로 라비하우스의 물을 길어 나르고 있었다. 나는 노천카페의 한 테이블에 앉아서 커피를 마시며 주위를 둘러보았다.

부하라에 도착한 첫 느낌은 조용하다는 것이다. 거창한 타쉬켄트나 사람들로 번잡했던 사마르칸드와는 달리 이곳의 인상은 한적한 느낌이다. 큰 대로나 큰 건물, 돌아다니는 차도 별로 없다. 라비하우스 주위로 많은 유적이 모여 있는 이곳은 온통 이슬람 유적과 이슬람풍 건물들로 마치 도시가 커다란 야외박물관처럼 느껴진다. 부하라

숙소 앞에 있는 17세기 초에 만들어졌다는 연못, 라비하우스(Labi Hauz)

는 과거 약 400여 개에 육박하는 모스크와 메드레세가 있었다고 한다. 아마도 이슬람 건물 수로만 규모를 따지자면 부하라가 사마르칸드를 능가할지도 모른다.

라비하우스 앞에는 나스레딘 호자의 동상이 있다. 당나귀에 앉아서 손을 들고 있는 우스꽝스러운 모습이다. 나스레딘 호자는 터키의 아나톨리아 반도에서 중앙아시아 동부까지 널리 알려진 해학적인 이야기 속 주인공으로 등장하는 인물이다. 실존인물인지 아닌지 불명확한 이 인물은 특히 부하라에서 유명한지 부하라의 많은 기념품 가게에서는 그의 조각상을 팔고 있었다.

커피를 마신 나는 자리에서 일어섰다. 본격적인 구경은 내일부터 하더라도 오늘은 그냥 지도를 보면서 이 주변의 거리나 익혀두어야겠다고 생각했다. 라비하우스에서 서쪽으로 가다보면 유명한 칼란 미나레트와 미리아랍 메드레세 그리고 아르크 성이 차

나스레딘
호자의 동상

미리아랍
메드레세

레로 나온다. 부하라는 작은 곳이다. 굳이 타쉬켄트와 비교할 것도 없이 사마르칸드와 비교하기만 하더라도 이곳은 작은 마을 같은 그런 느낌이다.

내가 머물고 있는 라비하우스가 구시가지의 중심이고 이 구시가지에 대부분의 이슬람 건물과 유적이 모여 있다. 그리고 주위에 관광안내소와 PC방, 여러 개의 여행사도 자리 잡고 있다. 이 라비하우스 주변 거리를 산책하듯 걷다보면 주요 유적을 모두 볼 수 있을 것 같았다. 그때 한 아이가 다가왔다.

"펜!"

"펜?"

한 6살이나 되었을까. 이번에는 오른손으로 뭔가 쓰는 시늉을 하며 같은 말을 반복했다.

"펜!"

 실크로드의 땅, 중앙아시아의 평원에서

처음에는 이게 무슨 뜻인지 몰랐다. 뭔가 쓰는 시늉을 하길래 나더러 사인을 해달라는 뜻인가 싶었는데 그게 아니었다. 이 아이는 나에게 볼펜을 달라는 것이다. 뜬금없이 웬 볼펜?

이 아이를 시작으로 난 부하라에서 내게 볼펜을 달라는 수많은 아이들과 마주치게 되었다. 타쉬켄트와 사마르칸드에서는 볼 수 없었던 일이다. 하긴 그 도시에서는 어린아이들을 본 기억이 별로 없다. 작은 도시라서 그런지 부하라에서는 동네를 뛰어다니는 아이들을 많이 볼 수 있다. 예전에 누가 이곳에 와서 볼펜을 몇 다스 뿌리고 간 적이 있었는지, 아이들은 하나같이 나를 보면 볼펜을 달라고 한다. 더구나 미로 같은 길을 지나서 나에게 쵸르 미노르를 안내해준 아이는 끊임없이 '머니'를 요구하기도 했다.

처음에는 귀찮아서 '그냥 몇백 원 주고 말까' 하는 생각도 들었지만 곧 생각을 바꾸었다. 이 작은 곳에서 내가 돈을 주었다는 소문이 퍼지기라도 하면 그때부터는 정말 피곤해지기 시작할 것이다.

이런 아이들을 보고 나니 부하라의 또 다른 분위기를 느낄 수 있었다. 라비하우스 주위에는 대형 버스들이 늘어서 있고 버스에서 내린 듯한 서양인 관광객들이 무리지어 다니고 있었다. 사마르칸드 못지않게 많은 볼거리가 있는 부하라. 수많은 외국인들이 관광시즌마다 들락거리는 이곳은 관광객을 상대하는 기념품 가게와 상인들의 수가 사마르칸드의 그것보다 더 많아 보였다. 그리고 외국인들을 호객하는 아이들의 숫자도.

라비하우스 주위를 둘러보다가 굼바스라고 부르는 곳까지 걸어가

쵸르미노르(좌), 부하라의 굼바스(우)

보았다. 굼바스란 고전적인 상가건물을 가리키는 용어라고 한다. 이슬람 양식의 둥근 돔들로 만들어진 낮은 건물이다. 이 안으로 들어가면 기념품과 양탄자, 먹거리들을 파는 많은 가게와 약국도 있다. 이전의 대상들이 부하라를 왕래할 때는 이곳이 상업시설의 중심이었을 것이다. 다양한 국적의 상인들이 왕래하던 곳이라서 환전소의 역할도 했다고 한다. 지금은 커다란 바자르와 현대식 마켓들이 부하라의 곳곳에 있긴 하지만, 그래도 아직까지 굼바스는 멀쩡한 겉모습과 함께 작은 바자르의 역할도 겸하고 있었다.

다시 라비하우스로 돌아와 노천카페에 앉았다. 뙤약볕 속에서 장거리 택시를 타고 오느라 피곤하긴 했지만, 숙소로 들어가고 싶지는 않았다. 조용한 라비하우스에 앉아 우스꽝스러운 나스레딘 호자의 동상을 바라보며 부하라의 분위기를 좀더 느껴보고 싶었다. 내일부터의 본격적인 부하라 구경을 기대하며.

2. 부하라에서 본 우즈벡 독립기념축제

부하라 구경의 시작점은 아르크 성이었다. 부하라 왕국의 왕이 살았던 곳이라는 이 성은 7세기경에 만들어졌다는데 현재의 양식은 16세기에 이루어진 것이다. 정면에서 바라본 성의 모습은 황토색 벽돌로 매끈하게 쌓은 모습이다. 별다른 장식이나 채색 없이 부드럽게 올려진 이 성의 전경은 사막에서 마주치는 모래언덕을 연상시키고 있었다.

라비하우스에서 아르크 성까지 걸어가는 도중에도 경찰을 많이 볼 수 있었다. 타쉬켄트와 사마르칸드의 경찰들이 그랬던 것처럼, 이 경

부하라의 아르크 성

찰들 역시 날 본 척도 하지 않는다. 그래서 이번에는 위치도 확인할 겸 내가 먼저 말을 붙여 보기로 했다. 내 앞을 걸어가고 있던 경찰 두 명에게 지도를 들고 다가갔다.

"아르크? 아르크?"

난 경찰에게 지도를 보여주며 앞쪽 성을 가리키면서 말을 걸었다.

"아르크! 아르크!"

경찰은 성을 가리키며 고개를 끄덕인다. 이번에는 내가 오른쪽을 가리키며 말했다.

"칼랸 미나레트?"

"다(예), 칼랸 미나레트!"

경찰은 역시 웃으면서 말한다. 중앙아시아에 오기 전 '경찰을 조심하라'는 말을 많이 들었었다. 하지만 지금까지의 경험으로는 그 말이 과장된 것 같다는 생각이다. 적어도 우즈베키스탄의 경우에는 그런 것 같다. 난 경찰들에게 손을 흔들며 성으로 올라갔다.

아르크 성의 내부는 현재 많은 전시공간과 기념품 가게로 변해 있었다. 입장료는 4,400숨이다. 성의 정문을 통해 들어간 통로의 양옆은 기념품 가게다. 그곳을 빠져나오니 널찍한 공간의 여러 개 전시실이 있고 그곳을 구경하는 서양인들이 보였다.

전시실을 하나하나 구경했다. 기원후 1-2세기에 사용했다는 흙도자기와 녹슨 철검을 포함해서 많은 유물이 있다. 사람 키만한 러시아 사모바르가 있고 화려한 색의 도자기와 접시, 전통 악기 그리고 무기 등 많은 유물이 있었다. RPG 게임에 나올 듯한 큰 활과 창, 도끼와 대포 그리고 많은 대포알이 있다. 사과 크기의 대포알부터 내 머리만한 크기의 대포알까지 다양한 크기의 대포알이 전시되어 있었다. 다른 전시실에는 코란이 전시되어 있었다. 큰 방 하나가 코란으로 덮여 있었다. 코란의 크기도 천차만별이다. 영어사전 크기만한 것에서부터 피아노 악보를 연상시키는 크기의 코란까지 다양한 크기다.

전시실을 둘러보고 나와서 성의 곳곳을 돌아다녀 보았다. 아르크 성에 오르면 시내를 바라볼 수 있다고 하기에 나도 그 기대를 하고 있었다. 하지만 성의 정면에서 보는 시내는 구시가지의 반대 방향이었다. 구시가지에 있는 돔과 미나레트를 보려면 성의 뒤쪽으로 가야만 한다. 하지만 뒤쪽으로 갈 수 있는 길은 없어 보였다.

어딘가 길이 있지 않을까 생각하면서 돌아다녀 보았지만 뒤쪽으로 통하는 길은 모두 막혀있었다. 그렇다면 성의 뒤쪽으로는 갈 수 없다는 말인가. 반쯤 포기한 상태에서 한쪽에 놓여 있는 의자에 앉아 쉬고 있던 나에게 행운이 찾아왔다. 역시 뜻이 있는 곳에 길이 있는 법. 한 경찰이 다가오며 나에게 말을 걸어왔다.

"곤니찌와!"

난 그 경찰을 바라보면서 서툰 러시아어로 말했다.

"야뽀니야 니예트, 까레야!(일본인이 아니요. 한국인이요!)"

경찰은 "까레야!" 하고 내 옆에 앉더니 내가 들고 있던 지도를 보면서 러시아어로 뭐라고 말을 했지만 난 알아들을 수가 없다. 난 그 경찰에게 성의 뒤편을 가리키면서 그쪽으로 갈 수 없냐는 시늉을 해보였다. 경찰은 웃으면서 1달러를 내면 자기가 데려다 주겠다고 한다.

우즈벡의 다른 경찰들처럼 이 경찰도 박봉의 월급을 이런 식으로 보충하는 거겠지. 왠지 부정한 일을 하는 것 같아서 찜찜했지만 이번 기회가 아니면 언제 성의 뒤편으로 갈 수 있으랴. 난 1달러에 해당하는 우즈벡 지폐 1000숨을 경찰에게 주고 그를 따라 나섰다.

경찰은 성 뒤쪽으로 통하는 철제문으로 날 데려갔다. 주위를 둘러보더니 철제문을 감고 있던 쇠사슬에 매달린 자물쇠를 열고 나에게 들어가라는 손짓을 했다. 난 더위도 잊은 채 카메라를 메고 걸어서 성 뒤편으로 나아갔다.

성 뒤쪽은 폐허였다. 성의 앞쪽이 벽돌로 만들어진 매끈하고 견고한 모습이라면, 뒤쪽은 마치 사마르칸드의 아프라시압 언덕을 연상시키는 모습이었다. 단단한 흙과 군데군데 솟아 있는 메마른 풀들과 부서진 벽돌 구조물들. 왜 뒤쪽을 관광객들에게 공개하지 않는지 이해되었다.

아르크 성에서 ㅂ-라본 부ㅎ-라의 전경

　그러나 눈앞에는 부하라의 구시가지가 보였다. 칼랸 미나레트와 굼바스와 칼랸 성원의 푸른 돔이 파란 하늘 아래에서 빛나고 있다. 카펫 바자르에서 팔고 있는 거대한 카펫과 길을 걷는 사람들의 모습도 보였다. 조금 전 찜찜했던 기분은 사라지고 더위도 아랑곳 않은 채 난 그 광경을 보면서 사진을 찍었다.

　아르크 성을 나와 근처에 있는 노천카페에서 밥을 먹고 칼랸 성원으로 향했다. 이곳은 칼랸 성원과 그 앞에 있는 칼랸 미나레트(첨탑)로 유명한 곳이다. 특히 12세기에 만들어진 칼랸 미나레트는 부하라의 상징과도 같은 탑으로 46m의 높이라고 한다. 가까이 다가가서 본 그 탑은 사진에서 보던 것보다 더 웅장하고 높게 느껴졌다.

　13세기 이곳에 쳐들어왔던 칭기즈칸은 이 탑을 보고 감명을 받아

파괴하지 말라는 명령을 내렸다고 한다. 또 이 탑은 '죽음의 탑'으로도 유명하다. 부하라의 왕이 사형수를 자루에 담아 탑의 꼭대기에서 던져 처형을 했기 때문이다. 그리고 보니 부하라의 많은 건물은 모두 황토색이다. 단지 몇몇 돔들만 푸른색이었고 아르크 성도 칼랸 미나레트도 굼바스도 황토색이다. 황량한 평원 근처에 만들어진 오아시스 도시라서 그런지 건물들도 모두 황토색으로 모래벌판을 연상하게 한다.

한 아이가 내 앞에 나타났다.

"어느나라에서 왔어요?"

한 10살 정도로 보이는 여자아이가 영어로 말을 걸어왔다. 전통 복장을 입었고, 부하라의 강한 햇볕 때문에 얼굴은 검게 그을렸다.

"덥지 않아요? 저기 우리 엄마 가게에 가서 음료수 한잔 마셔요. 이리 와요."

아이는 내 손을 잡더니 한쪽의 노점상으로 날 데려갔다. 그곳에는 한 여인이 작은 냉장고를 앞에 두고 장사를 하고 있었다. 콜라와 환타 그리고 아이스크림을 팔고 있는 가게다. 얼떨결에 난 300숨짜리 작은 환타를 한 병 사서 마셨다.

"여기는 우리 엄마 가게에요. 그리고 내가 하는 가게도 있어요. 기념품을 팔고 있거든요. 이쪽으로 와 봐요."

카펫 바자르 앞에는 많은 노점상들이 있다. 파는 물건도 가지각색이다. 아이가 날 데려간 곳은 그중에서 작은 공예품과 인형, 모자를 팔고 있는 곳이다.

"예쁘죠? 이제 며칠 후면 학교에 가야 하기 때문에 장사를 못해요.

그러니까 오늘 몇 개 사줘요."

난 대충 둘러대고 그 자리를 빠져 나왔다. 부하라의 아이들은 너무 붙임성이 좋아서 문제다. 기념품에 관심이 없는 것은 아니었지만 난 앞으로 두 달 가까이 더 여행을 해야 한다. 그 두 달 동안 기념품을 배낭 안에 넣고 다닐 수는 없는 노릇이다. 여행을 능률적으로 하려면 시간이 지날수록 짐이 줄어들어야 한다.

칼란 성원 내부 모습과
기도하는 무슬림들

사람들로 북적대는 카펫 바자르 앞을 벗어나 조용한 성원으로 들어갔다. 입장료 700숨을 내고 들어간 칼란 성원 자체는 큰 볼거리가 있어보이지는 않는다. 사마르칸드의 비비하님 성원 못지않게 커다란 성원인 이곳 내부의 넓은 뜰에는 나무 한 그루가 있고 뜰의 사방으로는 많은 기둥이 있는 회랑이다. 그곳에서는 몇몇 무슬림들이 기도를 하고 있었다.

햇볕을 피해서 회랑 한쪽에 앉았다. 복잡하고 시끄러운 카펫 바자르 앞의 공간과는 달리, 이 성원 안쪽은 조용하다. 상인도 없고 아이들도 없다. 보이는 것은 햇볕과 나무 한 그루와 푸른 돔. 들리는 것은 무슬림들의 기도소리뿐이다.

저녁이 되어 다시 라비하우스로 오니 무슨 행사를 준비하고 있다.

그러고 보니 오늘은 우즈베키스탄의 독립기념일인 9월 1일. 타쉬켄트와 사마르칸드에서는 대대적인 기념행사를 하고 있을 시간이다. 부하라의 구시가지에서도 거기에 맞춰서 독립기념행사를 하는 것 같았다. 하지만 역시 부하라는 작은 곳이라서 그런지 행사라기보다는 잔치 같은 분위기다. 따로 마련한 무대장치도 없고 현수막도 없다. 단지 평소보다 좀더 많은 사람들이 모였고 좀더 많은 음식이 준비되어 있다는 점이 다르게 보였다. 나스레딘 호자 동상 앞쪽으로 짙은 화장과 화려한 복장을 한 가수와 무용수가 나와 노래를 하며 춤을 추고 있었다. 반면에 라비하우스의 다른 편에서는 마을 사람들이 주로 모여서 노래와 춤을 추는 마치 마을 잔치 같은 분위기였다.

난 그 마을잔치 쪽을 가보았다. 이곳은 마을아이와 어른들의 무대였다. 어설픈 사회자의 진행에 따라 아이들이 나와서 노래에 맞춰 춤을 추고 도복을 입은 아이가 나와서 태권도 시범을 보이고 있었다. 언

부하라의 독립기념 축제

제 연습을 했는지 대여섯 명의 아이들이 코조를 맞추어 함께 춤을 추는가 하면, 머리를 예쁘게 땋아 올린 어린 아이도 무대를 뛰어다니며 춤을 추고 있었다. 주변의 노천카페에는 많은 현지인들이 앉아서 그런 모습을 보며 음식을 먹고 있다. 평소와 달리 오늘은 술을 팔지 않는지 어느곳의 카페 테이블이건 술이 보이지 않았다.

한쪽에 서서 그 모습을 보고 있자니 한 여인이 다가와서 테이블을 가리키며 앉으라고 권유했다. 현지 노인들이 주로 앉아 있는 자리에 내가 앉으려니 왠지 어색했지만 못이기는 척 앉았다. 테이블에는 빵과 삼사, 차이와 케이크가 있었다. 나도 음식을 먹으면서 그 잔치를 바라보았다. 어느새 무대 주위에는 많은 현지인들이 둥그렇게 모여서서 박수를 치며 아이들의 춤과 노래를 보고 있었다.

저녁 7시 30분이 넘어가면서 이 무대는 온통 춤판으로 변해버렸다. 노래와 춤을 즐기는 민족답게 아이 어른 할 것 없이 음악에 맞추어 모두 뒤섞여 춤을 추기 시작했다. 이미 어두워진 마을에서는 메드레세 너머로 별이 보인다. 술 한잔 마시지 않은 사람들이 흥겹게 춤을 추고 있고, 덕분에 술 한잔 마시지 못한 나도 덩달아 즐거워졌다.

옆 테이블에 앉아 있는 할머니는 내가 한국에서 왔다니까 나에게 연신 음식을 권했다. 그때마다 넙죽넙죽 받아먹었지만 배가 부른지조차 모르겠다. 학생처럼 보이는 사람들이 와서 나에게 사진을 찍어달라는가 하면 전통 복장을 입은 젊은 우즈벡 여인은 함께 춤을 추자고 권유한다. 왠지 오늘이 지나고 나면 모든 부하라 사람들과 친해져 있을 것 같은 그런 밤이다.

난 부하라에 마음이 끌리고 있었다.
언제나 혼자일 수밖에 없었던 타쉬켄트나 사마르칸드와는 달리
부하라에서는 혼자 돌아다녀도 쓸쓸하다는 생각이 들지 않았다.
아마도 그건 관광객을 그냥 놔두지 않는 상인과
아이들 때문이었을 것이다.

3. 아이들 때문에 외롭지 않은 곳, 부하라

독립기념 축제랍시고 간밤에 늦게까지 놀았는데도 아침에 일찍 눈이 떠졌다. 어제는 구시가지를 구경했으니 오늘은 좀 외곽으로 돌아볼 생각이다. 구시가지 바깥에 있는 영묘 두 군데와 쉬토라이 모이하사 궁전을 가볼 계획이다. 라비하우스에서 지도를 보고 한참을 걸어가니 공원이 나왔다. 놀이시설도 있고 많은 나무와 꽃밭이 있는 곳이다. 이 공원 한쪽으로 이스마일 사마니드 묘와 조금 떨어진 곳에 차쉬마 아윱 묘가 있다.

우선 이스마일 사마니드 묘. 9세기에 사만 왕조의 이스마일 사마니

가 아버지를 위해 만들었다는 이 사각형 건물은 중앙아시아 전체에서 가장 오래된 건물이라고 한다. 13세기에 칭기즈칸 원정대가 이곳에 왔을 때는 이 묘가 땅속에 묻혀 있었기 때문에 파괴를 면할 수 있었다. 현재의 모습은 20세기 초 구소련의 고고학자가 발굴한 것이다.

이스마일 사마니드 묘

부하라의 다른 건물들과 마찬가지로 이 묘도 황토색이다. 단순한 사각형 건물에 돔을 얹어놓은 구조지만 벽면의 모습이 특이하다. 다른 건물들처럼 장식 없이 미끈하게 만든 것이 아니라 4면 모두 다른 둔양을 사용하여 장식한 건물이다. 그리고 돔의 모습도 그렇다. 황토색 돔에는 뾰족한 삼각뿔이 군데군데 솟아 있어서 거기에 손바닥을 갖다 대면 찔릴 것만 같다. 실제로 이 벽면은 햇볕의 강약과 각도에 따라서 눈에 비치는 문양의 모습이 다르다고 한다. 그러나 그걸 확인하자면 여기 앉아 이 묘를 바라보며 몇 시간을 기다려야 할 판이다. 난 포기하고 다른 영묘로 향했다.

오아시스 도시이기는 하지만 관개시설이 잘된 덕에 부하라의 곳곳에는 운하가 있고 스프링쿨러에서 물이 뿜어져 나오고 있다. 하지만 오래전에는 물이 없어서 많은 고생을 한 것 같다. 지금 내가 가고 있는 차쉬마 아윱 묘는 바로 그 물과 연관이 있다.

'차쉬마 아윱'은 '욥의 샘'이란 뜻이다. 여기서 욥은 바로 구약성

차쉬마 아윰(욥의 샘)의 묘

서에 나오는 욥이란 인물. 부하라의 주민들이 물이 없어서 고생을 하고 있을 때 욥이 나타나서 지팡이로 땅을 내려치자 그 곳에서 샘이 터져 나왔다고 한다. 정말 전설 같은 이야기다. 지금 차쉬마 아윰의 묘가 만들어진 곳이 바로 그 자리다.

명색이 천주교 신자지만 구약성서에 등장하는 욥이라는 인물에 대해서 별로 알지 못한다. 욥이 살았던 곳이 지금의 팔레스타인이라는 것 정도 밖에는. 팔레스타인에서 부하라까지는 족히 수천km의 거리다. 욥이 정말 중앙아시아까지 왔던가? 여기에 대해서는 다른 견해도 있다. 욥은 구약성서 뿐 아니라 코란에도 등장하는 인물이라고 한다. 이 건물이 만들어진 것은 14세기 이후. 그때는 이미 이 지역을 이슬람 세력이 장악하고 있던 때다. 그렇다면 그 전설의 주인공은 코란의 등장인물로 보는 것이 타당할 것도 같다.

 실크로드의 땅, 중앙아시아의 평원에서

쉬토라이 모이하사 궁전

부하라 구경의 마지막은 외곽의 카라반 바자르에서 택시를 타고 도착한 쉬토라이 모이하사 궁전이었다. 이곳은 부하라 왕국의 마지막 칸(왕)이 살았던 여름궁전이다. 19세기 말에서 20세기 초 러시아 건축가와 현지의 건축가가 함께 만들었기 때문에 동서양 양식이 혼합된 궁전이라고 한다.

3천 숨의 입장료를 내고 들어선 궁전 안 — 유럽풍의 하얀 건물을 지나 안쪽으로 들어서자 넓은 정원과 연못, 정면의 2층 건물이 눈에 보인다. 이곳 역시 지금은 박물관으로 바뀌어 있었다. 1층은 당시에 사용하던 옷과 침대, 라면그릇으로 사용하면 제격일 듯한 그릇들과 화려하게 장식한 접시와 주전자 등이 전시되어 있다.

그리고 많은 카펫이 있었다. 『아라비안나이트』에 나오는 '하늘을 나는 양탄자'를 연상시키는 커다란 카펫부터 화장실 앞에 놓아두면 좋을 것 같은 작은 카펫까지 크기도 다양하다. 수많은 카펫들이 벽과 바닥에 펼쳐져있고 그것도 모자라서 구석마다 둥그렇게 말린 채 세워져 있다. 도대체 이 많은 카펫을 어디에 사용했을까 궁금해질 정도로 많다. 궁전 내부의 벽과 바닥을 모두 덮고도 남을 듯한 카펫들. 당시 이 궁전에 몇 명이나 있었는지 모르지만 그 사람들이 하나씩 몸에 두르고 있더라도 남을 만한 분량의 카펫이다.

2층 한쪽의 테라스로 나아가자 그곳은 카페로 바뀌어 있었다. 테이블에 앉아 차이를 마시며 밖을 보니 넓은 연못이 보인다. 예전에 이 연못은 칸의 후궁들이 수영을 하던 곳이라고 한다. 지금은 후궁 대신에 팔뚝만한 시커먼 물고기들만이 헤엄쳐 다니고 있다. 여전히 날은 덥고 하늘은 파랗다. 이 테라스는 부하라의 칸이 자주 찾았던 곳이라고 한다. 난 살아생전에 칸이 되지는 못하겠지만 어쨌든 그런 기분으로 이곳에 앉아서 느긋하게 시간을 보냈다.

3일이 지나자 부하라에서는 할 일이 없어졌다. 할 일이 없다기 보다는 부하라가 익숙해진 것이다. 부하라의 웬만한 유적은 모두 보았고 굼바스와 거리도 많이 걸어보았고 라비하우스 근처 노천카페에서 꼬치구이와 양고기국도 먹을 만큼 먹어보았다. 볼펜과 머니를 외치며 쳐다보는 아이들에게도 익숙해졌으니 이제 부하라를 떠날 때가 된 것이다.

부하라는 독특한 곳이다. 조용하면서도 시끌벅적한 곳이다. 라비하우스 주위의 노천카페에 앉아 커피를 마시다보면, 세상이 뒤집어지더라도 이곳만큼은 조용함을 잃지 않을 것이라는 생각이 들 정도로 한적한 분위기다. 그렇지만 여기서 몇 분만 걸어서 굼바스나 카펫 바자르에 이르면 다시 온갖 상인과 호객하는 아이들 때문에 소란스러운 세상을 만나게 된다.

난 부하라에 마음이 끌리고 있었다. 언제나 혼자일 수밖에 없었던 타쉬켄트나 사마르칸드와는 달리 부하라에서는 혼자 돌아다녀도 쓸쓸하다는 생각이 들지 않았다. 아마도 그건 관광객을 그냥 놔두지 않는 상인과 아이들 때문이었을 것이다. 부하라의 어느 곳을 걷더라도 붙임성있게 다가오는 많은 아이들을 볼 수 있다. 때로는 뭔가 물질적인 것을 요구하는 경우도 있지만. 난 이 아이들이 좋았다. 부하라에 도착해서 빨리 익숙해질 수 있었던 이유는 나에게 웃음을 보여준 아이들 때문이다. 그리고 내가 만일 부하라에 다시 온다면, 그건 아마 이 아이들이 보고 싶기 때문일 거다.

라비하우스의 카페에서 저녁을 먹고 호텔로 들어갔다. 사무실에 앉아있던 에리나에게 내일 떠난다는 말을 하고 그 동안의 방값을 계산했다. 에리나가 물었다.

"내일 어디로 가요?"

"히바로요. 이찬칼라가 보고 싶거든요"

"예, 이찬칼라도 멋진 곳이죠. 부하라는 어땠어요?"

"아주 좋았어요. 볼 것도 먹을 것도 많고, 사람들도 친절하고. 근데 좀 덥더라구요."

"예, 맞아요. 부하라는 원래 여름에 많이 더워요"

정말 그렇다. 부하라는 여름에 많이 덥다. 물론 덥기로 따지면 우리나라도 만만치 않을 것이다. 한여름 서울의 더위를 상상해보면 알 수 있다. 뜨거운 태양과 아스팔트의 열기, 불쾌지수가 높아서 끈적끈적한 땀 그리고 시끄러운 도심의 매미소리. 그래도 서울에서는 한낮에 그 더위를 피할 수 있는 방법이 있다. 은행이나 커피숍, 대형서점에 들어가서 에어컨 바람을 맞으면 그 더위를 잠시 식힐 수 있다. 하지만 부하라에는 아니 우즈베키스탄에는 그런 것이 없다. 에어컨은커녕 선풍기도 흔하지 않다. 그렇기 때문에 '덥다'고 느껴지면 그냥 속수무책으로 더울 수밖에 없는 곳이 이 우즈베키스탄이다.

다음 목적지는 여기서 서쪽으로 약 500km 떨어진 히바라는 곳이다. 히바는 어떤 분위기일까. 히바에 적응하기 위해서는 얼마나 많은 시간이 걸릴까. 익숙한 곳을 떠나서 새로운 곳으로 향할 때는 설레임과 함께 불안한 기대감이 생기기 마련이다. 때로는 두려움까지도. 여행이 주는 묘미 중 하나는 그런 불안한 감정을 극복하고 낯선 환경에 적응해가는 것이다. 낯선 곳에 처음 도착해서 어색하고 불편하지만 그런 환경을 자신에게 익숙하게 만들어 가는 것. 처음 보는 거리와 처음 보는 사람과 때로는 적대적인 눈빛이 있는 곳을 친숙하게 바꾸어 가는 것이다.

어떻게 히바에 갈까를 고민해 보았지만 딱히 답이 나오지 않았다. 부하라에 있는 여러 군데 여행사에 들러서 동행자를 구해 보았지만 히바로 가겠다는 여행자는 없다. 어쩔 수 없다. 카라반 바자르 앞에 있는 버스터미널에 가서 일단 부딪혀보는 수밖에. 내일 히바로 출발한다. 타쉬켄트를 떠나고 나서 계속 서쪽으로 그리고 점점 작은 도시로 이동해 가고 있다.

_ 네 번째 이야기

흙으로 쌓은 성, 이찬칼라

부하라에서 히바로 가는 길은 온통 사막지대다.
황량하고 메마른 사막 카라쿰과 키질쿰.
보이는 것이라고는 오직 아지랑이와
가끔씩 나타나는 양떼뿐이다.
하지만 그 숨막히는 사막은
이상하게도 사람을 끌어당기는 매력이 있다.
사막의 열기가 사람을 끌어들이는 것일까.

Khiva

주위에 움직이는 것도 없고 살아있는 생명체도 없는 저 사막,
그 한가운데에 서면 내가 살아있는 존재라는 것을
그 어느 때보다 강하게 느낄 수 있을 것 같다.
수천 년 전 예언자들이 수행을 위해
모두 사막으로 들어갔던 이유도 이와 비슷하지 않을까.

1. 이것이 바로 진짜 고성 (古城)

　　부하라에서 히바로 가는 방법은 사마르칸드에서 부하라로 오던 방법과 같았다. 합승택시를 이용하는 것이다. 부하라 외곽의 카라반 바자르 앞은 언제나 많은 택시와 미니버스들이 늘어서 있는 터미널이다. 이곳에서 히바로 가는 합승택시를 타는 것이 가장 간단한 방법이다.

　　다만 부하라에서 히바까지 약 500km가 되는 먼 거리이기 때문에 비용도 그만큼 비싸진다. 3명이 넥시아를 탈 경우 1명당 25달러씩을 내야 한단다. 아침 10시 전에 이곳에 도착한 나는 히바로 가는 택시를 고르고 흥정도 끝냈지만, 다른 승객이 올 때까지 택시의 앞자리에

앉아서 기다릴 수밖에 없었다.

물론 나 혼자서 택시 한 대의 비용을 지불한다면 기다릴 필요 없이 바로 출발할 수 있겠지만, 여행자가 그런 객기를 부릴 수는 없는 노릇이다. 그래서 기다리기로 했다. 에어컨 없는 택시에 앉아 부하라의 뜨거운 뙤약볕 속에서 합승할 다른 승객이 올 때까지 기다리는 것이다. '시간은 돈'이라고 하던데 나는 돈을 아끼기 위해서 시간을 보내고 있다.

콧수염을 기르고 배가 나온 운전사의 이름은 슬롬이라고 했다. 그는 혼자 기다리고 있는 내가 신경 쓰였는지 곧 다른 승객이 올 거라는 시늉을 해 보였다. 이곳 터미널의 많은 차량 역시 택시는 대우의 티코와 넥시아가 많았고, 미니버스도 대우의 다마스를 포함해서 많은 외제차들이 보였다. 터미널의 뒤쪽이 카라반 바자르라서 그런지 아침부터 많은 사람들로 붐비고 있었다. 먼 거리를 가는 사람들을 상대로 물과 음료수를 파는 상인들, 전통 빵을 들고 다니며 파는 사람들과 호객하는 운전사들로 정신없는 곳이다. 슬롬은 어딘가로 전화를 하더니 이제 곧 두 사람이 더 올 거라고 말했다.

좀 덥기는 하지만 이곳에 앉아서 이렇게 기다리는 것도 나쁘지 않았다. 기다리는 것은 언제나 지루한 일이지만, 혼자 여행을 하려면 무엇보다 기다리는 법을 배워야 한다. 지금처럼 언제 올지 모르는 사람을 기다려야 하고, 말이 통하지 않는 곳에서 상대방이 내 뜻을 이해하길 기다려야 하고, 혼자 보내는 밤이 지나고 아침이 오길 기다려야 하는 것이다.

30분쯤 지나자 히바로 가는 다른 두 사람이 도착했다. 이제 히바로 출발이다. 함께 탄 아저씨 중 한 명은 그 또래 우즈벡 아저씨들과는 달리 날씬한 체격을 유지한 모습으로 붉은 셔츠에 금니가 인상적이었다. 젊은 시절 꽤나 멋을 내고 다녔을 것 같은 이 아저씨는 내가 한국에서 왔다니까 나에게 끊임없이 말을 걸어왔다. 자신의 여권을 보여주고 나이를 알려 주면서 내 여권을 보여 달라고 하는가 하면, 자신이 사냥으로 짐승을 잡았다는 이야기를 늘어놓았다. 나보다 10살이 많은 이 아저씨는 영어와 한국어를 못하고, 나는 우즈벡어와 러시아어를 모른다. 그런데도 택시를 타고 가면서 서로 이야기를 한다는 사실이 신기하기만 하다.

부하라에서 히바까지는 뻥 뚫린 포장도로고 도로의 양옆은 사막뿐이다(아래 사진). 금니 아저씨는 연신 나에게 말을 걸며 왼쪽으로 보이는 사막과 그 너머가 투르크메니스탄 영토라고 알려 주는가 하면, 유목생활을 하는 카작 민족이 보이면 그들의 전통 가옥인 유르따에 대해서 말하기도 했다.

왼쪽으로 보이는 사막은 카라쿰사막이다. 투르크메니스탄 영토의 많은 부분을 차지하고 있는 이 사막은 '검은 모래' 라는 의미라고 한다. 왜 그런 이름이 붙었는지는 알 수 없다. 차에서 본 이 사막은 흔히 사막이라고 하면 연상되는 고운 모래사막이 아니다. 군데군데 마른 풀들이 솟아있는 황량한 지형인 곳이다. 그리고 오른쪽으로 보이는 사막은 '붉은 모래' 라는 뜻의 키질쿰사막이다. 양쪽의 사막 모두 삭막하기만 하다. 보이는 것이라고는 황토색 벌판과 듬성듬성 나있는 풀들과 햇볕을 받아 피어오르는 아지랑이뿐이다. 인간의 손길이 이 사막 어딘가에 미쳤을 거라고 짐작되는 건 보이지 않았다. 이 사막 어딘가는 아직 인간이 한번도 발을 디디지 않은 곳도 있을 것이다.

양 옆의 사막을 보고 있자니 몽골에서 보았던 사막이 생각났다. 몽골의 고비사막은 엽서나 달력 사진을 연상하게 하는 부드러운 모래 언덕을 이루고 있었다. 해질녘에 그 모습을 보고 있자면 그 언덕에 올라가서 모래에 비친 내 그림자를 바라보고 싶다는 충동이 생겨날 정도였다. 하지만 카라쿰과 키질쿰사막은 도저히 그런 생각이 들지 않는다. 아지랑이가 피어오르는 황량하고 단단한 땅은 '여기 들어오면 죽는다' 라는 경고를 하고 있는 것만 같다.

그런데도 난 이 사막에 묘한 매력을 느끼고 있다. '어린왕자' 는 '사막이 아름다운 건 어딘가에 오아시스를 감추고 있기 때문이야' 라고 말을 했다. 오아시스가 있더라도 이 숨 막히는 사막은 그다지 아름다워 보이지 않는다. 그런데도 저 안에 들어가 보고 싶다는 충동을 느끼는 이유는 무얼까?

스웨덴의 탐험가 '헤딘(Hedin, Sven Anders)' 은 사막을 가리켜 '무덤 속과 같은 고요함의 고향' 이라고 표현했다. 내가 사막으로 들어가고 싶어하는 이유는 바로 그 고요함에 끌리기 때문일지 모른다. 사막 한 가운데에 들어가면 오직 보이는 것이라고는 모래벌판과 지평선뿐일 것이다. 밤이 되면 수많은 별들 밖에는 보이는 것이 없으리라. 내가 저 사막에 끌리는 것은 숲이나 초원에서는 느낄 수 없는 그 고요함 때문이다. 주위에 움직이는 것도 없고 살아있는 생명체도 없는 저 사막, 그 한가운데에 서면 내가 살아있는 존재라는 것을 그 어느 때보다 강하게 느낄 수 있을 것 같다. 수천 년 전 예언자들이 수행을 위해 모두 사막으로 들어갔던 이유도 이와 비슷하지 않을까.

금니 아저씨가 다시 불렀다.

"준!"

난 뒤를 돌아보았다.

"왜요?"

"아무다리야! 아무다리야!"

아저씨는 왼쪽을 가리키면서 말했다. 그곳에는 중앙아시아를 가로지르는 큰 강인 아무다리야강이 흐르고 있었다. 그리고 그 강 너머로는 역시 사막이 펼쳐져 있다. 지금의 아무다리야강은 아랄해를 빼고는 생각할 수 없을 만큼 밀접한 연관이 있다. 예전에 아랄해로 흘러드는 물줄기 중에서 가장 큰 두개의 강이 바로 아무다리야강과 시르다리야강이었다.

하지만 목화경작을 위해서 이 두 개의 강줄기를 강제로 돌려 버리는 바람에 아랄해는 재난을 맞이하게 되었다. 지금 내가 보고 있는 강이 바로 그 아무다리야강이다. 이 강은 어디로 가는 것일까. 강제로 물줄기를 틀었기 때문에 아랄해로 흘러드는 것이 아니라면 이 강은 어디로 흘러가는 것일까. 히바를 여행하고 난 다음 아랄해를 보러갈 계획이다. 하지만 이건 계획뿐이고 실제로 어떻게 될지는 모르는 일이다. 당장 오늘 히바에서 잠을 제대로 잘 수 없을지도 모르는데 어떻게 일주일 후의 일을 알 수 있으랴.

한참을 달리던 차는 밥을 먹기 의해 한 식당에서 멈추었다. 우즈베키스탄식 짬뽕이라고 부르는 라그만과 빵으로 점심을 먹고 다시 출발했다. 밥을 먹는 동안에도 금니 아저씨는 나에게 계속 맥주를 권하며 잔을 채워 주고 빵과 샐러드가 더 필요하지 않냐고 챙겨주었다. 그리고 떠날 때가 되어서는 내가 먹은 음식과 맥주 값까지 계산해 주었다. 정말 멋진 아저씨다.

히바는 내성(內城)과 외성(外城)의 이중성벽으로 구성된 곳이다. 이 중 볼거리들은 이찬칼라라는 이름의 내성 안쪽에 집중되어 있다. 그래서 히바에 오는 관광객들 대부분은 이 이찬칼라를 보러오는 사람들이다. 부하라 못지않게 도시 전체가 박물관 같은 곳이고 유네스코가 지정한 세계문화유산이기도 하다.

히바에 도착한 것은 오후 4시. 부하라에서 6시간을 달려온 것이다. 슬롬의 도움을 받아서 이찬칼라 안쪽에 닳이 있는 B&B 호텔을 골랐다. 'ISLAMBEK'이라는 이름의 호텔에서 4일을 묵기로 했다. 가격은 아침 식사 포함해서 하루 15달러. 가족이 운영하는 작은 호텔인 이곳에서 날 맞아준 사람은 무라드벡이라는 이름의 소년이었다. 이 가족의 큰 아들이자 가족 중에서 유일하게 영어를 할 줄 아는 소년이기도 했다.

13살이라는 무라드벡은 5살에 학교를 입학해서 현재 9학급에 있다고 한다. 우즈벡의 아이들은 보통 6-7살에 학교에 들어가지만 자기는 5살에 입학했기 때문에 학급의 친구들은 자기보다 나이가 많은

14-15살이라고. 2남 2녀의 장남인 무라드벡은 한눈에 보더라도 호텔일 하랴, 학교 공부하랴, 동생들 돌보랴 바쁜 것 같았다. 13살이라는 나이에 비해서 말과 행동이 어른스러운 소년이다. 내가 저 나이 때는 뭘하고 있었던가를 생각하니 더욱 그렇게 보였는지도 모른다.

무라드 벡

씻고 정리한 후 밖으로 나왔다. 늦은 시간이었지만 이찬칼라 골목길을 걷다가 중심부에 있는 정보센터에 들어갔다. 어느 곳에 도착하건 우선적으로 해야 할 일은 지도를 구입하는 것, 그리고 그 지역의 정보를 얻는 일이다. 정보센터에는 영어를 잘하는 젊은 남자가 혼자 앉아 있었다. 놀랍게도 그의 이름은 '티무르' 였다.

"아미르 티무르?"

내가 이렇게 말하자 그는 두 팔을 벌리면서 과장된 목소리로 말을 한다.

"아미르 티무르는 아니에요. 하지만 사람들이 전부 저보고 아미르 티무르라고 해요."

난 웃으면서 지도를 구입할 수 있냐고 물었다. 그는 나에게 지도를 건네주면서 말했다.

"오늘 여기 도착했어요?"

"예, 조금 전에. 여기서 4일 동안 있을 거예요."

"4일이나요? 여기는 4일씩이나 할 일이 없을 텐데요."

“그냥 구경하면서 좀 쉬려고요.”

그는 나에게 카탈로그 한 부를 보여주었다. 카탈로그에는 사막 한 가운데 서 있는 황토색 성채의 사진이 있다. 티무르는 사진을 가리키며 말했다.

“히바에서 동쪽 사막으로 가면 있는 유적이에요. 몇천 년 전에 만들어진 성채의 흔적이죠. 저희가 하루 코스로 이 투어를 주선하고 있는데 참가하실래요?”

호기심이 생기기는 했다. 티무르의 말에 의하면, 아침에 지프로 출발해서 점심을 먹고 그 성채를 구경하고 다시 돌아오면 저녁이 된다고 한다. 꼬박 하루가 걸리는 것이다. 1박 2일 코스도 있는데 그 경우는 전통 가옥인 ‘유르따’에서 밤을 보낸다고 한다. 오늘도 하루 종일 땡볕 속에 택시를 타고 오느라 힘들었다. 그런데 저곳에 다녀오려면 지프에서 많은 시간을 보내야 할 것 같다.

“아니요. 난 그냥 이찬칼라에서 시간을 보낼래요. 좀 더울 것 같네요.”

“덥긴 덥죠. 혹시 생각 있으면 언제든 얘기하세요.”

난 티무르와 인사를 하고 다시 밖으로 나왔다. 이찬칼라의 성벽 너머로 해가 지고 있다. 히바는 부하라보다도 작다. 부하라는 그래도 도시였지만 히바는, 아니 이찬칼라는 작은 마을이다. 현대식의 큰 건물도 없고 돌아다니는 차도 없다. 이찬칼라라는 이름의 성벽도 유적이고 그 안에 모여 있는 메드레세와 성원과 첨탑도 유적이다. 그리고 그 사이사이로 현지인들의 집이 뒤섞여있는 독특한 구조다.

MEROS B & B

이찬칼라의 성벽(좌)과 성의 전경(우)

이찬칼라는 흔히 생각하는 성의 개념과도 일치한다. 성의 높이는 8m, 두께는 6m, 길이는 2km에 달하는 이 성은 동서남북으로 4개의 문이 있고 그 안쪽으로 거주 공간이다. 아직까지도 성의 기본적인 역할을 수행하는 몇 안되는 장소 중 하나일 것이다. 이찬칼라의 내부는 복잡한 골목이기 때문에 길을 잃어버릴 염려도 있다. 하지만 이찬칼라의 어디서든 보일 것 같은 첨탑들 때문에 길을 잃는다 해도 큰 걱정은 없을 것 같다. 히바에 도착한 첫날 저녁이다. 타쉬켄트에서부터 1천km가 넘게 서쪽으로 온 것이다.

사막이 히바의 외곽을 두르고 있고
그 안쪽으로 목초지 같은 풀밭이 보이고
더 안쪽으로 히바시내와 이찬칼라가 자리를 잡고 있는 형태다.
탁 트인 경치와 불어오는 시원한 바람이
여기까지 오느라고 힘들었던 것을 모두 잊게 만들어 주었다.

2. 첨탑의 꼭대기에서
히바의 전경을 보다

히바 호텔의 아침 식사는 푸짐하다. 하지만 우즈베키스탄의 전통 음식과는 좀 거리가 있다. 나오는 음식은 주로 계란과 빵, 햄, 포도와 수박, 빵에 발라 먹을 수 있는 각종 잼, 요구르트 등이고 음료는 커피 또는 차이를 마실 수 있다. 혼자서 낯선 곳을 여행하다 보면 아무래도 먹는 것이 부실해지기 쉽기 때문에 이렇게 호텔에서 주는 아침 식사는 꼭 챙겨 먹게 된다. 히바 구경을 시작하는 날도 그랬다. 아침에 식당에 앉아서 나에게 주어진 푸짐한 음식을 느긋하게 먹고 나서 카메라를 메고 호텔 밖으로 나왔다.

어디를 먼저 갈까? 이찬칼라를 구경하는 방법은 여러 가지가 있을 것이다. 넓지 않은 성 내부의 골목을 구석구석 걷는 방법도 있을 테고, 이름 있는 유적들 위주로 구경하는 방법도 있을 것이다. 난 이곳에 있는 두 개의 첨탑(미나레트)에 올라가 성의 전경을 바라보는 것으로 이찬칼라 구경을 시작하기로 했다.

히바에는 세 개의 유명한 미나레트가 있다. 칼타 미나레트, 이슬람 호자 미나레트, 주마 모스크 미나레트이다. 이중 히바의 전경을 보기 위해 좋은 곳은 이슬람 호자 미나레트와 주마 모스크 미나레트다. 칼타 미나레트는 화려한 외양이 돋보이기는 하지만 19세기 중반에 만들다가 중단한 것이라서 이곳에는 올라가봐야 시내의 전경을 보기가 힘들다.

칼타 미나레트와
이슬람
호자 미나레트

우선 이슬람 호자 미나레트에 올라가 보기로 했다. 이 미나레트는 20세기 초에 만들어진 이슬람 호자 메드레세 옆에 있는 약 50m 가량의 높은 원형 첨탑이다. 메드레세의 입장료는 1000숨, 거기다 미나레트에 오르기 위해서는 별도의 1000숨을 더 지불해야 한다.

멀리서 보았을 때와는 달리 가까이에서 본 호자 미나레트는 그 높이와 크기로 사람을 압도하고 있었다. 황토색을 바탕으로 높이마다 다른 색과 무늬를 사용해서 장식해 놓은 탑이다. 워낙 높은 탑이라서 꼭대기를 보자면 고개를 위로 쳐들고 바라보아야 한다. 높이는 둘째

치고 그 다양한 문양 때문에 부하라에서 본 칼란 미나레트보다 더 근사해 보이는 탑이다. 난 미나레트를 지키고 있는 아주머니에게 1천 숨을 건네주고 작은 입구를 통해서 안으로 들어갔다.

미나레트의 내부로 들어서자 어두컴컴한 내부는 묵직한 계단이 위로 향해 있었다. 원형의 좁고 높은 탑의 내부를 계단으로 만들어 놓았다. 폭이 좁고 한 층의 높이가 높은 계단 백여 개를 꽈배기 형태로 꼬아놓은 꼴이다. 별도의 인공적인 조명이 없이 탑의 중간마다 하나씩 만들어놓은 작은 창을 통해 들어오는 햇빛에 의존해서 올라가야 하는 것이다. 그런데 이것이 쉬운 노릇은 아니다. 약 100개에 달하는 계단을 밟고 올라가는 것이 육체적으로 힘든 것이 아니라, 좁고 어두운 곳에 들어왔을 때의 알 수 없는 답답함 때문에 힘든 것이다. 그 불안감을 떨치기 위해서라도 난 걸음을 빨리 옮겼다. 듬성듬성 나타나는 작은 창을 통해서 들어오는 햇빛에 의존해서, 그리고 그 빛이 사라지면 어둠 속에서 눈이 익숙해지길 기다리면서 걸음을 옮겨갔다. 혹시 실수로 걸음을 잘못 디뎌서 뒤로 넘어져 구르기라도 한다면 모든 것이 순식간에 끝나버릴 판이다. 처음 오르기 시작할 때는 계단 수를 세어보겠다고 다짐했었는데 어느덧 그것도 80개를 넘어서면서 가물가물하다. 한참을 올라가니 위에서 빛이 들어오고 있다. 정상에 온 것이다. 이곳에서는 히바의 전경(아래 사진)이 보이면서 도시의 지형을

알 것 같다. 멀리 사막이 보이고 그 너머로는 지평선이 보인다. 사막이 히바의 외곽을 두르고 있고 그 안쪽으로 목초지 같은 풀밭이 보이고 더 안쪽으로 히바시내와 이찬칼라가 자리를 잡고 있는 형태다. 탁 트인 경치와 불어오는 시원한 바람이 여기까지 오느라고 힘들었던 것을 모두 잊게 만들어 주었다.

정상의 공간은 넓지 않았다. 둥근 원형 공간 한쪽은 내가 올라온 계단으로 통한다. 나머지 공간에서는 3명이 둘러앉아서 고스톱을 치면 적당할 것 같은 넓이다. 이 둥근 공간을 6개의 창이 둘러싸고 있다. 그 창은 모두 창살로 막혀있고 창틀에는 온갖 쓰레기들이 버려져 있다. 담배꽁초와 술병, 아이스바 막대기와 사과씨까지 보였다.

그리고 하얀 벽은 온통 낙서 투성이다. 영어와 러시아어가 뒤섞인 많은 낙서들 틈에서 다행히 한글은 보이지 않았다. 전망이 좋고 시원한 곳에 올라오니 내려가고 싶은 생각이 없었다. 돗자리를 깔고 누워서 한숨 자고 싶은 그런 곳이다.

내려가는 길은 올라오는 것보다 훨씬 더 어려웠다. 등산을 할 때도 오를 때보다 하산할 때 다칠 위험이 크다고 하지 않던가. 이 좁은 탑도 마찬가지다. 올라오는 것은 그냥 빛에 의존해서 걸음만 옮기면 되었는데, 내려가는 것은 그게 아니다. 똑같은 빛일 텐데도 상대적으로 내려갈 때가 더 어두워 보였다. 올라가다가 발을 헛디디는 건 큰 문제가 아닌데, 내려가다가 발을 헛디디면 대형사고로 이어질 가능성이 많았다. 어둠 속에서 조심스럽게 내려오던 나는 마지막에 와서 거의 두 손 두 발을 다 사용하여 눈썰매를 타는 자세로 내려올 수밖에 없었다. 스타일을 구기기는 했지만 그나마 안전하게 내려왔으니 다행스러운 일이었다.

미나레트를 내려와서 잠시 숨을 돌린 후 바로 이슬람 호자 메드레세로 들어갔다. 메드레세의 안뜰은 텅 비어 있었고 가운데에 있는 우물은 쓰레기통처럼 변해 있었다. 과거에 많은 신학생들이 공부했었다는 이곳은 중앙에 우물이 있는 뜰이 있고 그 주위를 'ㅁ' 자 모양의 건물이 둘러싸고 있는 모습이다.

이 건물 내부는 지금 박물관으로 사용되고 있다. 1층에 있는 20개가 넘는 방들을 모두 연결해서 전시공간으로 활용하고 있었다. 입구로 들어가면 방과 방을 연결한 좁은 통로를 통해 'ㅁ' 자 모양의 건물을 한 바퀴 돌아 나오게 되어 있는 형태다. 내부에는 과거 히바 왕국의 전통 복장과 물주전자, 카펫, 그릇과 코란으로 보이는 책이 있다. 한쪽에는 히바의 기병대가 사용한 듯한 말안장과 갑옷이 있었고 무엇보다도 반가운 것은 에어컨이었다. 첨탑의 꼭대기에서 시원한 바람을 맞긴 했지만 그것도 잠시뿐, 내려오고 나니까 바람 대신 건조한 햇볕만 있는 곳에서 이 에어컨은 반가운 존재였다. 난 메드레세를 나가기 전에 이곳에서 에어컨 바람을 쐬며 시간을 보냈다.

메드레세를 나와 이찬칼라의 다른 미나레트인 주마 모스크 미나레트로 향했다. 중앙아시아에서 유명한 모스크인 주마 모스크가 만들어진 것은 10세기경이지만 현재의 양식은 18세기에 완공된 것이라고 한다. 그 옆에 있는 미나레트의 높이는 약 42m로 이슬람 호자 미나레트보다는 낮지만 이곳에서도 히바의 전경을 볼 수 있을 것 같다. 미나레트의 입장료 1000숨을 주고 다시 미나레트의 계단을 통해서 올라갔다.

주마 모스크 미나레트의 내부도 이슬
람 호자 미나레트의 그것과 별 차이가 없
었다. 어두컴컴하고 좁은 계단을 들들 꼬
아서 탑의 위로 향하게 한 형태다. 계단
의 수는 호자 미나레트의 수보다 적은 약
80개 정도. 역시 이곳도 정상에 올라오
니 히바의 탁 트인 전경이 보인다. 탑의
정상도 호자 미나레트의 그것과 비슷하
다. 넓지 않은 공간에 하얀 내벽이 있는
데 그곳도 낙서 투성이다. 호자 미나레트
의 정상은 6개의 창이 둘러싸고 있었는
데 이곳은 4개의 창이 있다는 점이 차이
랄까. 그리고 그 창틀에는 많은 쓰레기들
이 버려져 있다는 것도 공통점이다.

주마 모스크 미나레트

정상에는 역시 시원한 바람이 불어오고 있고 멀리 사막이 보인다.
그 안쪽으로 황토색으로 만들어진 이찬칼라의 성벽과 화려한 초록색
의 칼타 미나레트가 보인다. 이 두개의 미나레트 정상에 오른 것만으
로도 히바 구경을 다 한 것만 같은 기분이다.

주마 모스크 미나레트를 내려와서 삼사와 샐러드로 늦은 점심을
먹고 중심가를 걸었다. 중심가라고는 하지만 이 거리는 자동차가 다
니는 길이 아니다. 이찬칼라의 안쪽에서는 자동차를 보지 못했다. 이

길은 오직 행인을 위한 길로, 길의 한
쪽은 서문으로 향해 있고, 다른 한쪽
으로 걷다보면 동문을 지나서 바자르
(시장)로 가게 된다.

바자르 모습

　중심가에는 관광객을 상대로 하는
기념품 가게와 노천카페, 음료수와
생수를 파는 노점상이 많다. 난 어슬
렁거리며 기념품을 구경했다. 열쇠고
리와 배지와 전통 문양으로 장식한 손수건과 인형과 모형 첨탑을 비
롯해서 많은 기념품들이 있었다. 한참을 구경하고 있는데 저쪽에서
방금 결혼한 듯한 신랑신부 행렬이 이쪽으로 다가오고 있었다. 행진
을 하고 있는 신랑신부의 모습은 우리나라에서 보던 모습과 비슷했
다. 신부는 하얀 드레스를 입었고 신랑은 짙은 색의 정장을 하고 있
다. 그 주위에는 많은 현지인들이 함께 신랑신부와 걷고 있고, 비디
오카메라를 들고 있는 사람도 계속 따라오면서 촬영을 하고 있었다.

　신랑신부 일행이 한 곳에서 멈추었다. 그곳은 관광객을 상대로 전
통 음반을 판매하는 레코드점 앞이다. 일행 중 한 명이 그 음반점에
뭐라고 얘기를 하자 갑자기 신나는 음악이 터져 나왔다. 그리고 일행
들은 음악에 맞추어 춤을 추기 시작했다. 조용하고 한적하던 길이 갑
자기 춤판으로 변한 듯이 흥겨운 분위기다.

　어른아이 할 것 없이 둥그렇게 모여서 춤을 추고 신랑신부는 선 채
로 그 모습을 바라보고 있다. 단체로 온 듯한 서양인 관광객들도 주위
에 서서 그 광경을 지켜보며 사진을 찍는다. 부하라에서 보았던 독립

히바의 결혼행진

기념축제가 생각났다. 그때는 밤이었고 지금은 낮이다. 벌건 대낮에 많은 외지인들이 보는 데도 아랑곳하지 않고 모여서 춤을 추고 있는 주민들. 우즈벡 민족이 춤과 노래를 즐기는 민족이라는 것이 다시 떠올랐다. 그렇게 춤을 추다가 음악이 멈추자 일행은 서문쪽으로 걷기 시작했다. 난 노점에서 파는 300숨짜리 환타를 한 병 사서 마시며 그 뒷모습을 보았다. 환타는 차갑지만 더운 날씨에 몇 모금 마시다보면 바닥이 보일 만큼 적은 양이다. 주위에는 서양인 관광객들이 보였다. 챙이 넓은 모자에 반바지를 입고 카메라를 메고 드세 명씩 짝을 지어 가이드와 함께 다니고 있었다. 난 호텔로 향했다. 아침에 샤워를 했지만 몸에서 다시 땀이 흐르고 있었다. 이찬칼라의 다른 곳을 구경하러 가기 전에 잠시 햇볕을 피하고 싶었고, 씻고 싶었다.

호텔로 돌아온 나는 씻고 나서 그냥 침대에 드러누웠다. 다시 눈을 뜨자 어느덧 시간은 오후 5시가 넘어 있다. 나른해진 나는 커피를 한 잔 만들어서 밖으로 나갔다. 오후가 지나자 햇볕도 한결 수그러들어 있다. 난 한쪽의 그늘에 앉아서 이찬칼라의 벽을 바라보며 커피를 홀짝였다. 히바는 조용한 곳이지만 한 가지 불편한 점이 있다. 이찬칼라의 안쪽으로 별다른 상점이 없다는 것이다. 뭔가 물건이나 먹을거리를 사려면 이찬칼라 바깥에 위치한 바자르로 가야 한다. 하지만 그 바자르는 5시가 넘으면 문을 닫는다. 그럼 지금 같은 시간에 뭘 사려면 어떻게 해야 하나.

빈 커피 잔을 들고 호텔 안으로 들어오는데 무라드벡을 만났다.

"뭐 필요한 거 있어요?"

"혹시 이 근처에 상점 있니?"

"이 근처에는 바자르 밖에 없어요. 그런데 지금 문을 닫았구요. 왜요?"

"주스하고 빵을 좀 살 수 있을까 해서."

"내가 사다줄 게요. 어차피 지금 자전거 타고 밖으로 좀 나가려던 길이거든요."

무라드벡의 도움으로 저녁밥을 때운 나는 어두워지자 호텔건물의 옥상으로 올라갔다. 3층 건물의 호텔은 특이하게도 옥상으로 올라갈 수 있는 계단을 만들어두었다. 호텔의 옥상은 각종 전선과 모래더미와 TV 안테나로 복잡하다. 그 한쪽에 서서 나는 어두워지는 이찬칼라를 바라보았다. 전망이 좋아서 이 호텔의 옥상에서는 두 개의 미나레트와 칼타 미나레트가 보인다. 그 미나레트 아래쪽에 불을 밝혀두었는지 어둠 속에서도 미나레트는 빛을 발하고 있다. 이찬칼라에는 현대식의 높은 건물이 하나도 없다. 모두 황토색의 작고 낮은 건물들만이 모여 있는 이곳에서 오직 두 개의 높은 미나레트 만이 어둠 속에서 빛나고 있다. 이찬칼라의 밤은 조용하기만 하다.

3. 이찬칼라의 성벽을 떠나며

'이찬칼라'라는 성의 안쪽은 많은 이슬람 건물과 유적이 모여 있는 곳이다. 이중에서 독특한 유적을 꼽으라면 3개의 미나레트와 '꼬흐나 아르크'를 들 수 있다. 물론 이외에도 많은 메드레세와 성원이 있긴 하지만 그 건물들은 사마르칸드와 부하라에서 보았던 것들과 별반 차이가 없어 보였다. 다른 메드레세와 성원을 대충 둘러본 나는 꼬흐나 아르크르 향했다. 꼬흐나 아르크는 '오래된 성'이라는 뜻이다. 히바왕국의 왕이 살았던 궁전인 이곳은 18세기 말에 완성되고 19세기에 재건축되었다고 한다.

입장료 1000숨을 주고 안으로 들어서자 안뜰은 발굴하다가 만 것

꼬흐나 아르크 성문. 좌측으로 칼타 미나레트가 보인다

같이 파헤쳐진 모습이었고 그 가운데에는 우물이 있었다. 그 안쪽의 많은 방들 역시 현재는 박물관으로 바뀌어 있었다. 사마르칸드와 부하라를 거쳐 오면서 많은 전시물을 보아왔기 때문에 실내에 전시된 유물에 대해서는 큰 관심이 가지 않았다. 그래서 박물관 구경을 잠시 뒤로 미루고 우선 궁전의 전망대로 향했다. 궁전은 이찬칼라의 서문 옆에 자리하고 있기 때문에 이 전망대에 오르면 이찬칼라의 서쪽 끝에서 동쪽을 바라볼 수 있다. 전망대에 오르기 위해서는 별도의 돈 1000숨을 더 내야 한다.

전에 올랐던 미나레트의 계단 보다는 쉬운 계단이었다. 그리 높지도 않고 어둡지도 않은 계단을 조금 올라가자 전망대에 다다를 수 있었다. 전망대의 꼭대기까지 오르자 이찬칼라의 전경이 눈에 들어왔다. 이곳에서 동쪽을 보면 두 개의 높은 미나레트와 칼타 미나레트가 보인다. 궁전의 위치가 서문 옆이라서 그런지 이곳에서는 이찬칼라 성벽의 윤곽도 뚜렷이 볼 수 있었다. 황토색으로 만들어진 성벽은 물

걸치듯 곡선을 그리며 뻗어나가고 있다.

성을 한눈에 볼 수 있는 이곳은 전망대이자 일종의 감시탑 역할을 했을 것이다. 주위를 둘러보니 한쪽에는 경비병 한 명이 들어갈 만한 원통형의 초소가 여러 개 있고 그 아래쪽으로는 총구 같은 것이 보였다. 히바왕국 시절, 외부에서 적이 쳐들어왔다면 이 초소의 경비병들이 가장 먼저 알아차렸을 것이다. 사막 한가운데 위치한 성이라서 외부의 적들은 이곳으로 진군할 때 고스란히 자신의 모습을 드러낼 수밖에 없었을 것이다. 그리고 공성전이 시작된다면 이 전망대는 성 아래의 적을 내려다보면서 아군을 지휘하는 지휘소로 변했으리라.

전망대를 내려와서 궁전 내부의 박물관으로 들어갔다. 19-20세기에 사용했다는 지폐와 동전, 그 지폐를 찍어내는 틀과 그 제조모습을 인형으로 만들어서 전시하고 있었다. 다른쪽에는 여태껏 많이 보아왔던 항아리와 찻잔, 접시들이 있다. 박물관 한쪽에는 사막을 건너는 대상들이 밤에 불을 피우고 쉬는 모습을 인형으로 만들어서 전시하고 있다. 과거 실크로드 시대에 히바는 대상들의 중요한 거점이었을 것이다. 황토색으로 만들어진 이 궁전도 유지상태가 그다지 좋지는 않다. 내부는 박물관으로 사용되고 안뜰은 중단된 발굴현장인 이 궁전에서, 예전의 모습을 볼 수 있는 곳은 왕의 집무실이었던 곳과 후궁들이 살던 곳 그리고 전망대뿐이다.

히바를 떠나기 전날에는 이찬칼라의 성벽을 따라 안쪽으로 한 바퀴 걸어보았다. 사실 이 성은 흙으로 만든 성이 아니다. 황토색 벽돌을 안쪽으로 가지런히 쌓아놓고 그 외부를 흙으로 덮어놓은 형태다.

이 성벽은 아직까지 매끈하게 유지되고 있는 부분도 있지만 벗겨지고 허물어진 부분, 군데군데 풀이 돋아난 부분도 있다.

성벽과 인접한 곳들은 현지인들의 집이 많다. 개조해서 호텔처럼 운영하고 있는 집도 있고 보수공사 중인지 인부들이 한참 뭔가를 수리하고 있는 집도 있다. 전체적으로 작고 어딘지 낡아 보이는 그런 집들이다. 평일 오후이지만 이 거리에는 사람이 별로 없다. 많은 노점과 관광객이 모여 있는 중심가에서 벗어난 이곳은 조용하고 한적하기만 하다.

부하라처럼 히바도 독특한 곳이다. 히바는 이찬칼라의 성벽을 경계로 안쪽과 바깥쪽이 전혀 다른 분위기다. 이찬칼라의 안쪽은 황토색의 작은 건물과 이슬람 유적이 모여 있는 고전적인 분위기다. 어찌 보면 황량한 사막 가운데 위치한 마을에 걸맞는 느낌이라고도 할 수 있다. 하지만 이 성벽을 나가서 히바의 중심지로 걸어가면 거기는 전혀 다른 세상이다. 히바 시내는 현대식의 호텔, 술집, 대형상점이 많다. 화려하고 시끌벅적한 시간을 보내고 싶은 여행자라면 히바의 시내를 더욱 선호할지 모르겠다.

만들어진 지 이천 년이 지나서도 아직까지 고전적인 성의 역할을 하고 있는 이찬칼라. 이 안에는 많은 유적이 있고 그 사이사이로 주민들의 집이 있다. 이곳에 사는 현지인들은 커다란 성벽에 둘러싸여 있다는 점과 많은 유적과 함께 생활한다는 점을 제외하고는 다른 마을 사람들과 차이가 없다. 그렇지만 성에 둘러싸여있기 때문에 이곳의 주민들은 바깥으로 나가려면 최소한 성의 1/4을 돌아서 성문을 통해 나가야 한다. 높이 8m, 두께 6m의 이찬칼라 내부에서는 건물의 옥

이찬킬라의 전경

상이라도 올라가지 않는 이상 바깥 모습을 볼 수 없다. 게다가 이찬칼라 안에는 변변한 상점이나 식당도 몇 개 없다. 상점에 가기 위해서는 성안을 가로질러 동문 바깥에 있는 바자르로 가야만 한다. 이런 성벽은 주민들에게 보호벽일까 아니면 장벽일까.

저녁이 되자 성벽 위로 둥근 달이 떴다. 그 달을 보고 있자니 이제 추석이 얼마 남지 않았다는 것이 생각났다. 한국에 있을 때는 잘 안 보던 달이었는데 이곳에 있으니까 보고 싶지 않아도 저절로 보게 된다. 한국은 아마 다가오는 추석 때문에 들뜬 분위기이리라.

작년 이맘때가 생각났다. 그때 난 회사에서 준 추석선물을 들고 터덜터덜 집으로 돌아갔었다. 지금처럼 추석 전 어느 날이었고, 지금 같은 저녁시간이었다. 그때 난 나의 모습이 그다지 유쾌하지 못하다고 생각했던 것 같다. 하지만 1년 후 우즈베키스탄에서 둥근 달을 보고 있는 지금의 내 모습도 그다지 유쾌한 것 같지는 않다. 퇴근 후의 귀가길 대신에 히바의 거리를 서성이고 있고, 손에는 추석선물 대신에 오늘 저녁 먹을 빵과 과일을 들고 있다.

히바의 조용한 분위기가 좋기는 했지만 사실 난 히바에 온 다음부터 밤마다 잠을 설치고 있었다. 내가 묵고 있는 호텔의 마당에는 닭장이 하나 있는데, 거기에 있는 닭들이 새벽 3시부터 시도 때도 없이 울어대는 바람에 덩달아서 나도 3시부터 잠을 이루지 못했던 것이다. 나중에는 누군가 나타나서 저 닭의 모가지를 비틀어 버리는 꿈을 꿀 정도였다. 물론 닭의 목을 비틀더라도 새벽이야 오겠지만 새벽이 오더라도 좀 조용히 왔으면 좋겠다는 생각이었다.

게다가 사마르칸드와 부하라를 거쳐서 이곳에 온 나는 히바의 많은 이슬람 건물들이 조금씩 식상하게 느껴지기 시작했다. 그리고 유적을 볼 때마다 거기에 관련된 역사를 생각해야 한다는 점도 골치 아프게 여겨지고 있었다. 이래저래 히바를 떠날 때가 된 것이다.

히바를 떠나면 어디로 갈까. 히바를 떠나고 나면 우즈베키스탄의 역사도시와도 멀어져 갈 것이다. 우즈벡의 이슬람 유적과 건물을 보는 것은 히바가 마지막이다. 계속 서쪽으로 간다면 다음의 목적지는 누쿠스(Nukus)가 된다. 누쿠스는 카라칼팍 자치공화국의 수도이지만 역사적인 도시도 아니고 특별히 볼거리가 있는 것도 아니다. 다만 누쿠스는 서쪽으로 가다보면 만나는 마지막 도시라는 의미가 있다. 누쿠스에서 더 서쪽으로 가면 그곳은 작은 마을이 몇 개 있고 나머지는 전부 사막이다.

타쉬켄트로 돌아가고 싶다는 생각이 들긴 했지만, 내 마음은 점점 서쪽으로 기울어져 가고 있다. 타쉬켄트에 간다고 해서 반겨줄 사람이 있는 것도 아니다. 기왕 하는 여행, 갈 데까지 가보자 라는 마음도 있었고, 여기서 타쉬켄트로 돌아간다면 지금까지 온 거리가 아깝다는 생각이었던 것이다. 이런 생각들을 하면서 호텔로 들어섰다. 로비의 카운터에 앉아서 컴퓨터를 들여다 보고 있던 무라드벡은 날 보더니 말했다.

"내일 어디로 갈 거예요?"

"아마 누쿠스에 갈 거 같은데."

"뭐 타고 갈 거예요? 택시는 예약해 두었어요?"

“아니 아직. 여기서 누쿠스까지 얼마면 갈 수 있니?”

무라드벡은 노트를 꺼내서 나에게 보여주었다. 히바에서 다른 도시로 갈 때의 택시 요금이 종류별로 적혀진 표가 있었다. 히바에서 누쿠스로 갈 경우 넥시아는 30달러, 티코는 25달러다.

“여기 누쿠스 사진이 있거든요. 한번 보세요.”

무라드벡은 마우스를 클릭하며 나에게 말했다. 얼마 전 이 호텔에 묵었던 외국인 여행자가 누쿠스에 다녀오면서 찍은 사진들을 컴퓨터에 저장해 둔 것이다. 누쿠스 사진을 몇 장 넘기자 컴퓨터 화면에는 아랄해의 사진이 나타났다. 사막 같은 모래벌판에 덩그러니 놓여있는 녹슨 배들. 부조화의 극치를 이루고 있는 듯한 이상한 풍경의 사진. 이 사진을 보는 순간 누쿠스에 가고 싶다는 생각이 굳어졌다.

_ 다섯 번째 이야기

죽어가는 바다, 아랄해

절반으로 줄어버린 아랄해를 바라보는
심정은 안타까움 뿐이다.
지금의 추세라면 2020년 경에는 아랄해가
지도에서 사라질 것이라고 한다.
아랄해를 되살리려는 노력이 있긴하다.
지중해-카스피해-아랄해를 연결하는
운하의 건설이 그것이다.
하지만 각국의 이해가 얽혀서
진도는 나가지 못하고 있다.
죽어가는 아랄해를 되살릴 수 있을까?

1. 카라칼팍 자치공화국의 수도
누쿠스

내친 김에 계속 서쪽으로 가기로 했다. 이번 목적지는 카라칼팍 자치 공화국의 수도인 누쿠스. 타쉬켄트에서 서쪽으로 약 1,200km 떨어진 도시다. 카라칼팍은 우즈베키스탄 영토 내에 있는 자치공화국이다. 우즈베키스탄은 영토 내에 12개의 주와 1개의 자치공화국을 가지고 있는 나라다.

'카라'는 '검다'라는 뜻이고 '칼팍'은 '모자'라는 의미라고 한다. 카라칼팍은 '검은 모자'라는 뜻이 된다. 이 명칭은 카라칼팍 민족을 지칭하는 용어다. 우즈베키스탄에 사는 사람들은 우즈벡 민족이나

타직 민족이 많다. 하지만 카라칼곽 자치공화국에 사는 사람들은 카라칼팍 민족이 대다수라고 한다. 자치공화국이기 때문에 여기에도 대통령이 있다. 그렇지만 이 대통령은 투표로 선출되는 것이 아니라 우즈베키스탄에서 임명하는 형식이라고 한다.

중앙아시아 국가들의 이름은 '스탄' 으로 끝나는 것이 많다. 우즈베키스탄, 카자흐스탄, 파키스탄, 아프가니스탄 등등. '스탄' 은 산스크리트어로 '땅' 이라는 뜻이다. 그러니까 우즈베키스탄은 우즈벡 민족의 땅, 카자흐스탄은 카작 민족의 땅이 된다. 그럼 아프가니스탄은? 아프가니스탄 역시 산스크리트어로 '동맹부족의 땅' 이라는 뜻이란다. 지금 가고 있는 카라칼팍 자치공화국도 마찬가지다. '카라칼팍 자치공화국' 은 우리나라에서 그냥 부르는 이름이고, 이곳에서는 '카라칼팍스탄' 이라고 부른다. 카라칼팍 민족의 땅. 어찌 보면 단순하고 또 어찌 보면 거창한 이름이기도 하다.

역사도시도 아니고 볼 만한 유적도 없는 누쿠스에 가는 이유는 다른 데 있는 것이 아니다. 누쿠스에서 북쪽으로 올라가면 과거에 항구도시였던 '무이낙' 이라는 곳이 있고, 거기서 좀더 북쪽으로 가면 아랄해를 볼 수 있기 때문이다.

누쿠스가는 길

이번에도 역시 택시를 탔다. 넥시아로 히바에서 누쿠스까지 30달러에 가기로 하고 아침 10시 경에 이찬칼라를 떠났다. 히바에서 누쿠스로 가는 길은 아무다리야강을 따라서 간다. 커다란 아무다리야강이 있고 가끔씩은 목화밭이 보인다. 이 목화는 우즈베키스탄에서 '백색황금' 이라고

우즈베키스탄의 목화밭

부르기도 하는 대표적인 생산물이다. 전체 수출의 40%를 넘게 차지하고 있으며 세계 생산량 4위라고 한다. 이 정도면 우즈베키스탄 경제에서 목화가 차지하는 비중이 어느 정도인지 알 것도 같다.

목화는 어떤 환경에서 잘 자랄까? 목화는 강우량과 일조량이 많은 지역, 특히 결실기인 9월 중하순에는 맑은 날이 지속되는 곳에서 잘 자란다고 한다. 목화하면 떠오르는 장소, 미국의 남부가 바로 그런 곳이다. 우즈베키스탄은 일조량이 많은 곳이지만 건조한 곳이라서 강우량이 많지는 않다. 이 부족한 강우량을 보충하기 위해 아무다리야강과 시르다리야강의 물을 목화밭으로 끌어들였을 것이다. 그리고 그 때문에 우즈벡은 구소련 시절부터 아랄해와 주변환경을 파괴할 수밖에 없었다. 넓은 목화밭에는 그곳에서 일하는 많은 아이들이 보였다. 목화 수확철인 가을로 들어서면 일손이 부족하기 때문에 학교에 다니는 아이들을 목화 수확작업에 동원한다고 한다.

한참을 달리다가 강변에 있는 조은 식당에서 생선을 튀긴 요리로 점심을 먹었다. 역시 강가라서 그런지 생선요리를 하는 식당이 많다. 우즈베키스탄에 도착한 이후에 처음으로 먹는 생선이다. 밥을 먹고 나서 아무다리야강을 건너 계속 서쪽으로 달려갔다. 강을 건너자 경치가 바뀌었다. 아까 보던 강과 목화밭은 없어지고 도로의 양옆은 황량한 키질쿰사막이다.

누쿠스에 도착하자 오후 1시가 넘어있었다. 여태껏 거쳐 온 다른 도시들처럼 여기도 덥고 건조한 곳이다. 택시기사의 도움을 받아 저렴한 호텔을 찾았다. '지펙졸리' 라는 이름의 B&B 호텔에 들렀지만 이곳에는 빈방이 없단다. 호텔의 젊은 매니저는 자기와 함께 호텔 일을 하는 '볼라드' 라는 이름의 친척집에 머무는 것이 어떻겠냐고 제안했다. 나쁠 것은 없지만 한 가지 걸리는 문제가 있어서 난 그에게 물어보았다.

"그렇게 하면 거주등록은 어떻게 해요?"

"거주등록은 이 호텔에서 머문 것처럼 해 줄 게요."

"가격은요?"

"아침 식사 포함해서 하루에 15달러요."

이렇게 해서 나는 볼라드의 집으로 가게 되었다. 누쿠스에서도 꽤 잘 사는 집인지 커다란 2층 양옥집에 자동차가 2대나 있다. 22살의 볼라드는 대학에서 회계를 전공하고 지금은 호텔 일을 하고 있다고 한다. 그는 나에게 집을 안내해 주면서 2층에 있는 침실을 쓰라고 했다. 넓은 2층에는 침실과 거실, 서재와 큰 화장실이 있었다. 2층에는 아무도 없으니까 혼자 편하게 사용하라고 한다. 우즈베키스탄에 온 이후로 이런 호강은 처음이다.

이 넓은 집에는 볼라드와 그의 형수, 그리고 조카가 함께 살고 있다. 이 집의 가장이라고 할 수 있는 볼라드의 형은 지금 타쉬켄트에 있다고 한다. 주중에는 타쉬켄트에서 일을 하고 주말에만 누쿠스의 집으로 돌아온다고.

영어가 유창한 호텔의 젊은 매니저 이름은 '타자베이'이다. 27살의 그는 내가 한국에서 왔다니까 자신의 형이 지금 한국에서 일을 하고 있다면서 반가워한다. 그리고 한국드라마 〈겨울연가〉가 우즈베키스탄에서 큰 인기를 끌었다면서 나에게 친절하게 대해주었다.

우선 날이 저물기 전에 타쉬켄트로 돌아가는 차편을 알아보았다. 타자베이의 도움을 받아서 먼저 표를 구입하기로 했다. 누쿠스에서 타쉬켄트로 가는 교통편에는 비행기와 기차, 버스가 있다. 비행기는 가장 빠르긴 해도 제일 비싸다. 기차는 버스보다는 비싸지만 가다서다를 반복하기 때문에 가장 느리다고 한다. 그래서 나는 제일 싸면서 중간 빠르기인 버스를 타고 가기로 했다.

타자베이는 자신이 직접 표 구하는 것을 도와주겠다며 나와 함께 버스터미널로 향했다. 작은 도시라서 그런지 가는 길에 타자베이를 아는 척 하는 사람들이 많다. 그때마다 타자베이는 그들과 악수를 하며 **'앗살람 알레이쿰'**이라고 말을 한다. **'당신에게 평화를'**이라는 뜻이다. 여행을 하면서 알게 된 사실 중 하나, 우즈벡 사람들은 거리에서건 어디에서건 아는 사람을 만나면 꼭 악수를 한다. 가볍게 고개를 숙여서 인사하는 우리나라와는 달리, 우즈벡 사람들은 다가가서 악수를 한 다음에서야 헤어진다. 아는 사람들이 많이 모여 있는 장소에 간다면 정말 수없이 악수를 해야 할 것이다.

또 한 가지 우즈벡 사람들은 손을 자주 씻는다. 아무리 작은 식당이라도 그곳에는 손님들이 손을 씻을 수 있는 장소가 있다. 손님들은 식당에 들어가면 우선 손을 씻고 나서 테이블에 앉고 음식을 주문한다. 이 두 가지 습관이 어떤 연관이 있는 것은 아닐까. 과장일지 모르지만 우즈벡 사람들이 손을 자주 씻는 이유는 수없이 악수를 하는 그 습관에서 비롯된 것이 아닌가 하는 생각을 잠시 해보았다.

누쿠스에서 타쉬켄트로 가는 버스는 하루에 두 번 있단다. 정오에 출발하는 것과 저녁 5시에 출발하는 버스가 있다는데 타자베이는 저녁 5시 버스를 타는 것이 좋다고 말한다.

"낮 12시는 너무 더워요. 그때 출발하는 버스를 타면 더위 때문에 가다가 지칠 거예요. 하지만 저녁 5시에는 더위가 좀 덜하니까 그 시간에 버스를 타는 게 좋죠."

그래서 타자베이의 말대로 저녁 5시 버스를 타기로 했다. 가격은 9500숨. 잠은 버스 안에서 잘 수밖에 없겠다고 말을 했더니, 타자베이는 고개를 뒤로 젖히고 입을 벌린 채 잠을 자는 시늉을 한다. 장거리 버스가 불편하기는 하겠지만 그것도 여행 중 재미있는 경험이 될 것 같다.

며칠 후에 떠나는 이 버스표를 구입해놓고 타자베이, 볼라드와 함께 아랄해에 가는 방법을 의논해보았다. 볼라드는 내가 원한다면 자신의 차로 아랄해까지 데려다줄 수 있다고 했다.

"아랄에 가려면 일반 승용차를 이용하는 방법이 제일 좋아요."

"얼만데요?"

"넥시아를 이용할 경우 왕복 50달러요."

"비싸네요. 좀 싸게 안될까요?"

"요즘 기름값이 올라서… 45달러에 해 줄 게요. 그 이하로는 안되요. 무이낙까지 왕복 400km가 넘어요."

아랄해에 가는 것도 생각보다 쉽게 풀렸다. 걱정거리가 사라지자 밥도 먹고 맥주도 한잔 마시기 위해 나는 볼라드의 차를 타고 함께 시내로 나섰다. 누쿠스의 거리는 크고 넓었다. 인구 20만의 도시라지만 내 눈에는 인구 36만의 사마르칸드보다도 커보였다. 볼라드는 차에서 음악을 크게 틀었다. 흥겨운 음악이지만 이 가사가 러시아어인지 우즈벡어인지 모르겠다. 내가 볼라드에게 말했다.

"이거 러시아 음악이에요? 아니면 우즈벡 음악이에요?"

"러시아 음악도 아니고 우즈벡 음악도 아니에요. 이건 카라칼팍 음악이에요."

카라칼팍 자치공화국은 우즈벡의 다른 도시들과는 달랐다. 볼라드의 말에 의하면 이곳 사람들은 자신이 카라칼팍 민족이라는 것을 많이 강조하고 있다고 한다. 그리고 음식도 달랐다. 부하라와 히바에서 많이 먹었던 양고기 볶음밥이나 양고기국 대신 여기서는 꼬치구이 샤슬릭과 삼사를 많이 먹는다고 한다.

누쿠스의 거리

우리는 한 카페에 들어가서 샤슬릭과 함께 생맥주를 마셨다. 이 집에서 직접 만든 생맥주라고 하는데 500cc 한잔에 300숨이다. 애주가의 천국이다.

"운전해야 되는데 술 마셔도 되요?"

"괜찮아요."

"그러다가 경찰한테 걸리면 어뜨해요?"

"여기 경찰은 다 내 친구들이에요. 걸려도 상관없어요."

샤슬릭과 삼사를 안주로 맥주를 마시고 나서 집으로 돌아왔다. 오늘은 그냥 아무 생각 없이 푹 쉬고 싶었다. 그리고 내일은 아랄해를 보러간다. '20세기 최대의 자연파괴' 라고 부르는, 인간이 망가뜨린 그 아랄해를 보러간다.

배들의 묘지'라고 부르는 곳에 이제는 쓸모없게 되어버린 녹슨 배들이
메마른 바닥 여기저기에 방치되어 있었다.
예전에 철갑상어와 용상어가 살던 곳에 지금은 도마뱀이 기어 다니고,
한때는 아랄해를 누비고 다녔을 많은 배들이
이제는 폐선이 되어서 하얀 소금 바닥에 방치되어 있다.

2. 배들의 묘지,
죽어가는 아랄해

아랄해. 중앙아시아의 한복판, 우즈베키스탄과 카자흐스탄 양국의 영토에 걸쳐서 자리 잡고 있는 커다란 내륙호(염호)의 이름이다. 아랄해는 한때 세계에서 4번째로 큰 내륙호로 1960년 당시만 해도 6만 6,400km²의 면적으로 남한 면적의 2/3에 달하는 크기였다.

하지만 이 아랄해가 지금은 40년 전에 비해 면적은 40%로, 수량은 20%도 채 안되는 양으로 감소했다. 아랄해가 이렇게까지 작아진 이유는 이곳으로 흘러드는 주요한 두 개의 강이었던 아무다리야강과

시르다리야강의 물줄기를 구소련정부에서 강제로 돌려버렸기 때문이다. 아랄해를 가운데 두고 아무다리야강은 남쪽에서 아랄해로 흘러들고, 시르다리야강은 북쪽에서 아랄해로 흘러든다. 1960년 이전만 하더라도 아랄해는 이 두 개의 커다란 강에서 공급되는 물로 그 수량을 유지하면서 세계에서 4번째로 큰 내륙호의 위치를 차지할 수 있었던 것이다.

문제가 시작된 것은 60년대 후반. 구스련정부는 목화경작을 위해 아무다리야강을 카라쿰사막으로, 시르다리야강을 키질쿰사막으로 흐르도록 하는 대대적인 공사를 통해서 커다란 두 강의 물줄기를 강제로 돌렸다. 오늘날 우즈베키스탄에서 목화가 주요 수출품이 될 수 있었던 것은 40여년 전의 이 공사 덕분일 것이다. 하지만 이 공사 때문에 아랄해는 재난을 맞이하게 되었다. 아랄해로 흘러드는 물의 양이 감소하면서 수량과 면적은 점점 줄어들게 되었고, 지금은 해안선이 150km나 후퇴해 있다. 그리고 염분의 농도가 높아지면서 과거 아랄해에 살던 많은 어류들이 멸종했다고 한다.

그러나 문제는 이것뿐이 아니었다. 물의 양이 감소하면서 호수바닥이 드러나게 되었고, 여기에서 발생한 소금먼지 때문에 주변의 땅까지 황폐화된 것이다. 그 결과 과거 아탈해에 인접해 있던 항구도시인 무이낙은 모든 어업을 중단하고 많은 사람들이 도시를 떠나 현재는 과거에 비해 1/3 수준으로 작아졌다고 한다.

아랄해를 보기 위해서 나는 볼라드와 그의 사촌인 마라드와 함께 오전 9시경 누쿠스를 떠났다. 정확히 말하자면 아랄해를 보는 것이 아니라 '과거에 아랄해였던 곳'을 보러가는 것이다.

영어가 유창한 34살의 마라드는 무이낙이 고향이라고 한다. 결혼을 해서 3자녀의 아버지라는 그는 9월 말에 한국으로 오기 위해 현재 비자를 신청해놓은 상태라고 한다. 한국어를 공부해서 전문 번역가가 되고 싶다는 그에게 내 휴대폰 번호를 알려주었다. 그리고 내가 10월 말 이후에 귀국할 테니 그때쯤에는 나와 통화가 가능할 것이라고 말해 주었다. 무이낙이 고향이기 때문에 나는 그에게 과거 무이낙의 모습을 물어보았다.

"무이낙이 예전에는 인구가 얼마나 되었나요?"

"글쎄요… 아마 5만은 훨씬 넘었을 거예요."

"지금은요?"

"지금은 아마 1만5천 명 정도? 그 정도 밖에 안될 거예요."

"젊은 사람들이 많이 떠나간 거죠?"

"그렇죠. 더 이상 무이낙에서 어업을 할 수 없으니까 모스크바나 타쉬켄트로 떠나간 거지요."

누쿠스에서 무이낙으로 가는 길도 양옆으로는 목화밭이 많았다. 원래 더운 곳인데다가 북쪽으로 올라갈수록 점점 더 더워져만 가는 기분이다. 한 3시간쯤 달렸을까. 과거의 항구도시 무이낙이 나타났다. 볼라드는 여기서 조금 더 위로 올라가면 예전에 아랄해였던 곳을 볼 수 있다고 한다.

무이낙의 거리는 한산해 보였다. 과거 5만 명이 살았던 곳이라지만 이제는 1만5천 명으로 인구가 감소한데다가 지금도 사람들이 떠나가

과거 아랄해의 해안선. 우측에 사막처럼 보이는 곳이 과거 아랄해가 있던 곳이다

고 있다니 오죽 한산한 도시일까. 그래도 있을 건 다 있어 보였다. 학교도 있고 큰 병원, 정수시설, 축구장도 있다. 없는 것이 있다면 예전 항구도시로서의 면모뿐일 것이다.

조금 더 올라가자 과거의 아랄해 해안선이 나타났다. 차를 세운 우리는 내려서 과거에는 아랄해였지만 지금은 사막으로 변해버린 광경을 보았다. 그 모습은 지금까지 오면서 보았던 키질쿰사막의 모습과 다를 것이 없었다. 황량하고 단단한 땅과 그곳에 듬성듬성 솟아있는 메마르고 거친 풀들. 이곳이 예전에 세계에서 4번째로 큰 내륙호였다는 것이 믿어지지 않는 모습이다.

아랄해가 이 해안선에 접해있을 때는 이곳에서 저 멀리 아랄해의 수평선을 볼 수 있었을 것이다. 그리고 아랄해를 헤치며 달리는 많은 배와 갈매기도 있었으리라. 뱃고동 소리와 함께 항구로 드나드는 많은 배들 속에서 항구도시 특유의 활기도 느낄 수 있었을 것이다. 하지만 지금 보이는 것이라고는 하얀 소금기가 내려앉은 흙바닥과 거친 풀이 전부다. 갈매기 대신 흙먼지가 날아다니고 수평선 대신 지평선을 볼 수 있을 뿐이다.

우리는 차를 타고 버려진 배들이 있는 곳으로 향했다. 마라드가 '배들의 묘지'라고 부르는 곳에 이제는 쓸모없게 되어버린 녹슨 배들이 메마른 바닥 여기저기에 방치되어 있었다. 난 그곳을 돌아다니며 사진을 찍고 배를 바라보았다. 바닥에는 하얀 소금먼지가 내려앉아 있고 메마르고 억센 풀들 사이로 도마뱀도 보인다.

배들의 묘지

예전에 철갑상어와 용상어가 살던 곳에 지금은 도마뱀이 기어 다니고, 한때는 아랄해를 누비고 다녔을 많은 배들이 이제는 폐선이 되어서 하얀 소금 바닥에 방치되어 있다. 이곳에서 발생한 소금먼지와 모래먼지가 주위로 날아들어서 주민들의 건강은 점점 나빠지고, 이 때문에 피해를 보는 지역은 매년 넓어진다고 한다. 난 다시 마라드에게 물어보았다.

"우즈베키스탄 정부는 아랄해를 되살릴 노력을 안 하고 있나요?"

"구체적인 노력은 안 하는 걸로 알고 있어요. 무이낙과 그 주변 주민들만이 아랄해의 모습을 외부에 알리기 위해서 노력하고 있지요."

아랄해에서 떨어진 작은 호수

조금 더 안쪽으로 들어가니까 한쪽에 폐선이 놓여있는 호수가 나왔다. 이곳은 아랄해가 아니다. 한때는 아랄해였지간 지금은 아랄해에서 떨어져 나와 만들어진 작은 호수다. 여기에서도 수평선을 볼 수 있다. 하지만 이 수평선을 어찌 예전 아랄해의 수평선과 비교할 수 있을까. 이 시커먼 물속에는 예전에 아랄해에서 살던 어류들은 남아 있지 않을 것이다.

작아진 아랄해를 보러가는 사람들이 있다고 한다. 여기에서부터 150km가 떨어진 곳으로 지금은 사막으로 변한, 길도 없는 이곳을 뚫고 지프로 꼬박 7시간을 달려야 아랄해어 도착할 수 있다. 하루 코스로는 힘들고 최소한 1박 2일은 잡아야 다녀올 수 있다. 물론 그곳은 먹을거리도 없고 마실 물도 없고 편하게 잠을 잘 수 있는 호텔도 없다. 그렇기 때문에 텐트부터 모든 먹을 것을 짊어지고 가야만 한다. 볼라드가 말했다.

"다음 주에 내가 아랄해에 가야 되요."

"왜요?"

"외국인 여행자 몇 명이 다음 주에 우리 호텔에 오는데, 그들이 아랄해에 가기로 예약을 했거든요. 아마 지프 두 대로 갈 것 같아요."

볼라드의 말을 듣고 나니까 나도 거기에 가고 싶다는 충동이 들었다. 물론 작아진 아랄해를 바라보는 기분이 썩 좋지만은 않을 것이다. 그래도 작아진 아랄해가 지금은 어떤 모습일까 하는 호기심이 생겨났다. 염분의 농도가 높아져 많은 어류가 멸종했다는 그곳에 지금도 생명체가 살고 있을까 하는 호기심, 그 작아진 아랄해의 물은 얼마나 깨끗할까 하는 호기심, 그리고 아랄해의 수평선 너머로 지는 해를 보고 싶은 욕심이 생겨났다. 가고는 싶지만 지금은 갈 수 없는 곳이다. 그곳에 가려면 다음을 기약하는 수밖에.

'배들의 묘지'를 보고 나서 우리는 다시 무이낙으로 향했다. 마라드의 소개로 한 집에 들어간 우리는 방에 들어가서 두 다리를 쭉 펴고 앉았다. 뙤약볕을 피해서 서늘한 곳으로 들어서니 기분까지 좋아지는 것 같다. 마라드는 밖에서 집 주인과 무슨 이야기를 하더니 나를 불렀다.

"우리 지금 시장에 갈 건데 같이 갈래요?"

그래서 나도 같이 따라 나섰다. 무이낙의 작은 시장에서 점심으로 먹을 생선과 토마토 그리고 감자를 샀다. 무이낙 시장에 많이 있는 생선을 보고 있자니 좀 이상하다는 생각이 들었다. 이곳에는 아랄해도 없고 강물도 흘러오지 않는데 저 생선은 어디에서 잡아온 것일까. 시장의 분위기는 히바와 부하라에서 보았던 바자르의 모습과 비슷했다. 차이가 있다면 크기가 좀 작다는 것, 그리고 생선을 많이 판다는 것이다. 무거운 짐을 차에 싣고 집으로 돌아온 우리는 요리를 시작했다. 생선을 자르고 감자 껍질을 벗겨서 튀길 준비를 하고 토마토를 씻어서 먹기 좋게 썰었다. 먹는 즐거움의 절반은 아마도 음식을 준비하는 과정에 있을 것이다. 요란한 소리를 내면서 튀겨지는 생선과 감자를 보고 있자니 더 배가 고파지는 느낌이다. 준비된 음식을 커다란 상에 놓고 우리는 식사를 했다. 내가 마라드에게 물었다.

"마라드, 술 잘 마셔요?"

"아뇨. 저는 술 못 마셔요."

"한국에 오려면 술을 잘 마시는 게 좋을 텐데. 한국 사람들은 술을 좋아하거든요."

우즈베키스탄 사람들 대부분은 이슬람을 믿는다. 하지만 특이하게도 마라드는 기독교 신자라고 한다. 그래서 술을 안 마시는 걸까. 볼라드는 역시 이슬람 신자다. 그래서 마라드와 볼라드가 만나면 서로의 종교에 관한 이야기를 많이 한단다. 때로는 과격해져서 이슬람이 좋으니 기독교가 좋으니 하면서 언성을 높이는 경우도 있다고.

"누쿠스에 교회가 많이 있나요?"

"이슬람 사원은 많은데 교회는 몇 개 없어요. 그래서 일주일에 한 번씩 교회에 가려면 먼 거리를 가야 되요."

우리는 튀긴 생선과 토마토로 배부르게 점심을 먹고 다시 햇볕이 내리쬐는 무이낙의 거리로 나왔다. 망가진 아랄해의 모습을 본 후라서 그런지 무이낙의 거리는 한층 더 한산하고 쓸쓸하게 보였다.

구소련 정부는 1968년 수로공사를 했다고 한다. 요즘 같은 때에 그런 공사를 한다면 각종 환경단체에서 대규모 반대집회와 시위를 벌일지 모른다. 하지만 당시에는 그런 것도 없이 조용히 공사가 진행되었을 것이다. 무이낙의 주민들은 영문도 모른 채 서서히 감소하는 아랄해의 수량과 어획량을 속수무책으로 바라보았으리라.

그리고 무슨 일이 일어났는지 알았을 때 이미 아랄해는 저 멀리 작아져있고, 자신들은 더 이상 이곳에서 예전 같은 방식으로 삶을 유지할 수 없다는 것도 깨달았을 것이다. 그 후에는 젊은이들이 하나둘씩 무이낙을 떠났다. 과거에 번창했던 항구도시 무이낙은 이제 그 모습을 잃어버리고 작은 마을로 변해있다.

아랄해를 되살릴 방법이 있을까. 아랄해를 살리기 위해서는 실질적으로 예전처럼 다시 물을 공급하는 수밖에 없다. 그러자면 아무다리야강의 물줄기를 다시 아랄해로 돌려야 하지만 그렇게 되면 목화경작을 포기할 수밖에 없을 것이다. 이것이 우즈베키스탄의 딜레마일지 모른다.

이후 카자흐스탄에서 들은 소식에 의하면 카자흐스탄쪽의 아랄해에는 다시 물이 공급되고 있다고 한다. 미미하지만 수량도 조금씩 증가하고 있다고. 하지만 우즈베키스탄쪽의 아랄해는 되살릴 방법이 없다고 한다. 지금의 추세라면 2020년경에는 아랄해가 지도에서 사라질 것이라고 국제환경단체는 말하고 있다. 한때 커다란 내륙호였던 아랄해가 지금은 어찌할 수 없는 괴물이 되어버린 것이다.

어느새 시간은 오후 3시가 넘어있었다. 우리는 다시 차를 타고 누쿠스로 향했다. 누쿠스와 아랄해까지 보았으니 우즈베키스탄에서 보고 싶은 곳은 모두 본 셈이다. 가고 싶은 곳을 모두 가보았다는 안도감과 함께 쓸쓸한 기분이 들었다. 창밖으로 펼쳐진 목화밭에서는 아이들이 뭔지 모를 이야기를 하며 한참 목화를 수확하고 있었다. 그 모습 위로 조금 전에 보았던 아랄해의 폐선이 겹쳐지고 있다. 여전히 더운 날씨다.

3. 달리는 버스에서
중앙아시아의 별을 보다

누쿠스에서 타쉬켄트로 가는 버스는 예상보다 상태가 더 안 좋아 보였다. 아마 우리나라의 80년대 버스가 저렇지 않았을까 싶을 정도로 외관이 낡아 보이는 버스다. 누쿠스에서 타쉬켄트까지는 1,200km. 한반도를 기준으로 말하자면 부산에서 신의주까지 달려간 다음 300km를 더 간 거리다. 간단히 얘기해서 만주 벌판 한복판에서 부산까지 버스를 타고 가는 꼴이다. 저 낡아 보이는 버스가 과연 1,200km를 주파할 수 있을까?

요금이 9500숨인 이 버스의 예상 소요시간은 18시간이라고 한다.

물론 뻥 뚫린 포장도로를 시속 120km로 달
린다면 10시간 만에 타쉬켄트에 도착할 수
있겠지만, 승객과 짐을 실은 대형버스가 그
렇게 달릴 수는 없는 노릇이다. 호텔 매니저
인 타자베이의 말에 의하면 넉넉히 20시간
정도 예상하라고 한다.

누쿠스 타쉬켄트행 버스

　　출발시간은 저녁 5시인데 4시 20분경이
되자 사람들이 버스 주위로 모여들기 시작했다. 대부분은 출발 전에
미리 버스에 짐을 실으려는 사람들이다. 나도 그 사람들 틈에 섞여서
버스 실내를 보았다. 낡은 의자들의 앞뒤 간격이 좁다는 것만 빼면 그
런대로 20시간은 탈수 있을 것처럼 보였다. 자리 때문에 불편한 것은
어느 정도 참는다 하더라도, 달리던 도중 갑자기 화장실에 가고 싶어
지면 어떻게 하나?

　　보따리 장사처럼 보이는 사람들이 가져온 많은 짐들이 버스 양옆
의 짐칸으로 들어갔고, 내 배낭도 그 안으로 들어갔다. 버스 안에는
서로 끌어안고 입맞춤을 하며 작별인사를 하는 사람들, 돌아다니며
표 검사를 하는 아저씨, 그 와중에도 페트병에 담긴 음료수를 파는 아
주머니와 뭔지 모를 말을 하면서 구걸을 하는 할아버지가 뒤섞여 있
었다.

　　5시가 되자 버스가 출발했다. 나의 걱정이 무색하게도 버스는 포장
도로 위에서 속도를 내며 달리기 시작했다. 이 버스의 운전석 뒤쪽으
로는 창가에 간이침대를 만들어 놓았다. 그리고 보니까 운전석에서
운전을 하는 기사 주위에 여러 명이 모여 있었다. 한 명은 운전을 하

고 다른 한 명은 운전기사가 졸지 못하도록 계속 그에게 말을 붙이고, 그 외에도 두 명 정도가 더 있었다. 18시간을 운전해야 하니까 교대로 운전을 하면서 간이침대에서 잠을 자는 모양이다.

간이침대에는 어린아이 두 명이 이미 올라가 있었다. 무엇이 좋은지 아이들은 계속 떠들고 웃는 모양이다. 주위 사람들은 신문을 보거나 서로 얘기를 하는 모습이다. 난 그냥 등받이에 기대앉아서 창밖을 보았다. 낡고 불편한 버스지만 어쨌든 단돈 9500숨에 1,200km를 이동하면서 하룻밤 잠자리까지 해결할 수 있는 것이다. 배낭여행을 하면서 이렇게 수지맞는 일이 어디 있겠나.

창밖으로는 우즈베키스탄의 벌판이 보인다. 타쉬켄트를 떠나고 나서 기차와 택시로 누쿠스까지 왔던 길을 다시 되짚어서 타쉬켄트로 돌아가는 꼴이다. 다만 시간의 차이가 있다. 타쉬켄트에서 누쿠스까지 오는 데는 20일이 걸렸는데, 누쿠스에서 타쉬켄트로 돌아갈 때는 20시간이 걸린다. 타쉬켄트로 돌아가면 나의 우즈베키스탄 여행도 끝나는 것이다. 타쉬켄트에 도착하면 쉬면서 몇 가지 일을 처리하고, 카자흐스탄으로 넘어갈 준비를 해야 한다. 저녁이라서 그런지 그다지 덥지도 않고 창밖의 풍경은 황토색 벌판뿐이다.

저녁 7시가 넘어서자 어두워지기 시작했다. 덩달아서 버스도 조용해지고 사람들은 잠을 청하는 것 같았다. 어두워지고 나면 이 버스에서 할 수 있는 것은 몇 가지 안된다. 잠을 자거나 그냥 앉아있거나 생각을 하거나 3가지 중에 하나다. 대단한 선택의 여지다. 조용한 버스 안에서 간이침대위에 올라간 아이들만이 소꿉놀이를 하는지 잠꼬대를 하는지 연신 떠들어대고 있었다. 나도 피곤해졌지만 자는 것 대신에 창밖을 보았다. 잘 시간은 앞으로도 많은데다가, 우즈베키스탄의 넓은 벌판에 어둠이 오는 것을 내 눈으로 보고 싶기도 했다.

어두워지고 있는 창밖을 보면서 왜 내가 여기까지 여행 왔는지를 생각했다. 중앙아시아를 여행하고 싶다는 생각은 오래전부터 있었지만 이렇게 빨리 이곳에 오게 될 줄은 몰랐다. 예전부터 돌아다니는 것을 좋아하기는 했지만, 다니던 회사 그만두고 몇 달간의 긴 여행을 해야겠다고 마음을 먹은 것은 그리 오래된 일이 아니다. 어쩌면 다시는 예전의 일상으로 못 돌아가게 될지 모르는 이런 여행을 시작하려면 누구나 계기가 있을 것이다. 나에게는 어떤 계기가 있었나.

여행가 피터 플레밍은 그의 저서에서 '우리가 여행을 하는 이유는 여행을 하고 싶었기 때문이었고, 이전의 경험에 비추어 볼 때 여행을 즐겁게 할 수 있다고 믿었기 때문이다' 라고 언급했다. 내가 생각하는 여행도 그런 것이다. 가보고 싶던 곳에 가보는 것, 낯선 장소와 낯선 사람들이 있는 곳과 처음 보는 환경에 자신을 던지는 것이다. 그리고 한국에서의 단조롭지만 안정적이던 생활보다 더 절실하게 이런 것들을 필요로 했기 때문에 난 여행을 택했을 것이다.

여행을 좋아하는 사람들 중 일부는 '나를 찾기 위해 여행을 한다'고 말하기도 한다. 사실 난 이 말을 믿지 않았다. 물론 여행을 하다보면 자신에 대해 더 잘 알게 되기도 할 것이다. 하지만 그건 어디까지나 결과적으로 얻어지는 것이지 애초에 그것을 위해서 길을 떠나지는 않는다고 생각했다. 적어도 나에게 여행은 익숙한 생활에서 벗어나 뭔가 새로운 것들을 만나고 접하는 것이었다. 그리고 여행을 결심한 이유 중 하나도 나에게 그런 것들이 필요한 때였기 때문이다.

직장생활을 시작한지 만 5년. 난 그 생활 속에서 조금씩 자신의 모습을 잃어가고 있었다. 매일 반복되는 하루하루. 정해진 시간에 일어나서 출근을 하고, 같은 시간에 밥을 먹고, 같은 시간에 퇴근을 하는 생활. 그 안에서 별 목적의식 없이 나에게 주어진 일들만을 처리하는 생활이 무미건조하고 답답하게 느껴진 것이다. 당시 내가 바라본 나의 모습은 밤이면 술집을 전전하고, 아침이면 술이 덜 깬 채로 사무실에 앉아서 나에게 맡겨진 일을 기계적으로 처리하고 있는 모습이었다. 그런 날들 속에서 가끔씩 문득 '내가 지금 뭐하는 거지?' 라는 의문이 들 때가 있었다. 그리고 '내가 원하던 삶은 이런 게 아니었는데' 하는 생각도. 그럴 때마다 당장이라도 떠나고 싶다는 욕심이 생겨나곤 했다. 자신이 살아있다는 것을 느끼기 위해서 사막에 들어가는 것처럼, 자신의 능동적인 모습을 위해 여행을 꿈꾸었다면 과장일까. 혼자서 여행을 떠나게 되면 모든 것을 스스로 생각하고 판단하고 행동하고 길을 걸어야 한다. 안정적이지만 단조롭고 수동적인 직장생활과 비교해보면, 전혀 다른 하루하르가 펼쳐지기 시작한다는 의미다.

그리고 무엇보다도 바쁘고 정신없는 일상에서 벗어나고 싶다는 욕심이 있었다. 그것은 몇 개월 동안 날 아는 사람이 한 명도 없는 곳으로, 휴대폰도 없고 메신저도 없고 이메일도 없는 곳으로 훌쩍 떠나고 싶은 일종의 도피 충동이었다. 중앙아시아로 떠난다고 했을 때 어떤 친구는 나에게 "휴대폰 로밍 신청해서 가지고 가"라는 말을 했었다. 물론 농담이었을 거다. 그 말을 듣고 나도 농담으로 "그럴 거면 뭐 하러 여행을 가냐?"라고 대꾸 했었다. 여행을 떠나는 이유 중 하나가 현실에서 벗어나려는 욕심일 것이다. 그리고 휴대폰은 내가 현실 속에 있다는 것을 끊임없이 알려주는 상징과도 같은 존재다. 여행을 가면서 그런 휴대폰을 가지고 간다? 그거야말로 여행을 망치는 지름길과도 같다고 당시에는 생각했었다.

이런 생각들이 모두 뒤섞여가면서 난 여행을 구체적으로 꿈꾸게 되었다. 중앙아시아에 가고 싶다는 욕망이 점점 커져갔고, 거기에 맞추어 직장생활 속의 일상을 더 이상 견딜 수 없게 된 지점에서 난 여행을 결심했다.

물론 다른 이유도 있었다. 직장을 그만두고 몇 달간의 여행을 하고 돌아오면 다시는 예전 같은 삶으로 돌아갈 수 없다고 어렴풋이 느끼고 있었다. 그럼 그때는 어떻게 하나. 막말로 얘기해서 뭐 해서 먹고 살 것인가 하는 문제였다. 여행은 일상을 떠나는 방법이지만, 여행을 끝내고 일상으로 돌아오면 그때는 예전의 그런 고민들 속으로 다시 들어갈 수밖에 없을 것이다. 이 문제를 고민하면서 지금까지 나의 생활을 돌아보았다. 다른 사람들처럼 평범하게 살아온 나의 인생을. 남들처럼 군대도 가고, 졸업하고 취직해서 직장생활을 해왔다. 흔히 말하듯 뒤처지지는 않겠다는 생각으로 노력했지만, 뒤처지고 아니고를 판단하는 기준 자체가 별의미가 없다는 것을 깨달은 순간 난 이미 서른 살을 넘어 있었다. 나이를 먹는 것이 의지와는 관계없는 것이지만 그래도 이건 너무한 것이 아닌가 하는 생각도 그때 했던 것 같다.

"내가 인생에서 깨달은 한 가지 사실은, 인생이란 무엇인가를 깨닫기 전에 우리는 서른다섯 살을 넘어버린다는 것입니다" 미국의 골프

선수 '할 서튼'의 말처럼 나도 그 꼴이었던 것이다.

남들보다 뒤처지건 말건 상관하지 말고 더 나이 먹기 전에 내가 하고 싶은 것을 하자고 결심했다. 그래서 배낭을 꾸렸다. 40리터짜리 배낭에 여름옷 한 벌과 속옷 한 벌, 점퍼 하나 그리고 면도기, 세면도구와 다른 것들을 챙겼다. 처음에 멋모르고 짐을 왕창 꾸렸다가 배낭이 넘치길래, 필요한 준비물 목록을 다시 작성해서 배낭을 채웠다. '먼 길을 떠나려면 짐이 가벼워야 한다'라고 하지 않던가? '이 물건이 여행 중에 필요할까? 혹시 필요할지 모르는데'라고 생각되는 물건은 무조건 빼버렸다. 마지막까지 고민했던 것은 노트북과 mp3플레이어였지만 고민 끝에 둘 다 포기했다. 노트북이 있으면 숙소에 쳐박혀 주야장천(晝夜長川) 게임만 하게 될 것 같았고, mp3로는 밤에 음악만 듣게 될 것 같아서다. 한술 더 떠 노트북으로 게임을 하면서 mp3로 음악을 듣는다면 그거야 말로 최악의 여행이 되는 셈이다.

그리고 두 달이 지났다. 아직까지는 여행 속의 일상이 부담스럽거나 힘들게 느껴지지 않는다. 비록 갈도 통하지 않는 낯선 나라에 와서 혼자 돌아다니고 있지만 이런 하루하루가 아직까지는 나에게 즐거움을 주고 있다. 익숙한 것들에서 벗어나 낯선 환경에 부딪히는 일, 처음 보는 거리와 사람들 사이에서 적응하고 부대끼는 일이 나에게는 매력으로 다가오고 있다.

이제 두 달을 보내며 얻은 한 가지는 내가 하고 싶은 일이 무엇인지 알 수 있을 것 같다는 것이다. 한국에 있을 때 했던 많은 것들 중에서 여행을 떠난 이후로 계속 떠오르는 것 한 가지가 있다. 아마 그것이 내가 하고 싶은 일일 것이다. '자신이 누구인지 알기 위해서 여행을 한다'고 했는데, 이 말이 무슨 말인지 이제 알 것도 같은 느낌이다.

8시 30분이 넘어서자 어두워졌다. 우즈베키스탄 벌판에 어둠이 오는 것을 보고 싶었지만 결국 못보고 말았다. 어둠은 내 눈으로 식별할 수 있을 만큼 천천히 다가오는 것이 아니라, 영화의 장면이 바뀌듯이 벌판을 덮은 모양이다. 그리고 버스 창밖으로 별이 보인다. 카시오페아도 보이고 그 옆으로 북두칠성도 보인다.

이렇게 많은 별을 언제 보았는지 기억이 나지 않는다. 우즈베키스탄에 와서는 밤하늘을 본 적이 없다. 하긴 그동안 계속 도시로만 다녔으니 밤하늘에는 그다지 별도 보이지 않았을 거다. 타쉬켄트에 돌아가서도 별은 보기 힘들 것이다. 그렇다면 지금이 우즈벡에서 많은 별을 보는 마지막 기회라는 얘기다.

한국은 지금 어떤 모습일까. 오늘은 토요일이고 저녁 8시 30분이니까 주말의 술집들은 사람들로 넘쳐나기 시작할 시간이다. 그리고 로또복권 당첨 번호가 판가름 났을 시간이기도 하다. 한국에 있다면 술집에서 술이나 마시고 있을 시간에 난 달리는 버스에 앉아서 중앙아시아의 하늘에 깔린 별들을 보고 있다. 이 별들이 사라질 때쯤이면 이 버스는 타쉬켄트와 가까운 어느 곳을 달리고 있을 것이다.

_ 여섯 번째 이야기

국경에서

배낭여행의 묘미는 걸어서
국경을 통과하는 것인지도 모른다.
3면이 바다인데다가 북쪽은 휴전선으로 가로막힌
우리나라에서는 체험할 수 없는 일이기 때문이다.
하지만 모든 일에는 그에 따른 대가가 있는 법.
역시 걸어서 국경을 통과하는 일은
생각만큼 쉬운 일이 아니었다.

Kazakhstan

겉으로는 태연한 척 했지만 속으로는 조마조마했다.
내 우즈벡 비자는 오늘로 만료가 된다.
끝까지 세관신고서가 문제가 되어서
오늘 중으로 국경을 통과하지 못하면
난 우즈베키스탄에 불법체류하는 신세가 되는 것이다.

1. 우즈벡 국경을 넘어
카자흐스탄으로

우즈벡을 떠나기에 앞서서 나에게는 해결해야 할 문제가 하나 있었다. 바로 세관신고서와 관련된 문제였다. 우즈베키스탄은 외환 관리가 엄격한 나라라고 한다. 외국인은 입국할 때 두 장의 세관신고서를 작성해야 한다. 그 세관신고서에 자신이 가지고 들어온 외화의 액수를 기입해서 한 장은 제출하고, 다른 한 장은 입국시 도장을 받아서 보관하고 있다가 출국시 제출해야 한다. 그리고 출국할 때는 별도의 세관신고서를 또 작성해서 가지고 있는 외화의 액수를 적어야 하는데, 이때 외화의 액수는 입국시에 신고한 외화

타쉬켄트의 지진 기념비 (뒤)
타쉬켄트 천주교 성당 (아래)

의 액수보다 많아서는 안된다고 한다.

이 사실을 모르고 있던 나는 입국할 때 한 장의 세관신고서만을 작성해서 제출했다. 이럴 경우에는 많은 벌금을 물게 되거나 외화를 가지고 출국할 수 없다고 한다. 뒤늦게 이 사실을 알게 되었지만 혼자서는 어찌할 도리가 없었다. 결국 나는 현지 여행사의 도움을 받기로 했다. 여행사에서 소개해준 가이드 한 명과 함께 동행을 해서 국경검문소에서 내 사정을 설명하고 육로로 국경을 통과하여 카자흐스탄으로 들어가기로 했다.

나를 도와주러 나온 가이드는 '수잔나' 라는 이름의 여성이었다. 젊은 시절의 조디 포스터를 연상시키는 외모를 가진 수잔나는 29살이지만 미혼이라고 한다. 10대 후반 또는 20대 초반에 결혼을 하는 다른 우즈벡 여성들에 비해서 수잔나는 노처녀인 편이다. 여행사 일을 하느라 바빠서 데이트 할 시간도 없다고 한다.

이렇게 해서 함께 국경으로 가게 되었다. 타쉬켄트 북쪽의 큰 국경검문소는 아침부터 많은 사람들로 붐비고 있었다. 국경을 넘어서 카자흐스탄으로 가는 사람들과 우즈베키스탄으로 들어오는 사람들이 길게 줄을 서 있었다. 우리도 그 줄에 서서 차례를 기다렸다. 운이 좋다면 약간의 벌금으로 국경을 넘을 수 있을 테고, 그렇지 않다면 복잡한 절차를 거치게 될지도 모른다. 검문소에는 적당히 살이 찐 경찰이 앉아 있었다. 그동안 여행하면서 보았던 우즈벡의 다른 경찰들과는 달리 이곳의 경찰들은 하나같이 굳어있고 딱딱한 얼굴표정이다. 왠지 일이 잘 안 풀릴 것 같은 그런 인상들이다. 아니나 다를까. 수잔나가 나의 여권을 들고서 담당자에게 얘기를 했지만 소용없어보였다.

세관 담당자는 반드시 입국시 도장을 받은 세관신고서가 있어야 한다면서 나의 출국을 막았다.

"어쩔 수 없어요. 여기서 국경을 통과하려면 뇌물을 줘야 되요."

밀려오는 현지인들 때문에 다시 검문소 바깥으로 나온 나에게 수잔나가 말했다.

"벌금요?"

"벌금이 아니라 뇌물이요."

"뇌물요? 얼마나요?"

수잔나는 다시 검문소로 가서 뭔가를 얘기하더니 돌아와서 말했다.

"200달러를 달라고 하는데요."

일이 이렇게 된 것이 내 잘못이기는 했지만 하마터면 욕이 나올 뻔했다. 모르고 한 실수를 처리해주는 데 200달러나 요구하다니!

"다른 방법은 없을까요?"

"입국할 때 공항으로 들어왔죠?"

"네, 타쉬켄트 공항으로요."

"공항으로 갑시다. 걱정하지 마세요."

이때부터 수잔나의 활약이 시작되었다. 공항에 가서 세관신고서를 분실했다는 신고서를 쓰고, 입국시에 제출한 세관신고서의 사본을 하나 받아서 국경으로 가면 될 거라고 한다. 공항에 도착한 우리는 분실신고서를 작성하고 세관신고서의 사본을 받으려고 했지만 세관 담당자가 없다고 한다. 전날 그 부서의 상사가 부친상을 당해서 모두 그곳에 가 있다는 것이다. 점점 꼬여가는 기분이다.

우리는 근처 카페에 들어가서 커피를 마시며 혹시라도 담당자가 돌아올까 하고 기다려 보았지만 소용없었다. 나와 수잔나는 결국 잔머리를 굴리기로 했다. 내가 가지고 있는 미화를 모두 수잔나에게 맡기고, 난 20달러만 가지고 있는 것으로 신고하고서 국경을 통과하기로 했다. 20달러 정도는 세관신고서가 없더라도 눈감아줄 거라는 게 수잔나의 말이었다. 그리고 함께 국경을 통과한 다음에 수잔나가 다시 나에게 돈을 돌려주는 방법을 사용하기로 했다.

"비자카드 가지고 있죠?"

"네. 있어요."

"돈 없이 어떻게 여행하냐고 묻거든 카드를 사용한다고 하세요."

아까 갔던 국경에서는 우리 얼굴을 알고 있을 테니 다른 국경으로 가기로 했다. 가기 전에 난 복대에서 내가 가진 달러를 모두 꺼내서 수잔나에게 주었다. 이번에 간 국경검문소는 아까보다 작은 곳이다. 국경을 넘는 현지인들도 훨씬 적은 수다. 여권 검사를 통과하고 세관 관리소로 향했다. 난 현지사정을 모르는 데다가 말도 통하지 않기 때문에 엄마를 따라다니는 어린아이처럼 수잔나의 뒤를 따를 수밖에 없었다.

이미 시간은 오후 3시가 넘었다. 겉으로는 태연한 척 했지만 속으로는 조마조마했다. 내 우즈벡 비자는 오늘로 만료가 된다. 끝까지 세관신고서가 문제가 되어서 오늘 중으로 국경을 통과하지 못하면 난 우즈베키스탄에 불법체류하는 신세가 되는 것이다. 내일 아침을 카자흐스탄에서 맞을 수 있을까? 머릿속으로는 온갖 생각들이 떠올랐다. 우즈베키스탄을 떠나지도 못하고, 카자흐스탄에 들어가지도 못하는 처지가 되면 어떻게 하나? 왜 우즈벡에 오기 전 입출국시 주의사항을 알아두지 못했을까. 세관신고서 한 장이 이렇게 사람을 난처하게 만들 줄은 몰랐다. 게다가 난 지금부터 허위로 세관신고를 해야 한다. 혹시라도 내가 세관신고하는 것이 가짜로 밝혀지면 그때는 어떻게 하나? 단순하게 뇌물로 끝날 성질의 문제가 아닐지도 모른다. 머리가 복잡했지만 어쩔 수가 없었다. 일단 부딪혀 보는 수밖에.

세관관리소에서 다시 세관신고서 2장을 작성했다. 한 장은 제출하고 한 장은 도장을 받아서 보관하고 있다가 카자흐스탄을 떠날 때 제출해야 한다. 난 가지고 있는 미화가 20달러뿐이라고 적었고 수잔나는 내 세관신고서와 여권을 들고 담당자와 뭔가를 이야기했다. 그리고는 나에게 여권과 세관신고서를 돌려주며 말했다.

"됐어요. 갑시다."

뭐가 되었다는 얘기일까. 난 여권을 펼쳐서 비자가 있는 부분을 보았다. 우즈베키스탄 비자에는 출국도장이 찍혀 있었고, 카자흐스탄 비자에는 입국도장이 찍혀 있었다. 국경을 통과한 것이다. 난 기쁜 나머지 수잔나를 끌어안고 입맞춤을 하며 이 기쁨을 만끽하고 싶었지만, 차마 그러지 못하고 그냥 씩 웃어 보이고 말았다. 그리고 도장이 찍힌 세관신고서를 보았다. 서류상으로 내가 갖고 있는 미화는 20달러다. 이제 난 카자흐스탄을 떠날 때 공식적으로 20달러 이상을 갖고 나갈 수 없는 신세가 된 것이다. 하지만 그건 나중 문제다. 지금은 우여곡절 끝에 국경을 통과했다는 기분 때문에 아무것도 신경 쓰고 싶지 않았다.

국경을 통과한 시간은 어느덧 4시가 다 되어가고 있었다. 우리는 카자흐스탄의 알마티(Almaty)로 가는 버스가 있는 곳으로 갔다. 여기서부터 버스를 타고 카자흐스탄 여행의 베이스캠프라고 할 수 있는 알마티로 가야 한다. 수잔나의 말에 의하면 알마티까지는 15시간 정도 걸릴 거라고 한다. 오늘 저녁에 출발하면 내일 아침에 도착한다. 누쿠스에서 타쉬켄트로 올 때 이후 두 번째로 장거리 버스를 타는 것이다. 버스터미널에는 많은 버스들이 늘어서 있었다. 나는 5시에 알마티로 출발하는 버스표를 샀다. 가격은 1500텅게로 화폐명이 달라졌다. 텅게는 카자흐스탄의 공식화폐단위다. 1달러는 약 130텅게로 텅게 곱하기 8하면 대충 한화로 계산되어진다. 카자흐스탄에 적응하기 위해서는 우선 이 화폐단위를 한화로 계산하는 법부터 익숙해져야 할 것이다.

표를 예약한 우리는 밥을 먹으러 갔다. 근처의 작은 식당에 들어가서 꼬치구이와 양고기국으로 밥을 먹었다. 국경을 넘었다는 것이 별로 실감나지 않았다. 비슷하게 생긴 사람들과 비슷한 음식들 그리고 귀에 들리는 것은 똑같은 러시아어다. 수잔나에게 맡겼던 돈을 다시 찾아서 우선 100달러를 환전했다.

"시간이 남았으니까 같이 시장에 가요."

수잔나는 나를 시장으로 이끌었다. 국경이라서 그런지 이곳에는 많은 상점이 있다. 식당이나 작은 가게, 환전소도 많고 사람들 역시 많이 있다. 국경이라서 그런지 북적이고 활기찬 모습이다. 우리는 한 쪽에 있는 큰 시장으로 향했다. 주로 생활용품을 파는 시장이다. 갖가지의 옷과 신발, 허리띠, 비누, 머리빗 등이 진열되어 있다.

"뭐 필요한 거 있으면 사세요."

수잔나가 말했다. 앞으로 여행하면서 뭐가 필요할지 아직 나도 잘 모르겠다. 수잔나는 반팔티 두 벌을 샀다.

"하나에 2000숨이에요."

반팔티 하나에 2000숨이면 싸긴 하다. 하지만 품질이 어떨지 모르겠다. 난 그냥 걸어다니면서 구경했다. 시장을 구경하는 것은 언제 어디서나 재미있는 일

타쉬켄트 가스피탈리바자르

이다. 국경의 시장이라서 그런지 이곳에서는 우즈벡 돈도 받고 카자흐스탄 돈도 받는단다. 시장을 둘러보고 우리는 다시 버스가 있는 곳으로 갔다.

이제는 헤어질 시간이다. 수잔나는 꼼꼼하게 이것저것 챙겨주고 신경을 써주었다. 꼭 필요한 돈만 조금 주머니에 넣어두고 나머지는 깊숙이 감춰 두라고 한다. 그리고 알마티 가는 도중 식당에 한 번 설 테니 그때 밥을 먹으라고 하는가 하면, 버스 운전사에게는 내가 한국에서 온 여행자인데 러시아어를 못한다며 당부해주는 말도 잊지 않았다. 수잔나와 작별인사를 한 나는 버스에 올라 자리에 앉았다. 버스 바깥에서 수잔나가 활짝 웃으며 손을 흔들어 보였다. 수잔나를 다시 볼 수 있을까. 나도 웃으면서 손을 흔들었다. 이제 다시 혼자가 된 것이다.

유럽이든 남미든 동남아든 어딘들 가고 싶지 않을까.
다만 나에게 긴 여행의 일순위는
언제나 중앙아시아였다.
초원과 사막, 커다란 호수를 상상하며 오래전부터 꿈꿔왔던 장소,
그곳이 바로 중앙아시아였던 것이다.

2. 한 장의 음반으로 시작된
긴 여행

카자흐스탄의 알마티로 가는 버스는 저녁 5시가 조금 넘은 시간에 출발했다. 우즈벡과 카자흐스탄의 국경에서 출발하는 이 버스는 카자흐스탄의 도시인 침켄트와 타라즈를 거쳐서 알마티로 가게 된다. 거리는 약 900km.

이 버스는 우즈벡에서 탔던 누쿠스–타쉬켄트 행 버스보다는 더 크고 깨끗했지만 역시 앞뒤 좌석의 간격이 좁아서 불편하기는 마찬가지다. 카자흐스탄은 넓은 나라다. 면적은 세계 9위고 남한의 25배가 넘는 넓이라고 한다. 넓은 땅덩어리에 사는 사람들이 왜 버스의 내부

는 이렇게 좁게 만들었을까.

　이 버스 역시 운전사 2명이 밤을 새우며 교대로 운전한다. 장장 15시간을 달려가야 하니까 그럴 수밖에 없을 것이다. 버스의 창밖으로는 넓은 카자흐스탄의 초원이 펼쳐지고 있다. 우즈베키스탄에서는 황량한 사막을 주로 보았는데 카자흐스탄에서는 국경을 넘자마자 초원을 보고 있다. 몽골을 여행하는 도중에도 초원을 많이 보았다. 몽골은 수도인 울란바토르를 벗어나면 어디에서건 광활한 초원을 볼 수 있다. 몽골의 초원에는 굵은 모래가 깔린 땅 위로 억센 풀이 높이 솟아 있어서, 그 안으로 한걸음 들어가면 손가락만한 풀벌레들이 '따다닥' 소리를 내며 날아오른다. 그런 몽골의 초원에서는 가끔씩 현지인의 전통 가옥인 '게르'와 양떼가 보일 뿐이다. 나무도 없고 물줄기도 없고 현대식의 건물은 더더욱 볼 수 없는 곳이 몽골의 초원이다.

　하지만 국경을 넘자마자 나타나는 카자흐스탄의 이 초원은 몽골의 초원과 많이 다른 느낌이다. 도로의 밖으르는 넓고 푸른 잔디가 펼쳐져 있고 그 위로 듬성듬성 키 큰 나무들이 줄지어 선 모습이다. 그 주변으로 작은 집들과 낮은 언덕이 브이고 풀을 뜯는 젖소들이 보인다. 흔히 말하는 목가적인 풍경이라는 것이 아마 이런 풍경일 것이다. 점점 날이 어두워져 가고 있고 달리는 버스 안이라서 사진을 찍지 못하는 것이 아쉽다. 엽서나 달력에서 볼 수 있는 초원의 풍경사진이 연상되는 그런 경치다. 몇 시간 전까지만 해도 난 국경을 넘을 수 있을까 조마조마하며 머릿속으로 온갖 복잡한 상상을 하고 있었다. 그런데 지금은 언제 그랬냐는 듯 한가롭게 버스에 앉아 탁 트인 푸른 초원을 보고 있다.

이 풍경을 보고 있자니 러시아 작곡가 알렉산더 보로딘의 관현악 곡 〈중앙아시아의 초원에서(In the Steppes of Central Asia)〉가 떠올랐다. 내가 이 곡을 처음 들었던 것은 아마 고등학교 때였을 것이다. 그리고 내가 중앙아시아를 생각하고 여행지로 중앙아시아를 꿈꾸기 시작한 것은 이 곡을 처음 들었던 그 시절이었다. 당시 난 중앙아시아가 어떤 곳인지도 모르면서 '나중에 여행을 한다면 반드시 중앙아시아에 가겠다' 라고 마음을 먹었던 것 같다.

'중앙아시아의 단조로운 모래투성이 초원에서 문득 이국적이고 평화스러운 러시아의 노래 소리가 들려온다. 멀리서부터 말과 낙타의 말굽소리와 함께 틀림없는 동양의 선율이 들려온다. 그리고 곧 대상(隊商)의 행렬이 다가오고 이들은 러시아 군대의 보호 아래 끝도 없는 사막을 통과하여 먼 여행을 계속한다.'

중앙아시아라는 곳을 어렴풋이나마 상상했던 것은 그 곡의 내용에 대해서 보로딘이 직접 묘사한 이 글을 읽으면서부터였다. 느리고 조용한 분위기의 곡을 들으며 '중앙아시아' 라는 지역을 함께 상상해보면, 초원과 그 초원을 가로지르는 평화로운 대상의 행렬이 떠오른다. 그 속에서 중앙아시아에 가면 넓고 푸른 초원과 모래투성이 사막과 커다란 호수를 접할 수 있을 것이라고 막연히 기대했던 것이다.

중앙아시아를 상상하게 해준 또 다른 곡 역시 보로딘의 〈폴로비치안 무곡(Polovtsian Dances)〉이다. 이 곡 역시 중앙아시아를 무대로 하고 있다. 〈중앙아시아의 초원에서〉가 조용하며 평화롭고 낭만적인 평원을 연상시킨다면, 〈폴로비치안 무곡〉은 좀더 격렬하고 빠른 템포로 전개되며 드넓은 평원에서 벌어지는 전투를 상상하게 한다. 실제로 〈폴로비치안 무곡〉은 러시아와 타타르족 간의 전쟁을 배경으로 하고 있다. 이 곡을 듣다보면 평화로운 궤상 행렬이 아닌, 진을 치고 있는 군사와 흙먼지를 날리며 적진으로 돌진하는 기병대 그리고 높이 솟아오른 깃발과 북소리가 연상된다.

보로딘이 언제 중앙아시아까지 왔었을까? 보로딘은 이 음악을 만들 당시 페테르부르크에서 화학교수로 자직 중이었다. 그러니까 직업 음악가처럼 돈벌이나 의무 때문에 작곡을 하지는 않았을 것이다.

"다른 사람들에게는 작곡이 직업이고 읕이며, 또한 의무이자 삶 전체이지만 반대로 나에게는 휴식이자 기쁨이며 교수와 과학자라는 공식적인 의무로부터 벗어나게 해 주는 커다란 위안이다."

그의 말처럼 그에게 작곡과 음악은 취미이자 휴식이었을 것이다. 그렇게 취미삼아 만든 음악이 100년도 더 지난 지금까지 사람들에게 애청된다는 사실이 놀라울 뿐이다. 당시 그 곡들의 무대가 되었던 곳이 카자흐스탄의 이 초원이었을지는 모르겠다. 하지만 내가 오래전부터 상상해왔던 중앙아시아의 초원은 바로 지금 내가 보고 있는 이런 모습이다. 막막하기 만했던 몽골의 평원과는 달리, 카자흐스탄의 초원은 낮은 언덕과 다채로운 색의 집들, 줄지어선 키 큰 나무들이 조화를 이룬 풍경이다. 이 모습을 보고 있자니 당장이라도 버스에서 내려 푸른 초원을 가로질러 달려가고 싶은 충동이 든다. 달려가다가 지치면 넓은 초원에 두 팔을 뻗고 누워 파란 하늘을 바라보며 쉬는 것도 괜찮을 것이다.

그렇게 달려가다 보면 붉고 푸른 지붕이 얹혀진 작은 집들이 나오고, 그 뒤로는 낮은 언덕 위로 늘씬한 나무들이 줄지어선 모습이 눈앞에 나타날 것만 같다. 내가 하고 싶은 것은 그 나무에 기대앉아서 작은 집들과 초원을 바라보면서 그저 하염없이 시간을 보내는 것이다. 보로딘이 보았던 초원에는 대상이 다녔을 테지만, 그로부터 100년도 더 지난 지금은 대상 대신 포장도로 사이로 자동차들이 달리고 있다.

그리고 세월이 흘러서 지금 난 여기에 와있다. 여행을 가는 사람들의 많은 수가 유럽이나 북미로 동남아로 떠나지만 난 버스에 앉아서 카자흐스탄의 초원을 바라보고 있다. 여행을 떠난다고 했을 때 어떤 사람은 "왜 하필 중앙아시아냐?"라고 물었다. 그 이유를 꼭 집어서 말할 수는 없다. 난 오래전부터 계획하고 준비하고 공부하며 이곳에 온 것이 아니라, 그냥 고전음악을 들으면서 상상해왔던 것이 보고 싶어 이곳을 택한 것이다.

좀더 솔직히 말하자면 나에게는 선택의 여지가 없었다. 그런 질문을 받을 때면 그냥 별 생각 없이 "그곳 물가가 쌀 거 같아서요."라고 대답하곤 했다. 이 말은 사실 농담반 진담반이었다. 유럽이든 남미든 동남아든 어딘들 가고 싶지 않을까. 다만 나에게 긴 여행의 일순위는 언제나 중앙아시아였다. 초원과 사막, 커다란 호수를 상상하며 오래전부터 꿈꿔왔던 장소, 그곳이 바로 중앙아시아였던 것이다.

'알랭 드 보통(Alain de Botton)'은 그의 에세이집 『여행의 기술』에서 '가계에 파탄을 일으킬 긴 여행은 한 장의 사진으로부터 시작될 수 있다'고 했다. 그러나 그런 여행의 시작이 어찌 사진뿐일까. 내 경우처럼 한 장의 음반으로부터 시작될 수도 있을 것이다.

초원에 어둠이 깔리고 있다. 흐린날이라서 그런지 별도 없고 달도 보이지 않는다. 하지만 여기가 초원의 복판에 뚫린 도로라는 것은 알 것 같다. 멀리 낮은 언덕의 윤곽이 보이고 그 너머로는 지평선도 보이는 것 같다.

초원을 달리던 버스는 어느새 도시로 접어들었다. 도로 위의 간판을 보니 여기가 침켄트인 모양이다. 카자흐스탄에서도 큰 도시로 꼽히는 침켄트의 밤은 우즈벡보다 활기찬 느낌이다. 커다란 레스토랑과 나이트클럽, 카지노장도 보였고, 무리지어 모여 있는 젊은이들도 보였다. 편한 복장을 하고 한 손에 맥주병을 든 채 모여서 뭔가를 이야기하면서 웃는 젊은 남녀의 모습들. 왠지 카자흐스탄이 우즈베키스탄에 비해 더 자유분방한 분위기인 것 같다.

카자흐스탄에서는 어떤 사람들을 만나게 될까? 우즈베키스탄의 현지인들은 나에게 무척 친절했다. 때로는 '이 사람이 나한테 왜 이렇게 친절하게 대할까?'라는 경계심이 생길 정도로. 우즈베키스탄 여행이 생각보다 순탄했던 이유는 친절한 현지인과 경찰 때문이었을 거다. 카자흐스탄에서도 그런 사람들을 만날 수 있을까?

사실 국경을 넘어 버스에 올라타면서부터는 이상하게 마음이 편안해졌다. 좀 어렵긴 했지만 무사히 국경을 넘었다는 안도감 때문일 수도 있고, 창밖으로 보이는 푸른 초원 때문일 수도 있다. 어쩌면 지금 향하고 있는 알마티라는 도시 때문일 수도 있다. 알마티에 도착하면 우선 한국인이 운영하는 한우리 민박집에 며칠 머물 계획이다. 얼마 전에 타쉬켄트에서 이메일을 보내두었고 민박집의 박 사장님은 언제든 환영한다는 답신을 보내주셨다. 낯선 나라와 낯선 도시에 처음 들어서는 길이지만, 편하게 머물 수 있는 곳으로 향한다는 믿음이 나에게 편안한 마음을 갖게 해주었을 것이다.

12시가 넘어서 휴게소처럼 보이는 곳에 도착했다. 커다란 휴게소에는 여러 개의 식당과 상점이 있고 크고 미끈한 외모의 대형버스들이 줄지어 서 있다. '카자흐스탄은 잘 사는 나라에요' 우즈베키스탄을 여행하면서 현지인에게 들었던 말이 떠올랐다. 그리고 여행 가이드 북『론리 플래닛』에서 '카자흐스탄은 중앙아시아에서 가장 물가가 비싼 곳'이라고 언급한 것도.

배가 고프지는 않았지만 화장실도 가고 음료수도 하나 살 겸 버스에서 내렸다. 여기도 화장실은 유료다. 우즈베키스탄에서는 화장실 사용료가 100-200숨이었는데, 카자흐스탄에 오니까 15팅게를 받는다. 같은 러시아어가 통용되는 곳이지만 화폐의 단위가 달라서인지 순간적으로 혼란스럽다.

국경을 넘은 이후로 내가 카자흐스탄에 왔다는 것이 처음으로 실감나는 순간이다. 화폐의 단위가 바뀌었기 때문에 난 여기서 잠시나마 문화적 충격을 겪고 있는 것이다. 500cc짜리 물 한 병이 우즈벡에서는 400숨이었는데 여기서는 50팅게다. 우즈베키스탄에서는 100-600에 해당하는 러시아어를 외우고 다녔는데, 여기서는 10-50에 해당하는 러시아어를 외우고 다녀야 할 판이다.

휴게소에서 30분쯤 정차한 후에 버스는 다시 출발했다. 어두운 버스 안은 가끔씩 사람들의 말소리만 들릴 뿐 조용하다. 이제 나도 잠을 자기로 했다. 달리는 버스 안에서 카자흐스탄의 첫날밤을 보낸다.

_ 일곱 번째 이야기
카자흐스탄 제 1의 도시, 알마티

멀리서 알마티를 바라보면
다치 숲속에 놓인 전원도시,
숲속의 마을 같은 느낌이다.
병풍처럼 알마티를 감싸고 있는 천산산객과
그 우에 얹혀진 관년설과 하얀 구름 때문에
더욱 그렇게 느껴진다.
카자흐스탄은 넓은 나라다.
높고 험한 산맥과 커다란 호수,
초원과 사막 그리고 카스피해.
다채로운 자연을 경험하고 싶은
여행자에게 좋은 곳이다.

이곳에서 상쾌한 바람을 맞으며 만년설을 바라보고 있자니
카자흐스탄에 오길 잘했다는 생각이 든다.
사막 투성이인 우즈베키스탄과는 달리
카자흐스탄은 높은 산과
커다란 호수와 넓은 초원이 있다.

1. 해발 3163m, 천산에 오르다

알마티는 카자흐스탄의 옛 수도였던 곳이다. 1997년 카자흐스탄은 이곳에서 한참 북쪽으로 올라간 곳에 있는 '아스타나'로 수도를 이전하여 현재까지 이르고 있다. 하지만 가장 많은 인구가 살고 있고 경제 중심지는 여전히 구수도인 알마티라고 한다.

한우리 민박집에 도착한 것은 오전 9시 가량이었다. 국경에서 버스를 타고 밤새도록 16시간 가량을 달려 온 것이다. 달리는 버스에서 바라본 알마티의 모습은 전원적인 도시를 연상시켰다. 멀리 눈이 쌓인 천산이 있고, 그 아래에 집들이 모여 있는 모습은 도시라기보다는 평화로운 숲속 마을 같은 인상을 주었다.

한우리 민박집 박 사장님은 글자 그대로 호방한 성격이었다. 훤칠한 키에 시원시원한 목소리가 인상적인 박 사장님은 카자흐스탄으로 이주해서 몇 년 전부터 알마티에서 민박집을 운영하고 있다고 한다.

알마티 중심가에서 조금 떨어진 곳에 위치한 한우리 민박집은 세 끼 식사를 한식으로 제공하고 하루에 40달러다. 민박집은 넓은 마당에 2층 양옥집 두 채로 이루어졌고, 카자흐스탄으로 출장오거나 여행을 오는 한국인들이 많이 찾는 곳이다. 손님들은 주로 본채에서 묵는 경우가 많은데 나는 별채에 있는 1인실을 이용하기로 했다. 본채의 1층에는 넓은 거실이 있다. 편안한 소파와 인터넷이 연결된 컴퓨터가 있고 한국방송이 나오는 TV가 있다. TV를 좋아하지는 않지만 몇 개월 만에 한국어가 나오는 방송을 접하니 반가운 마음이 들기는 했다.

아침에 도착해서 오랜만에 한식으로 밥을 먹고 박 사장님과 여행에 관한 이야기를 했다. 박 사장님은 아낌없는 조언을 해주었다. 내가 카자흐스탄에서 가보고 싶은 곳은 세 군데다. 천산에 오르고 싶고, 발하쉬호수에 가보고 싶고, 수도인 아스타나에 가보고 싶다. 카스피해에 가고 싶은 생각도 있지만 그곳은 워낙 멀어서 엄두가 나지 않았다. 아스타나와 발하쉬호수는 기차를 타고 갈 수 있다고 한다. 장거리 기차를 이용하면 이동과 숙박을 동시에 해결할 수 있으니 그만큼 비용이 절약될 수 있을 것이다.

우선은 현지인들이 '메데우'라고 부르는 천산에 가기로 했다. 알마티의 뒤쪽에 위치한 높은 산인 천산에 오르는 방법은 간단하다. 해발 2500m까지는 차로 이동하고, 거기서부터는 세 단계의 리프트를 이

알마티 거리

용하여 '침블락' 이라고 부르는 정상까지 갈 수 있다. 민박집에서 일을 하는 '아폴론' 과 함께 차를 타고 천산으로 향했다.

알마티의 거리는 많은 자동차와 사람들로 붐볐다. 카자흐스탄 제1의 도시답게 활기찬 모습이고 시내의 중심부는 바둑판 모양으로 정리된 구역이다. 우즈베키스탄에서는 티코와 다마스, 넥시아가 많았는데 알마티에는 다국적 수입차량이 많고 한국차는 보이지 않는다. 좁은 차도에는 주차된 차와 거리를 달리는 차들, 그리고 수많은 클랙슨 소리 때문에 정신이 없을 지경이다. 타쉬켄트의 느낌이 '거창하다' 였다면, 알마티를 바라본 느낌은 많은 차와 사람들로 복잡하다는 것이다.

차로 한 시간 정도 달려가자 천산이 나타났다. 입장료는 700팅게

이고 3단 리프트의 비용은 1200팅게, 거기에 두꺼운 옷을 빌려주는 비용이 300팅게. 모두 합쳐서 2,200팅게다. 우리 돈으로 따지자면 약 18,000원 정도.

첫 번째 리프트 밑으로는 큰 호텔과 작은 민박집 같은 집들이 옹기종기 모여 있었다. 그리고 아래쪽으로는 커다란 경기장이 보였다. 예전에 우리나라의 배기태 선수가 빙상경기에서 금메달을 땄던 경기장이라고 한다. 난 아폴론에게 물었다.

"여기 있는 호텔은 하루에 얼마예요?"

"싼 곳은 한 100달러 정도."

리프트 가격도 그렇고 호텔 숙박비도 그렇고 뭐가 이렇게 비싼지 모르겠다. 카자흐스탄 사람들의 평균 수입은 한 달에 500달러가 채 안되는 것으로 알고 있다. 아무래도 이곳은 돈 많은 관광객들만을 상대로 장사하는 곳 같다. 경치 좋은 산밑에 깨끗하게 만들어진 호텔과 작은 펜션들. 이곳에 서서 주위를 둘러보자니 나도 여기서 며칠 머물고 싶다는 욕심이 생겼다. 많은 차와 사람들로 복잡한 알마티 시내를 벗어나 조용한 이곳에서 시간을 보낸다면 어떤 기분일까. 밤에는 산 위로 수많은 별들도 볼 수 있을 것이다. 하지만 가격이 비싸서 엄두가 나지 않는다. 멀리 눈 쌓인 천산산맥이 보인다. 이제부터 리프트를 타고 저 위로 올라가야 한다. 나와 아폴론은 리프트로 향했다. 정상에 올라가면 추우니까 이곳에서 옷을 빌려야 한단다. 두꺼운 점퍼를 빌려서 입고 리프트를 타고 출발했다.

설레이던 기분도 잠시, 리프트를 타고 오르자마자 비가 내리기 시작했다. 조금 지나면 날씨가 좋아질 거라며 기대하고 참았지만 빗방

울은 점점 더 굵어지고 있었다. 첫 번째 리프트에서 내려 두 번째 리프트로 갈아타고 오르자 비는 어느새 작은 얼음으로 변해서 떨어지기 시작했다. 점퍼에 달려있는 모자를 뒤집어쓰고서 몸을 적시는 비를 참아보려고 했지만 소용 없었다.

상체는 방수 방풍의 두꺼운 점퍼를 입고 있어서 괜찮았지만, 아무래도 다리가 문제였다. 내가 입고 있는 바지는 얇은 여름바지다. 이 바지를 뚫고 들어와서 허벅지를 적시는 것은 빗물이 아니라 얼음물이다. 머리와 얼굴에 떨어지는 얼음과 불어오는 바람 때문에 정신을 못 차릴 정도였다.

느긋하게 리프트를 타고 앉아 오르며 경치를 감상하려고 했는데 그 계획은 보기 좋게 무너지고 말았다. 경치 감상은커녕 떨리는 몸을 주체하느라 아무것도 눈에 들어오지 않는다. 왜 하필 오늘 그것도 지금 날씨가 이렇게 안 좋은지 짜증이 났다. 우즈베키스탄에서는 뜨거운 태양이 문제였는데 카자흐스탄에 도착하니 추위와 비바람이 문제였다.

비를 맞으며 계속 올라갈 것인가? 두 번째 리프트에서 내려서도 비는 멎지 않고 계속 쏟아지고 있었다. 나는 아폴론과 이야기를 해보고 계속 올라가기로 했다. 비와 추위 때문에 머리는 텅 비고 다리에는 감각도 없어지는 것 같았지만, 기왕 온 거 갈 데까지 가보자라고 작심을 했다. 여기서 되돌아가면 언제 다시 올 수 있을지 모른다.

세 번째 리프트를 타고 오르기 시작할 때도 비는 계속 내리고 있었다. 카메라는 방수 가방 안에 있어서 걱정 없었지만, 내 몸은 이미 홀딱 젖어 있었다. 물에 빠진 생쥐를 본 적은 없지만, 아마 그놈의 상태

정상에서 바라본 천산

가 지금의 나보다는 좋을 것 같다.

결국 끝까지 견뎌냈다. 정상에 도착하자 날씨가 개었다. 사실 여기가 정상은 아니다. 정상이라기보다는 리프트를 타고 오를 수 있는 가장 높은 지점인 것이다. 비가 개이고 해가 보이기 시작하자 나와 아폴론은 젖은 옷을 말리기 위해서 햇볕쪽으로 나아갔다. 정상의 좌측은 돌산이고 우측은 만년설을 이고 있는 봉우리다. 그리고 이곳은 사방이 온통 돌투성이다. 주먹만한 작은 돌부터 집채만한 돌까지 다양한 크기의 돌들이 여기저기에 깔려있다.

이곳의 높이는 해발 3,163m라고 한다. 이렇게 높은 곳에 올라와 보기는 난생 처음이다. 한반도에서 가장 높은 곳은 백두산 천지일 텐데 난 그보다 더 높은 곳에 올라와 있는 것이다. 물론 두 다리로 걸어

천산 아래 풍경과 만년설이 쌓인 천산

올라온 것이 아니라 리프트를 타고 올라온 것이지만 그거야 아무래도 상관없지 않나. 여기에 온 것만으로 천산에 올랐다고 말을 하기는 쑥스럽지만 이곳에서 바라본 경치는 장관이었다. 산 아래 저 멀리 알마티가 보이고 그 앞쪽으로는 작은 집들이 모여 있는 풍경이다.

여기에서부터 정상까지는 다시 1,000m 가량을 올라가야 한다. 지금의 내가 갈 수 있는 곳이 아니다. 만년설을 헤치고 그곳까지 가려면 준비된 전문 산악인만이 가능할 것이다. 난 돌무더기를 밟고 돌아다니며 떨리는 몸을 녹였다. 삼각뿔 모양의 여러 봉우리에는 눈이 쌓여 있고 그 정상에는 구름이 끼어있어서 제대로 된 모습을 감상하기가 힘들다.

여행을 오기 전에 누군가가 나에게 했던 질문이 떠올랐다.

"한국은 얼마나 여행했어요?"

"글쎄요. 유명한 곳은 한번씩 가보았죠."

질문을 받고 했던 내 대답이다. 왠지 그 질문은 '한국도 제대로 여행을 안 해보고 왜 해외로 떠나냐?' 라는 투로 들렸었다. 굳이 핑계를 대자면 한국은 더 나이 먹고도 여행할 수 있을 것 같아서다. 말도 통하지 않고 정보도 없는 지역을 혼자 여행하려면 보다 젊을 때 해야 한다고 생각했었다. 그리고 지금 천산에 올라서 햇빛 아래에서 만년설을 바라보고 있다. 비 때문에 젖어있던 얇은 바지는 어느새 말라있다. 이곳에서 상쾌한 바람을 맞으며 만년설을 바라보고 있자니 카자흐스탄에 오길 잘했다는 생각이 든다. 사막 투성이인 우즈베키스탄과는 달리 카자흐스탄은 높은 산과 커다란 호수와 넓은 초원이 있다. 이 넓은 카자흐스탄 땅덩어리를 제대로 여행하자면 많은 시간이 필요할 것이다.

햇볕 속에서 몸을 말린 우리는 내려가기 위해 다시 3단 리프트를 탔다. 비도 멈추고 날씨는 개었지단 내려오는 과정이 그다지 유쾌하지는 못했다. 이 리프트는 구소련 시절에 만들어진 것이라고 한다. 튼튼하고 견고할지는 모르겠지만 승객의 안전에 대한 배려가 별로 없는 편이다. 리프트 의자는 우리나라 스키장 것과는 차이가 많다. 딱딱한 작은 의자에 안전장치라고는 가슴 앞으로 내려놓는 작은 쇠막대하나가 전부다. 게다가 내려오는 도중 수차례 리프트가 덤춰 선 채로가끔씩 앞뒤로 덜컹거리기까지 했다. 그때마다 덩달아 내 몸도 앞뒤로 움직인다. 그 상태에서 수십 미터 아래를 내려다보면 거리가 쭈뼛서는 느낌이다. 좋게 말하자면 스릴 넘치는 리프트라고 할 수 있다.

아블라이칸의 동상

산 아래로 내려온 우리는 밥을 먹고 기차역으로 갔다. 기차역 앞 넓은 광장에는 말을 타고 있는 아블라이 칸의 멋진 동상이 세워져 있다. 아블라이 칸은 18세기 카자흐 초원의 한 지역을 점령했던 왕이다. 깨끗한 건물의 매표소로 들어가서 난 아폴론에게 어느 역으로 가는 기차표를 사는 게 좋은지 물어보았다. 발하쉬호수 근처에는 작은 도시가 많다. 아폴론이 말했다.

"여기 발하쉬 역. 이 역으로 가는 게 좋아요."

"호수 근처에 다른 도시도 많잖아요."

"다른 도시는 작거든요. 발하쉬 역이 제일 크니까 그곳으로 가는 표를 사는 게 좋지요."

며칠 후 떠날 발하쉬호수행 기차표를 구입하고 민박집으로 돌아오자 저녁이 되었다. 기차표 가격은 1400팅게. 알마티에서 발하쉬까지는 꼬박 하루가 걸리는 거리였다. 난 방에 앉아서 구입한 지도를 펼쳐 보았다.

지도를 바라보고 있자니 카자흐스탄이라는 나라가 정말 큰 나라라는 것이 다시 느껴졌다. 우즈베키스탄에는 이슬람 유적이 많지만, 카자흐스탄에는 이슬람 유적이 별로 없다. 카자흐스탄의 특징이라면 넓은 땅에 골고루 놓여있는 다채로운 자연이다. 카자흐스탄을 여행하려면 자연을 기준으로 이동하는 것이 좋겠다라는 생각이다. 산에서 며칠, 초원에서 며칠, 커다란 호수에서 며칠 그리고 카스피해에서 며칠 이런 식으로. 이렇게 카자흐스탄을 일주하려면 한 달로도 부족할지 모른다. 시간도 시간이지만 물가 비싼 카자흐스탄에서 한 달을 여행하려면 돈도 많이 들 것이다. 그래서 난 그냥 간단한 여행 계획을 세웠다. 기차를 타고 발하쉬호수에 가서 며칠 여행하고 나서 다시 기차를 타고 아스타나로 갈 계획을 세워 보았다. 우즈베키스탄과 달리 카자흐스탄은 각 도시로 연결된 기차노선이 잘 관리되고 있는 것 같다. 여행자에게 다행스러운 일이다.

밤에는 자기 전에 박 사장님과 함께 보드카를 한 잔 마셨다. 우즈베키스탄과 마찬가지로 카자흐스탄도 술값이 싸다. 이거 하나는 정말 좋은 점이다. 민박집 밖으로는 천둥과 함께 비바람이 불고 있다. 역시 천산 밑이라서 그런지 날씨가 변화무쌍한 것 같다. 알마티를 떠나기 전에 맑은 하늘을 볼 수 있을까?

문제는 K에게 있었다.

여권을 민박집에 두고 나온 것이다.

K에게 여권이 없다는 것을 안 경찰은 차에서 내리라고 하더니 K의 몸수색을 시작했다.

K는 체조선수처럼 팔을 벌린 채 서 있고

경찰은 K의 주머니를 뒤져보더니 경찰차에 타라는 시늉을 했다.

2. "중앙아시아에서는 경찰을 조심하라"

여행을 떠나기 전에 여기저기서 정보를 모으던 중 많이 들었던 말이 한 가지 있다.

"중앙아시아에 가면 경찰들을 조심해라."

이런 얘기는 쉽게 말해 '경찰들이 외국인 여행자에게 괜히 트집 잡아서 돈 뜯어내니까 조심하라' 는 것이다. 중앙아시아 뿐 아니라 러시아 여행 때도 마찬가지의 얘기를 들었다. 그러니까 이런 이야기는 구소련 지역 전체에 해당하는 이야기일 것이다. 나에게 우즈베키스탄 비자를 대행해 준 여행사에서도 그런 얘기를 했었다. 우즈베키스탄에 가면 4거리마다 경찰이 있으니 그 경찰들과는 부딪히지 않게 조심하라는 얘기였다. 몽골여행 때도 그런 경험담을 들었다. 러시아를 여행하고 몽골로 들어왔던 한국인들이 러시아에서 경찰에게 자신들이 직접 당한 이야기를 늘어놓았던 것이다.

처음에는 이런 이야기들을 반신반의하고 있었다. 반신반의라기보다는 뭔가 과장되었을 거라고 짐작했었다. 정식으로 비자를 받고 입국한 여행자에게 트집잡을 만한 문제가 대체 뭘까? 난 이렇게 생각하고 있었다. 그리고 이런 소문에 대한 경계심은 러시아와 우즈베키스탄을 거쳐 카자흐스탄에 들어오면서 조금씩 풀어져 가고 있었다. 러시아에서는 경찰을 보지 못했고, 우즈벡의 경찰들은 나에게 친절했다. 그래서 카자흐스탄 경찰에 관한 이상한 소문들도 과장되었을 것이라고 짐작한 것이다.

알마티에 도착해서 민박집의 박 사장님과도 이 문제에 관한 얘기를 해 보았다. 박 사장님은 많은 이야기를 나에게 해주셨다. 박 사장님의 이야기를 종합해 보자면 이렇다. 어느 나라이건 현지 경찰은 외국인들을 검문할 권리가 있다, 가끔가다 외국인들에게 의도적으로 돈을 요구하는 경찰도 있는데 그런 경찰만 조심하면 된다, 그리고 그런 경찰을 만나더라도 자신이 잘못한 게 없는 이상 당당하게 맞서면 된다는 것이다. 박 사장님의 이야기를 듣고 나니 내가 어떻게 행동해야 할지 알 것도 같았다. 동시에 지금껏 들어왔던 소문에 대한 경계심이 다시 생겨나기도 했다.

인터넷에서 정보를 얻던 도중에는 심지어 '카작 경찰은 외국인을 귀신같이 알아본다. 처음 시내에 나갈 때는 통역과 함께 가라'는 글까지 보게 되었다. 통역과 함께 거리에 나간다면 여러 가지로 편하고 마음도 놓을 수 있겠지만, 그만큼 배낭여행의 재미도 반감될 것이다.

중앙아시아를 여행하다 보니 현지인과 외국인을 구별하는 방법이 나에게도 생겼다. 현지인과 외국인의 차이 중 하나는 안경이다. 우즈베키스탄에서도 카자흐스탄에서도 안경을 쓴 현지인을 보지 못했다. 이들은 원래 시력이 좋은 것인지 아니면 상대적으로 비싼 안경값 때문에 안경을 사용하지 않는 것인지는 모르겠다. 그러니 안경을 쓰고 어딘가 다른 옷차림에 카메라를 들고 있는 사람은 외국인 여행자일 가능성이 많은 것이다. 거기에 한술 더 떠서 머리에 젤이나 무스를 바르고 길을 나서면 그건 백발백중일 거다. 즉 나는 알마티 시내에 나가면 어쩔 수없이 눈에 뜨일 수밖에 없는 사람이다. 미국의 소설가 스티븐 킹의 표현을 빌리자면 '하얀 웨딩 케이크 위를 기어 다니는 바퀴벌레처럼' 나는 이곳에서 색다른 존재일 것이다.

이렇게 눈에 띄기 때문에 경찰을 조심해야겠지만, 사실 이것도 한계가 있다. 우즈베키스탄이나 카자흐스탄도 길에 많은 경찰이 있었다. 몇백 미터마다 한두 명씩 있기 때문에 경찰을 피해 길을 걷는다는 것은 거의 불가능에 가깝다. 지도를 들고 시내를 걷다보면 곳곳에 있는 경찰과 마주칠 수밖에 없다. 경찰 문제는 조심해봐야 별 수 없는 문제지만, 조심하는 것 외에 별 다른 수가 없는 문제이기도 하다.

발하쉬호수로 떠나기 전날 드디어 나도 말로만 들어왔던 카자흐스탄 경찰들과 마주쳤다. 한우리 민박집에서 아침을 먹은 후 쉬고 있던 나에게 업무상 카자흐스탄으로 출장 와있던 K가 말을 걸어왔다.

"미스터 김 오전에 뭐 할 거예요?"

"오전에 기차역에나 가볼까 하는데요."

"기차역에는 왜?"

"악타우 가는 시간 좀 알아보려구요."

악타우는 카스피해에 붙어있는 항구도시다. 그때까지도 카스피해에 대한 미련을 버리지 못하고 있던 나는 혹시나 하는 심정으로 기차역에 가서 정확한 시간을 알아보려 했었다. 그리고 이 길에 K가 동행하게 되었다.

기차역까지 택시를 타고 가서 악타우 가는 시간을 알아보았지만, 모두 매진이고 빈자리가 있는 열차의 가장 빠른 시간은 열흘 후라고 한다. 그런데 이 역에도 암표를 파는 사람들이 있었다. 이들은 나에게 다가와서 그 이전 표를 사게 해주겠다고 한다. 손짓 발짓과 메모로 이들과 흥정해 보았지만 비싸서 엄두가 나지 않았다. 알마티에서 악타우까지 원래 가격은 6천 텅게지만 이 암표상들은 나에게 1만 텅게를 요구한다. 좀 싸게 안될까 싶어서 가격을 깎아 보려고 했지만 소용없었다. 기분이 상한 나는 다시 K와 함께 택시를 타고 민박집으로 향했다. 문제가 시작된 것은 민박집으로 오는 길이었다.

택시를 타고 한참 달리던 중 경찰차 한 대가 택시 옆으로 다가왔다. 난 별일 아닐 것이라고 생각했는데 그게 아니었다. 경찰차 안에는 두 명의 경찰이 타고 있었고, 그 경찰들은 우리를 가리키면서 택시기사에게 뭐라 말을 하더니 길가에 경찰차를 세웠다. 택시기사도 뭔가 알 수 없는 말을 하면서 경찰차 뒤에 택시를 세웠다.

순간적으로 긴장했지만 잘못한 것이 없기 때문에 한번 부딪혀 보자고 생각했다. 두 명의 경찰은 차에서 내리더니 택시의 문을 열고 K와 나에게 여권을 요구했다. 난 여권을 꺼내 내 사진이 붙어있는 앞면과 카자흐스탄 비자가 붙어있는 부분을 경찰에게 보여주고 다시 여권을 돌려받았다.

문제는 K에게 있었다. 여권을 민박집에 두고 나온 것이다. K에게 여권이 없다는 것을 안 경찰은 차에서 내리라고 하더니 K의 몸수색을 시작했다. K는 체조선수처럼 팔을 벌린 채 서 있고 경찰은 K의 주머니를 뒤져보더니 경찰차에 타라는 시늉을 했다. K는 서툰 러시아어로 민박집 명함을 보이며 여권을 두고 나왔다고 말을 했지만 소용없었다. 결국 K는 경찰에게 밀리듯이 경찰차에 올랐고 나도 함께 경찰차에 탔다. 차 안에서 다시 실랑이가 시작되었다. K는 민박집에 여권을 두고 나왔으니까 민박집으로 가자고 했고, 난 경찰에게 전화 거는 시늉을 하며 전화 한 통만 하자고 했지만 모두 무시당했다. 왠지 이들의 속셈은 다른 곳에 있는 것 같았다. 운전대를 잡은 경찰은 여권이 없으면 문제가 된다면서 어딘가로 차를 몰아갔다. 처음 차에 올라탈 때는 경찰서로 가는 줄 알았는데 보아하니 경찰서로 가는 것 같지도 않다. 어디로 가는 것일까?

잠시 후에 차는 인적이 드문 곳에 멈추었다. 분명 이들은 다른 속셈이 있었다. 나와 K는 계속 민박집과 전화 얘기를 했지만 소용이 없다. 다른 꿍꿍이속을 가진 경찰에게 통할리가 없다. 조수석에 앉은 경찰은 수첩을 꺼내서 뭔가를 적더니 우리에게 보여주었다. '70$' 여권 없이 거리에 나온 대가로 이들은 70달러를 요구하고 있다. K는 계속 다른 이야기를 하면서 돈을 꺼냈다. 경찰차 안에서 노골적으로 돈을 요구하는 경찰에게 방법이 없다고 느꼈으리라. 얼마인지 모를 돈을 건네주면서 나에게 말했다.

"됐어. 내려."

내리려고 해보았지만 소용이 없다. 경찰차의 뒷좌석은 안에서 문을 열 수 없는 구조로 되어있다. 아예 문에 손잡이가 없었다. 이곳에서 내리려면 경찰이 밖에서 문을 열어주는 방법 밖에 없는 것이다.

K가 경찰에게 준 돈은 5천 텅게였다. 우리 돈으로 약 4만 원가량 되는 액수다. 하지만 경찰은 만족하지 못했는지 다시 수첩에 뭔가를 쓰더니 우리에게 보여주었다. '10000'

이들은 자신들이 두 명이니 합계 1만 텅게를 요구하고 있다. K와 나는 더 이상 돈이 없다고 말하며 민박집으로 가자고 했다. 계속 '노머니'를 외쳐대니까 경찰은 웃으며 뭐라고 말을 하더니 다시 차를 운전하기 시작했다. 나와 K는 민박집의 주소를 러시아어로 말했고 경찰은 알았다는 듯이 말을 하며 운전을 했다.

"왜 여권을 안 가지고 나오셨어요?"

하나마나한 질문이지만 궁금해서 하지 않을 수 없었다. 왜 여권을 안가지고 시내에 나온 것일까.

"아니 어제도 여권 없이 시내에서 밤에 술 마셨는데 괜찮더라고. 그래서 오늘도 그냥 안 가지고 나왔지."

한참을 달린 경찰차는 민박집 앞에 멈추었다. 조수석에 앉아있던 경찰은 차에서 내려 뒷문을 열어주었다. 안도감을 느낀 것도 잠시, 난 다시 불안해지기 시작했다. 카자흐스탄에 온지 얼마 되지 않아서 결국 소문으로만 듣던 경찰들을 직접 만난 날이었다. 내일이면 난 알마티를 떠나 혼자 발하쉬호수로 가야 한다. 가는 동안에는 무사할 수 있을까. 도착하고 나면 그곳에서는 어떤 경찰을 만나게 될까. 발하쉬는 멀고 불안감은 쌓여만 간다.

_ 여덟 번째 이야기
사막 속의 호수, 발하쉬

발하쉬로 떠난 것은 모험이었다.
아무런 정보도 없이
'발하쉬호수를 보고 싶다' 라는
이유만으로 무작정 떠났기 때문이다.
하지만 발하쉬에서는
정말 좋은 친구들을 만날 수 있었다.
어려울 것이라고 생각했던 지역을
즐겁게 여행할 수 있었던 것은
모두 친구들 때문이다.

Balkhash

우리는 거실 식탁에 모여 앉아 시끌벅적하게 식사를 했다.
어제 저녁만 해도 난 발하쉬에 도착하면
혼자서 이 낯선 곳을 헤매야 할 거라고 생각하고 있었다.
하지만 지금은 여기서 알게 된
친구들의 환대에 둘러싸여서 마냥 즐거운 기분이다.

1. 사막 가운데의 호수, 발하쉬에 도착하다

중앙아시아 지도에서 먼저 눈에 들어오는 것은 커다란 카자흐스탄의 영토다. 카자흐스탄의 영토는 동쪽과 북쪽으로 숲과 산이 많고 가운데와 서쪽은 황무지 같은 지형이다. 그리고 동남쪽으로 초승달 모양의 커다란 발하쉬호수가 있다.

카자흐스탄에서 가장 가고 싶었던 곳이 바로 이 발하쉬호수다. 하지만 이 호수에 대한 정보를 얻는 것은 쉽지 않았다. 여행 전부터 이 호수에 대한 여행정보를 얻으려고 인터넷을 뒤져 보았지만, 단지 백과사전에서 제공하는 정보만을 얻을 수 있을 뿐이었다.

여행 도중에도 틈나는 대로 이곳에 대한 정보를 얻으려고 했지만 모두 실패했다. 카자흐스탄의 동남쪽에서 동서로 길게 뻗어있는 이 호수의 길이는 약 600km에 육박한다고 한다. 크기로 말하자면 유라시아 지역 어디에 내놓더라도 빠지지 않을 만한 호수다. 같은 유라시아에 있는 유명한 바이칼호수나 몽골의 홉스골 그리고 키르키즈스탄의 이식쿨호수 모두 그에 관한 많은 여행정보가 인터넷에 널려 있었다. 하지만 발하쉬호수에 관한 여행정보는 찾을 수 없었다. 왜일까?

정보를 얻는 데 실패하면서 이상한 생각이 들었다. 혹시 이 발하쉬호수는 그 커다란 크기에도 불구하고 아직까지 관광지역으로 개발되지 못한 것은 아닐까. 아니면 이 호수는 시간 투자해서 여행을 하기에는 적합하지 못한 자연환경을 가지고 있는 것은 아닐까. 이런 생각이 들었던 것이다. 그리고 이런 생각은 알마티에 와서 커다란 카자흐스탄 지도를 구입한 다음에 점점 굳어져 갔다. 그 지도에서 발하쉬호수의 주변은 모두 사막지형으로 표시 되어 있었다. 지도에 의하면 발하쉬호수는 사막 한 가운데에 위치한 호수인 것이다.

이 사실을 알고 나자 더욱 호기심이 생겨났다. 사막 가운데에 위치한 호수. 그렇기 때문에 막상 이곳에 가면 바이칼만큼의 웅장함도 없을 테고, 홉스골에서 느꼈던 아늑함도 없을지 모른다. 하지만 뭔가 색다른 느낌이 있을 거라고 막연하게 기대하게 되었다. 호수의 주변환경이야 어찌 되었든 그렇게 큰 호수라면 한번쯤 가보고 싶다는 생각이 들었다. 많은 물이 모여 있는 곳은 그 자체가 하나의 스펙타클이라고 믿었기 때문이다.

알마티에서 발하쉬로 가는 기차는 오후 8시에 출발한다. '발하쉬(Balkhash)'는 기차가 도착하는 도시의 이름이다. 발하쉬 호숫가를 따라서 여러 개의 도시들이 늘어서 있는데 그중에서 가장 큰 도시의 이름이 발하쉬라고 한다. 오후 8시에 출발하면 도착하는 것은 다음날 오후 4시. 문 없이 개방된 침대칸의 가격은 1400팅게다.

기차에 올라 자리를 잡자 역무원이 돌아다니면서 새 시트와 베개 커버, 수건을 나누어주었다. 공짜로 나누어주는 줄 알았는데 역시 세상에 공짜는 없는 법. 이것들을 사용하는 별도비용으로 160팅게를 지불해야 한다. 개방된 침대칸의 구조는 통로의 왼편에 서로 마주보는 2층 침대가 두 개 있고 오른편에 창가와 나란히 또 2층 침대가 하나 있다. 그리고 이런 침대 6개가 반복되는 구조다. 내 맞은편의 아저씨는 앉자마자 맥주를 마시기 시작했다. 난 이 아저씨와 노트에 그림을 그려가면서 대화를 했다. 아저씨는 엄청난 속도로 맥주를 비워가며 말을 했다. 알마티에서 발하쉬로 가는 버스도 있다고 한다. 버스로 가면 650km인데 기차를 타면 돌아서 가기 때문에

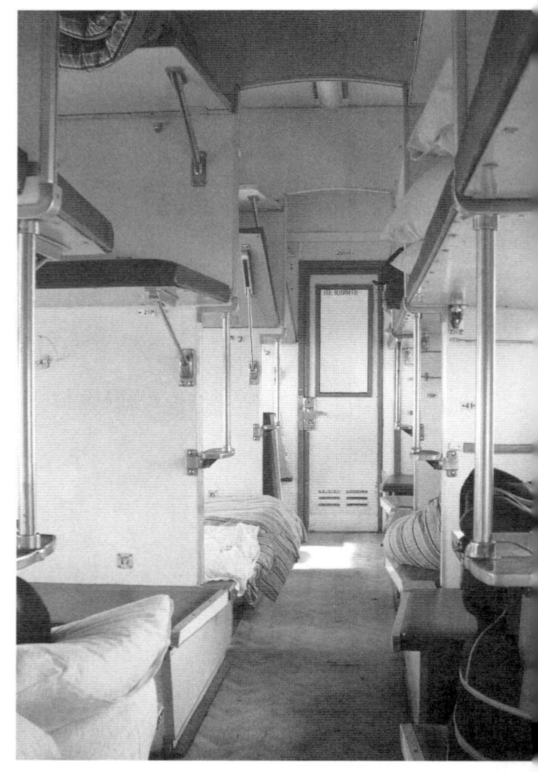

발하쉬로 가는 기차 내부

1,100km가 된다고 한다. 그리고 그만큼 시간도 많이 걸린단다.

발하쉬에 산다는 이 아저씨 말에 의하면 발하쉬에는 여러 곳의 숙박시설이 있는데, 1000-2000팅거 정도면 작지만 괜찮은 호텔을 잡을 수 있을 거라고 한다. 9시가 넘어서자 사람들은 침대에 시트를 깔고 베개에 커버를 씌우며 잘 준비를 하고 있다. 2층 침대의 아래 칸은 잠자는 시간을 제외하고는 의자처럼 사용되고 있었다.

같은 칸에 있는 한 아주머니는 내가 한국에서 왔다니까 계속 나에게 빵과 음료수를 주면서 먹으라고 한다. 기차에서 20시간을 보내야 하면서도 먹을거리라고는 달랑 물 한 병만 들고 온 나는 이 아주머니 덕분에 배고프지 않게 밤을 보내게 생겼다.

잠에서 깬 시간은 새벽 6시가 채 되기 전, 사람들은 아직 잠들어 있었고 주위는 어두웠다. 모두 잠들어 있을 때 혼자 일어났다는 사실에 뿌듯함을 느끼며 여유있게 화장실로 향했다. 개방된 침대칸인 이 객차는 지금처럼 승객들이 있을 때는 화장실 맞은편에 있는 창문을 통해서만 제대로 된 바깥 경치를 감상할 수 있다. 바깥으로 보이는 풍경은 마치 우즈베키스탄에서 보았던 키질쿰사막을 연상시켰다.

새벽 6시 30분이 되자 기차의 오른편으로 펼쳐진 황무지 같은 초원 너머로 발하쉬 호수가 보였다. 바이칼과 홉스골의 주변에는 산과 나무, 숲이 있지만 발하쉬 주변은 그런 풍경과는 거리가 멀었다. 지도에서 보았던 그런 지형이 맞긴 맞는 것 같다. 물론 지금 보고 있는 것은 발하쉬호수의 일부에 불과하겠지만, 막막한 황무지에서 갑자기 호수가 나타난 그런 느낌이다.

화장실에 가려는 사람들로 통로가 붐비기 시작하자 난 다시 자리에 돌아와 앉았다. 어느새 주위의 사람들은 모두 잠에서 깼는지 부스스한 얼굴로 주섬주섬 이불과 자리를 정리하고 있다. 잠시 후에 ‘샤리샤간’이란 이름의 역에 도착하자 어젯밤부터 내 옆에서 나에게 친절히 대해주던 아주머니가 내 팔을 톡톡 치며 잘 가라는 말을 하고 내렸다. 이 역에서 많은 사람들이 내리는지 이곳을 지나자 자리는 텅텅 비기 시작했다.

한가한 객차에 앉아서 나는 창밖을 바라보고 있었다. 오른편으로 보였던 호수는 어느새 사라지고 없다. 창밖의 경치는 황량한 사막지형뿐이다. 듬성듬성 보이는 전신주와 뭔지 모를 공사를 하는 현장 그리고 작은 마을들이 종종 나타날 뿐이다.

그때 한 남자가 내 앞에 앉으며 서툰 영어로 말했다.

“내 이름은 ‘콰니시’야.”

건장한 체격에 짧은 머리, 덥수룩한 수염을 가진 사람이었다.

“내 이름은 준. 한국에서 왔어.”

순간적으로 어리둥절했지만 나도 내 소개를 했다. 콰니시는 영어가 서툴렀고 난 카작어와 러시아어를 모른다. 그래서 우리는 ‘바디랭귀지’와 메모를 통해서 대화를 했다. 28살의 콰니시는 알마티에서 근무하는 군인이라고 한다. 지금은 주말을 맞아 발하쉬에 있는 집에 가는 길이라고.

내가 발하쉬로 여행을 간다고 하자 그는 내게 숙소 잡는 것을 도와주겠다고 한다. 한참을 달리던 기차는 ‘모인티’ 역에서 멈추었다. 이곳에서 1시간가량 정차한 후 다시 출발한다고 한다. 나는 콰니시와 함께 바깥으로 나왔다. 배가 고파서 먹을 것이 없나 찾아보았지만 음식점은 모두 문을 닫았고 몇 곳의 매점만이 문을 열었을 뿐이다.

우리는 매점에서 빵과 '도시락' 라면을 사서 다시 객차로 돌아왔다. 러시아와 구소련 지역에서 우리나라의 도시락 라면이 많이 팔린다는 사실은 알고 있었지만 이 작은 역에서 이것을 먹게 될 줄은 몰랐다. 중앙아시아에 온 이후에 처음으로 먹는 라면이다. 객차 안에 있는 온수기에서 물을 받아서 빵과 함께 라면을 먹었다. 콰니시는 어디론가 사라졌고 배가 불러오자 잠이 왔다. 나는 사람들이 많이 내려서 텅 비어 있는 객차 안의 침대에 누워서 시간을 보냈다.

발하쉬에 도착한 것은 오후 4시가 조금 넘어서였다. 콰니시는 많은 짐을 가지고 있었다. 나는 그중 2개를 받아 들고 함께 밖으로 내렸다. 발하쉬 역은 마치 우리나라의 작은 지방 역을 연상시키는 모습이다. 그 앞에서 버스를 타고 우리는 콰니시의 집으로 향했다.

"즈드라스부이쩨?(안녕하세요?)"

작은 아파트의 5층에 위치한 콰니시의 집으로 들어가자 그의 부인이 나를 맞아주며 말했다. 콰니시 부부와 그들의 아기가 함께 살고 있는 이 집은 방 하나와 거실과 욕실, 주방으로 이루어져 있다. 콰니시는 짐을 내려놓고 어딘가로 전화를 하고 그의 부인은 주방에서 달그락 거리며 뭔가를 준비

발하쉬의 친구들
(좌측이 아스카 부부)

중이다. 전화 통화를 마친 콰니시는 아기를 안고 내 옆으로 왔다. 갓 돌을 넘긴 아기는 까만 눈으로 낯선 이방인을 신기하다는 듯이 쳐다보고 있다.

콰니시와 함께 거실에 앉아 있자니 잠시 후 한 남녀가 들어왔다. 콰니시는 그들을 맞이하면서 자기의 친구들이라고 소개해 주었다. 영어를 잘하는 32살의 아스카는 콰니시와 마찬가지로 군인이며 발하쉬에서 근무하고 있다고 한다. '아이굴'이라는 이름의 아스카 부인도 영어를 잘했다. 아스카 부부는 한국에서 온 여행자를 만나보고 싶어서 콰니시의 전화를 받자마자 달려왔다고 한다.

우리는 거실 식탁에 모여 앉아 시끌벅적하게 식사를 했다. 어제 저녁만 해도 난 발하쉬에 도착하면 혼자서 이 낯선 곳을 헤매야 할 거라고 생각하고 있었다. 하지만 지금은 여기서 알게 된 친구들의 환대에 둘러싸여서 마냥 즐거운 기분이다. 아스카는 자기가 호텔을 잡아주겠다며 나를 차에 태우더니 싼 숙소로 안내해 주었다. 낡은 아파트의

아래층을 개조한 작은 호텔에서 우선 하루를 묵기로 했다. 가격은 1500팅게.

호텔 안을 둘러보더니 아스카가 말했다.

"싸기는 한데 여기는 좀 시설이 안 좋아요. 오늘 하루만 여기서 자고 내일은 다른 곳으로 가요."

아이굴은 내일 오후 날 초대하고 싶단다. 나는 고맙다고 하며 꼭 가고 싶다고 말했다. 발하쉬에 오면서부터 좋은 일들이 계속 생겨나는 것 같다. 난 아스카에게 물었다.

"여기서 발하쉬호수에 가려면 걸어서 얼마나 걸려요?"

"여기서? 5분만 걸어가면 되요."

"그렇게 가까워요?"

"응. 발하쉬 도시가 발하쉬호수나 마찬가지거든요."

이미 날은 어두워지고 있었다. 아스카는 내일 12시쯤에 자기가 오겠다며 도시 인근에 교도소가 있어서 위험하니 밤에는 돌아다니지 말라고 일러주었다. 아스카, 아이굴 부부와 헤어지고 나서 난 근처 가게에서 먹을거리를 조금 사가지고 숙소로 들어왔다. 어려울 거라고 예상했던 발하쉬호수의 여행이 왠지 쉽게 풀리는 것 같다. 호수의 구경은 내일 오전에 하자.

이곳에서 탁 트인, 바다같이 넓은 발하쉬호수를 보고 있자니 기분이 상쾌해졌다.
폐선도 없고 호수에 버려진 녹슨 자동차도 없고
무엇보다 구름처럼 하늘을 덮고 있던 매연이 없었다.
울창한 숲과 나무에 둘러싸인 아름다운 호수는 아니지만,
사막 가운데의 호수답게 황무지 같은 초원을 배경으로 수평선을 바라볼 수 있는 곳이다.

2. 바다처럼 넓은 발하쉬 호수를 바라보다

아침 일찍 잠에서 깼다. 아스카는 어제 이 호텔의 시설이 안 좋다고 했는데, 시설이 문제가 아니라 모기 때문에 잠을 설쳤다. 잠이 들 만하면 '앵~~' 소리와 함께 귓가로 날아드는 모기 때문에 나중에는 이불을 푹 뒤집어쓰고 자는 수밖에 없었다.

결국 일찍 일어나서 씻고 어제 사둔 빵과 주스로 대충 아침을 때우고 발하쉬호수를 구경하러 나섰다. 기차를 타고 오면서 언뜻 보았던 발하쉬호수의 모습은 그다지 매력적이지 못했지만 내 마음은 이상하게 뛰고 있었다. 카자흐스탄을 여행하면서 가장 가보고 싶었던 곳을

몇분 후에 볼 수 있다는 기대감 때문이었을 것이다.

호텔을 나와서 도시를 가로질러 내려가자 멀리 발하쉬 호수가 보였다. 아스카의 말처럼 걸어서 5분탁에 걸리지 않는 곳에 이 커다란 호수가 아침햇살을 받아서 반짝반짝 빛나고 있다. 멀리서 바라본 그 모습은 여행을 하면서 보았던 바이칼이나 홉스골과 별 차이가 없었다. 아니 파란 하늘 아래로 햇빛을 받아 빛나는 수면은 오히려 더 커다랗고 깨끗해 보이기까지 했다.

더 아래로 내려가자 발하쉬호수 주변의 모습이 눈에 들어왔다. 바닷가의 모래사장을 연상시키는 모래가 있고 그 위로 메마른 나무와 풀이 듬성듬성 자라 있었다. 그 주의에는 오전부터 호숫가에서 자리 잡고 낚시를 하는 사람들이 보였다. 이들은 호숫가에 있는 큰 돌덩어리와 버려진 고철 위에 앉아서 낚시를 하고 있었다.

난 호숫가를 걸으면서 주위를 보았다. 호수 주변에는 예전에 사용한 듯한 철로가 보였다. 전에 어떤 용도로 사용했을지 모르지만 지금은 그 철로 위에 온갖 쓰레기들이 버려져 있고, 그 주위로 부서진 배와 녹슨 자동차, 각종 고철 덩어리들이 흩어져 있는 모습이다.

오른쪽에는 커다란 공장이 보인다. 족히 10개는 되어 보이는 공장 굴뚝에서 파란 하늘을 배경으로 엄청난 양의 하얀 연기를 아침부터 뿜어내고 있다. 공장쪽으로 걷다보니 호수 안쪽으로 놓여진 마치 배에서 떨어져 나온 듯한 철제 구조물 위에 사람들이 올라가서 낚시를 하고 있었다. 물 위에는 보드카병과 맥주병, 각종 플라스틱 병들이 버려져 있고 녹슨 폐차까지 물속에 방치되어 있다.

호수를 바라보자니 멀리 수평선이 보이고 그 위로 공장의 연기가 구름처럼 펼쳐져 있다. 넓은 호수를 배경으로 왼쪽에서는 폐선 위에서 사람들이 낚시를 하고 오른쪽 공장에서는 연기를 쏟아내고 있다.

난 한쪽에 놓여진 돌 위에 앉았다. 두근거림이 실망으로 바뀌는 데는 채 30분이 걸리지 않았다. 사막 가운데의 호수라서 큰 기대를 하지는 않았지만 그래도 이 정도일 줄은 몰랐다. 이 호수는 홉스골에서 보았던 그런 푸르른 생명력과는 거리가 먼 곳이다. 물론 이 도시에 와서 본 것만으로 어찌 전체 호수의 모습을 알겠냐마는, 적어도 이 도시에서 본 호수는 매연과 버려진 쓰레기들 때문에 오염되고 망가져 가고 있는 것 같다.

발하쉬 시의 인구는 7만 명에 가깝다고 한다. 그러자 홉스골과의 또 한 가지 차이가 생각났다. 홉스골은 그 주위에 작은 마을이나 캠프장이 있을지언정 인구 7만의 도시가 있지는 않다. 적어도 걸어서 5분 거리에 오전부터 엄청난 연기를 뿜어내는 큰 공장을 가진 도시는 없었다.

난 고개를 돌려서 공장을 바라보았다. 공장의 정체가 궁금했다. 굴뚝에서 나오는 연기야 그렇다치고, 저 커다란 공장에서 나오는 폐수는 어떻게 처리되고 있는 걸까? 호수에 버려진 자동차와 폐선과 그 사이사이로 자라난 메마른 풀을 보고 있자니 씁쓸한 기분이 들었다. 머릿속에서는 의문이 생겨났지만 이에 대한 답을 얻으려면 아스카와 아이굴에게 물어보는 수밖에 없다.

난 자리에서 일어섰다. 아스카가 12시쯤에 온다고 했으니 슬슬 돌아가서 짐을 싸고 숙소를 옮길 준비를 해야 한다. 그리고 머릿속의 의

발하쉬호수, 호수에서 낚시하는 사람들의 도습과 발하쉬의 공장지대

문에 대한 어느 정도의 답을 얻지 못하고서는 도저히 이 호수를 제대로 바라보지 못할 것 같다. 뒤쪽에서는 낚시꾼들이 여전히 낚시를 하고 있다. '폐선과 쓰레기 투성이 호수에서 고기가 얼마나 잡힐까?' 일어서면서 마지막으로 떠오른 생각이었다.

12시가 조금 넘자 아스카가 호텔로 찾아왔다. 아스카는 '발하쉬 호텔'이라는 곳으로 차를 몰아갔다. 이곳의 가격은 약간 비싼 가격이다. 하룻밤에 2200팅게. 하지만 호텔의 시설이 어제 묵었던 곳보다는 훨씬 더 좋다. 널찍한 방에 샤워시설과 냉장고까지 갖추어져 있고, 호텔 1층에는 식당과 매점도 있다. 무엇보다 호텔에서 호수와 바자르가 가깝다는 점도 마음에 들었다. 아스카가 말했다.

"이 호텔 옆에 큰 경찰서가 있거든. 그러니까 밤에도 안심할 수 있을 거예요."

나오면서 보니 호텔 옆에 큰 건물이 있고 그 앞에는 많은 경찰이 오가고 있다. 경찰서 앞이라서 안심이 되기는 한다. 하지만 내가 이 호텔에 들락거릴 때마다 이 경찰들과 마주쳐야 한다는 점이 마음에 걸린다. 호텔에 짐을 풀어놓고 나서 우리는 아스카의 집으로 갔다. 집에는 아이굴과 여동생이 아이굴의 어린 딸을 돌보고 있었다. 아이굴은 푸짐한 음식과 함께 나를 맞아주었다. 식탁에는 양고기 볶음밥, 양고기국, 빵과 여러 가지 잼, 그리고 생선요리가 있었다. 나에게 자리를 권하면서 아스카가 말했다.

"맥주 마실래요?"

나야 맥주를 물보다도 좋아하지만 지금은 맥주를 마시기에 이른 시간이다.

“아니. 그냥 차이 마실 게요.”

나는 생선요리를 가리키면서 아이굴에게 물었다.

“이 생선 이름이 뭐예요?”

“이거? 솜이에요.”

“솜?”

“응. 뼈없는 생선이에요.”

“뼈없는 생선이라… 키르키즈스탄의 화폐단위가 솜이잖아요?”

원래 뼈가 없는 건지 아니면 뼈를 모두 제거한 건지 모르겠다. 튀긴 생선요리를 하나 집어서 한입에 넣고 씹어 보았지만 뼈와 가시가 느껴지지 않았다. 맛도 있고 신기하기도 해서 나는 그 생선요리를 먹으며 친구들과 대화를 했다.

아스카 부부는 4년 전에 결혼을 해서 지금은 딸 하나를 두고 있다. 자신들은 결혼식을 3번 했다고 한다. 부모님의 반대 때문에 부모님에게 알리지 않고 대학교 내에서 한 번 하고, 무슬림 전통 식으로 다시 한 번을 하고, 마지막으로 현대식 결혼식을 한 번 했다고 한다. 아이굴은 아스카보다 7살이 적은데 카자흐스탄에서 7살 나이 차이는 일반적인 경우라고 한다.

“이 호수 옆에 있는 공장은 무슨 공장이에요?”

난 궁금한 것을 물었다.

“그거? 금속공장이에요.”

“금속공장?”

“응. 금, 은, 구리를 생산하고 수출하는 공장. 이 도시에서 중요한 공장이에요.”

“그렇구나. 그 공장에서 엄청난 연기가 아침부터 나오더라구요.”

“맞아요. 그 공장 때문에 도시 주민들의 건강도 나빠지고, 호수도 안 좋아지고 있어요. 그 매연 때문에 알레르기 반응을 일으키는 사람들이 점점 많아지거든요.”

그 말을 듣고서야 알 것 같았다. 어제 저녁에 이곳에 도착하고 나서부터 난 계속 재채기를 하고 콧물을 흘리고 있다. 일년 내내 감기 한 번 걸리지 않는 내가 웬 콧물을 이렇게 흘리나 궁금했었는데 그게 어쩌면 저 공장의 매연 때문인지도 모를 일이다. 지금도 생선을 먹으면서 한 손으로는 연신 휴지로 코를 문지르고 있다. 아스카의 말에 의하면 발하쉬호수는 농도가 낮은 염호라고 한다. 평균 수심이 10미터가 채 못 되는 이 호수는 겨울에 얼기 때문에 차를 타고 호수를 가로질러서 달릴 수 있단다. 아이굴이 말했다.

“이리 와봐. 우리 결혼식 사진이랑 비디오 보여줄 게요.”

거실로 자리를 옮기자 아스카는 비디오테이프를 꺼내서 플레이어에 집어넣고 작동을 시키고 있다. 아이굴은 방에서 커다란 앨범을 꺼내오더니 나에게 보여주었다. 앨범에 가득 담겨 있는 사진들은 아스카와 아이굴이 카자흐스탄과 키르키즈스탄에서 찍은 사진들이다. 발하쉬호수와 이식쿨호수 그리고 키르키즈스탄의 수도인 비쉬켁에서 찍은 많은 사진들이 있다. 아스카가 동료들과 함께 테이블에 앉아서 술을 마시는 사진도 있다. 아스카는 예전에 술을 즐겼지만 결혼을 하면서 술을 끊었다고 한다. 내가 말했다.

"아스카, 저 때는 술을 많이 마셨나 보네요."

"응. 결혼 전에는 많이 마셨어요. 그때가 좋았지. 젊고 혼자이던 시절이."

우리는 함께 웃으면서 앨범과 비디오를 보았다. 비디오는 아스카와 아이굴의 세 번째 결혼식, 그러니까 현대식의 결혼식을 찍은 것이다. 넓은 홀의 가운데에는 음식이 가득 놓인 기다란 식탁이 있다. 아스카와 아이굴은 정장과 웨딩드레스를 입고 있고, 주위에 많은 하객들이 모여있다. 함께 춤을 추기도 하고 술을 마시기도 하며 요란하게 박수도 치는 모습이 마냥 즐겁고 신나는 모습이다. 비디오를 보고 나서 아이굴이 말했다.

"호수에 가봐요. 공장 앞쪽에 있는 호수 말고, 좀더 멀리."

우리는 아스카의 차를 타고 '작은 바다' 라고 부르는 곳으로 갔다. 아스카의 집에서 차로 40분 정도 걸리는 곳에 있는 이곳은 오전에 보았던 고철과 쓰레기, 매연으로 가득 찬 그곳보다는 깨끗하다. 여기서는 저 멀리 수평선과 고기잡이 배가 오가는 것이 보였다. 물론 여기에도 쓰레기가 있기는 하다. 깨진 술병과 작은 콘크리트 조각과 정체를 알 수 없는 쇳덩어리가 호수 주변에 버려져 있었다.

그렇지만 이곳에서 탁 트인, 바다같이 넓은 발하쉬호수를 보고 있자니 기분이 상쾌해졌다. 폐선도 없고 호수에 버려진 녹슨 자동차도 없고 무엇보다 구름처럼 하늘을 덮고 있던 매연이 없었다. 호수 뒤를 가로막고 있는 도시의 아파트도 없고 오직 모래밭과 자갈들 그리고 그 너머로 커다란 호수가 보일 뿐이다. 내가 상상하고 기대했던 발하쉬의 모습이 이런 것이던가? 아마 그럴 것이다. 울창한 숲과 나무에 둘러싸인 아름다운 호수는 아니지만, 사막 가운데의 호수답게 황무지 같은 초원을 배경으로 수평선을 바라볼 수 있는 곳이다.

"내일 오후에 우리집에 와요."

돌아오는 길에 아이굴이 나에게 말했다.

"내일 또요?"

"응. 내일 '베스빠르막'을 만들어 줄게요."

"그게 뭐예요?"

"카자흐스탄의 전통 요리예요. 내일 같이 먹어요."

친구들의 환대가 고마웠지만 한편으로는 미안하기도 했다. 내일은 나도 뭔가 선물을 사서 친구들의 집으로 가야겠다고 마음먹었다. 내일 오후 2시까지 내가 아스카 부부의 집으로 가기로 하고 우리는 호텔 앞에서 헤어졌다. 어느새 저녁이었다.

3. 카작의 전통 요리, 베스빠르막

새로 옮긴 호텔은 좀 비싸긴 했지만 여러 가지 편리한 점이 많았다. 크고 넓은 욕실과 방에는 냉장고가 있고, 잠을 설치게 만들던 모기도 없었기 때문에 아침에 느긋하게 일어날 수 있었다. 1층에 매점과 식당까지 있었다. 비록 말은 통하지 않았지만 메모와 바디랭귀지로 필요한 물건을 사고 간단한 음식을 주문해서 먹기에도 편한 곳이다.

아이굴이 2시까지 오라고 했으니 시간은 충분하다. 오전에는 호숫가와 바자르에 들려 구경을 하고 아이굴의 집에 가기로 했다. 어제처럼 빵과 주스로 아침 식사를 때우고 호텔을 나섰다. 호텔 문을 열자 차가운 호숫가의 바람이 불어왔다.

어제는 공장쪽을 보았으니 오늘은 그 반대쪽으로 걸어가 보기로 했다. 그쪽에서는 어떤 풍경이 펼쳐질지 의문이지만, 어제 보았던 공장의 매연이 보이지 않는 곳까지 한번 걸어가 보자고 생각했다. 호수를 오른쪽으로 보면서 공장의 반대쪽으로 한참을 걸어가니 이곳에도 모래사장이 나왔다. 위쪽에는 카페도 있고 색색의 벤치가 있는 것으로 보아 여름철 사람들이 더위를 식히는 장소인 것 같다. 지금은 9월 말. 차가운 호숫가 바람이 불고 있는 이곳은 마치 철 지난 해수욕장 같은 분위기다. 모래사장에는 깨진 병조각들, 카페 역시 문을 닫았고 주위에는 메마른 나무와 풀들뿐이다. 주위 벤치에 앉아 호수를 바라보았다. 저 멀리 파란 하늘과 그 아래로 수평선이 보인다. 이곳에서는 공장의 매연이나 폐선도 보이지 않고, 공장쪽에서 보았던 콘크리트 덩어리나 고철, 낚시꾼도 없었다. 멀리 호수 위로는 섬인지 육지인지 모를 땅덩어리가 보인다.

눈앞에 보이는 호수는 마치 넓은 바다를 연상시킨다. 주위에 숲과 산으로 둘러싸인 홉스골이나 바이칼과는 달리 발하쉬의 주위는 건조한 초원지대다. 이런 자연환경 때문에 이곳에서 오히려 탁 트인 수평선이 보이고 바다처럼 넓은, 최대 폭이 74km에 달한다는 발하쉬호수를 볼 수 있다. 이 호수로 흘러드는 강은 여러 개지만 호수에서 나가는 강은 없다고 한다. 황량한 지역에 이렇게 커다란 호수가 있다는 것 자체가 경이로운 일일지 모른다.

날씨만 조금 따뜻하다면 이곳에 앉아서 호수를 바라보며 시간을 보낼 수 있을 것 같지만 지금은 바람이 차갑다. 사진을 찍으려고 카메

발하쉬호수

> 주위 벤치에 앉아 호수를 바라보았다.
> 저 멀리 파란 하늘과 그 아래로 수평선이 보인다.
> 이곳에서는 공장의 매연이나 폐선도 보이지 않고,
> 공장쪽에서 보았던 콘크리트 덩어리나 고철, 낚시꾼도 없었다.
> 멀리 호수 위로는 섬인지 육지인지 모를 땅덩어리가 보인다.

라를 들고 있는 손이 시려워지고 코에서는 연신 콧물이 흐른다. 난 자리에서 일어나 바자르로 향했다.

바자르는 호텔에서 걸어서 5분 거리, 그리고 호수에서는 10분 거리에 위치해 있다. 노란색과 파란색이 조화를 이룬 외양이 돋보이는 이 바자르는 실내와 실외로 나뉘어져 있다. 실내에서는 고기와 과일, 각종 빵을 팔고, 실외에서는 책과 잡지 그리고 마른 생선과 과자, 사탕류를 많이 취급하고 있다.

발하쉬 바자르에서
말린 생선을 파는 아주머니들

아이굴의 집으로 갈 때 뭘 사가지고 갈까 고민하며 바자르를 한 바퀴 둘러보았다. 바자르 안쪽에는 옷을 파는 구역도 있고 꼬치구이 샤슬릭을 파는 가게도 여럿 보였다. 호숫가에 위치한 바자르라서 생선류가 많을 거라고 예상했지만 말린 생선을 파는 것이 조금 보일 뿐 오히려 고기와 과일을 많이 취급하고 있었다.

크지 않은 도시라서 그런지 바자르 자체도 그렇게 활기차게 보이지는 않는다. 이곳은 왠지 우즈베키스탄에서 보았던 재래식 바자르가 아니라 현대식 마트에 가깝게 변해가는 그런 느낌이다. 한 바퀴 둘러보고 나서 작은 노트 한 권과 화장지를 샀다. 발하쉬에 도착한 다음부터 흘러내리기 시작한 콧물 때문에 가지고 있던 화장지를 모두 다 써버렸기 때문이다. 아스카의 말처럼 저 공장에서 뿜어내는 매연이 문제인 것 같다. 그리고 아스카 부부에게 줄 선물로 과일과 과자를 한 상자씩 사서 아스카의 집으로 가기 위해 텍시를 탔다.

아스카의 아파트는 어제 보았던 것과 비슷한 모습이었다. 아스카와 아이굴은 주방에서 뭔가를 준비 중이고 아이굴의 여동생은 거실에서 아스카 부부의 어린 딸을 돌보고 있었다. 식탁에는 아이굴이 어제 말했던 '베스빠르막'이 준비되어 있었고 한쪽으로 차이와 몇 가지 잼 그리고 전통 빵이 놓여있었다. 베스빠르곽은 카

카작의 전통 요리 '베스빠르막'

자흐스탄의 전통 요리인데 소고기와 감자, 양파를 삶아서 만든 요리다. 소고기 대신 양고기 또는 말고기를 이용할 수도 있다고 한다.

아이굴의 말에 의하면 바자르에 이런 고기가 많이 있는데, 소고기든 말고기든 450-550팅게 정도면 1kg을 살 수 있다고 한다. 큰 접시에 담겨진 베스빠르막을 보았다. 삶은 감자와 소고기와 양파가 섞인 요리는 언뜻 보기에도 먹음직스러워 보인다. 소고기로 만들었기 때문에 한국인의 입맛에도 잘 맞을 것 같다. 하지만 만약 이 요리를 양고기나 말고기로 만들었더라도 맛있게 뜰 수 있을까?

여행을 하면서 양고기 요리를 여러 차례 먹어보았다. 구운 양고기를 맥주나 보드카와 함께 먹으면 갓있게 먹을 수 있다. 그리고 양고기 특유의 냄새를 없애기 위해서 짙은 양념을 넣어서 만든 양고기국도 그런대로 맛있게 먹을 수 있었다. 그러나 이 접시에 놓인 베스빠르막

의 소고기는 별 양념 없이 그냥 삶은 것이다. 만일 양고기를 이렇게 그냥 삶았다면 그 냄새 때문에 과연 맛있게 먹을 수 있을까?

몽골을 여행하던 중 현지인들이 먹는 방식 그대로 양고기국을 먹어본 적이 있다. 말린 양고기와 국수를 양념 없이 물에 넣고 끓인 국을 가지고 다니던 스테인레스 컵에 한 국자 담았다. 컵을 입으로 가져가던 순간 확 끼쳐오는 양고기 냄새ㅡ. 컵에 배인 그 냄새를 없애기 위해서 열심히 컵을 씻었던 기억이 있다.

"당신을 위해서 특별히 만든 거예요. 많이 먹어요."

아이굴의 말을 듣고 나서 제정신으로 돌아왔다.

"네. 정말 고마워요. 잘 먹을 게요."

난 내 앞에 놓인 작은 접시에 베스빠르막을 담아 먹기 시작했다. 아이굴은 내게 차이를 따라주었고, 난 잼을 가리키며 물어보았다.

"이건 무슨 잼이에요?"

"로즈베리 잼이랑 사과 잼이에요."

자기들은 주로 이 두 가지 잼을 많이 먹는데 겨울철 감기에 걸렸을 때 로즈베리 잼과 차이를 같이 마시면 몸에 좋다고 한다. 난 베스빠르막을 먹고 차이를 마시면서 친구들과 이야기를 나누었다. 아스카는 카자흐스탄에서 태어났고 아이굴은 키르키즈스탄에서 왔다고 한다. 아이굴이 나에게 빵을 권하면서 말했다.

"키르키즈스탄하고 카자흐스탄은 여러 가지가 비슷해요. 음식이나 언어, 문화가 비슷한 점이 많아요."

"그럼 카자흐스탄하고 우즈베키스탄은요?"

"카자흐스탄하고 우즈베키스탄은 많이 달라요. 음식도 문화도 다른 점이 많아요."

그리고 보니 알 것 같았다. 우즈베키스탄에서는 질료니 차이를 주로 마시는데 카자흐스탄에서는 쵸르니 차이를 많이 마신다고 한다. 우즈베키스탄에서는 전통 복장을 하고 전통 모자를 쓴 여인과 노인을 많이 보았는데 카자흐스탄에 와서는 그런 모습을 보지 못했다. 이런 것들도 다른 점에 속하는지는 모르겠지만 아이굴의 말을 듣고 나서 떠오른 점들이다.

그리고 또 한 가지, 기후의 차이가 있다. 우즈베키스탄에서 뜨거운 태양과 건조한 무더위 때문에 힘들었던 것과는 달리 카자흐스탄에서는 그다지 더위를 느끼지 못했다. 우즈베키스탄의 여러 도시와 카자흐스탄의 알마티는 위도 차이가 그다지 크지 않다. 그런데도 이렇게 기후차이가 심한 것은 알마티 근처에 위치한 높은 산맥 때문인지 모른다. 그렇다면 키르키즈스탄은 어떨까? 키르키즈스탄은 나라 자체가 워낙 높은 곳에 위치한 산악국가이기 때문에 그곳도 더위와는 무관할 것이다. 이런 기후의 차이가 나라간의 공통점과 차이점에 영향을 미치기도 할 것이다.

얼마 후 키르키즈스탄으로 넘어갈 계획이기 때문에 난 아이굴에게 그쪽 사정도 물어보았다. 그러면서 이곳 바자르에서 두꺼운 옷을 한 벌 사려고 했는데 생각보다 가격이 비싸다고 말했다. 그러자 아이굴은 키르키즈스탄의 수도인 비쉬켁에 가견 중국에서 들어온 옷들을 싸게 파니까 차라리 거기 가서 사라고 했다.

아이굴의 말에 의하면 키르키즈스탄의 이식쿨호수도 염호라고 한다. 이식쿨호수의 물을 마시면 목에 좋다는 얘기가 있어서 자기도 여러 차례 마셔보았다며 나에게도 권했다.

"이식쿨에 가거든 한번 마셔봐요."

"네. 한번 시도해 볼 게요."

난 웃으면서 말했다. 이식쿨에 가기야 하겠지만 과연 그 물을 그냥 떠서 마실 수 있을지는 장담을 못하겠다.

아스카는 자기가 받는 군인 월급이 많지는 않지만 그래도 세 식구가 살기에는 지장이 없다고 한다. 1년에 휴가가 보통 45-50일 정도인데 올해는 어린 딸 때문에 멀리 가지 못하고 이곳에서 휴가를 보냈다고 한다.

"당신 나라는 어때요? 1년에 휴가가 며칠이나 되요?"

"우리나라? 글쎄, 공휴일 빼고 개인적인 휴가는 10-15일 정도요?"

"겨우 15일? 정말? 지금 농담하는 거예요?"

이게 농담이라면 얼마나 좋을까. 일년 휴가 15일도 길게 잡은 건데 그게 농담으로 비칠 정도라니. 아스카는 45일 정도 되는 휴가를 한번에 붙여서 사용할 수도 있고 나눠서 사용할 수도 있다고 한다.

45일짜리 휴가가 일년에 한번씩 주어진다면 과연 그것을 어떻게 이용할까. 가장 먼저 떠오르는 것은 멀리 여행을 가는 것이다. 그렇다면 나처럼 여행을 위해서 직장을 그만두는 일도 없을 테고 시간에 쫓기듯이 여행을 하지 않아도 될 것이다. 물론 45일 동안 휴가를 즐기고 직장으로 복귀하려면 후유증이 크기야 하겠지만.

그런데 정말 그럴까. 내가 직장생활을 했던 그 5년 동안 나에게 매년 45일씩의 휴가가 주어졌다면, 그리고 그 기간마다 내가 긴 여행을 다녔다면, 나는 과연 여행을 위해서 직장을 그만두는 지금의 선택을 안 했을까.

모를 일이다. 어쩌면 그렇게 매년 40일씩 여행을 다닐 수 있었다면 난 이보다 더 일찍 여행중독의 대열에 끼어들었을지도 모른다. 자유로운 여행을 바란 것이 어제 오늘의 일이 아니다. 오래전부터 꿈꿔왔던 것을 실행하기 위해 난 더 일찍 직장을 그만두지 않았을까.

푸짐하게 차려진 음식을 먹으며 대화를 하고나서 난 아스카의 집을 나왔다. 아스카는 호텔까지 차로 태워주겠다고 했지만 내가 거절했다. 배부르게 먹었으니 소화도 시킬 겸 시내 구경도 할 겸 도시를 걸어보고 싶었다. 우리는 이메일 주소를 교환하고 한국으로 돌아가서도 계속 연락하자고 약속했다. 고마운 친구들. 우즈베키스탄에서 이런 만남을 갖지 못했다는 것이 아쉽다. 하기야 우즈벡에서는 유적지 위주로 돌아다니느라 개인적인 만남을 가질 만한 여유가 없었다. 아파트를 내려온 나는 바자르쪽으로 방향을 잡고 주위를 둘러보았다. 발하쉬 시의 중심에는 버스터기널과 바자르가 있다. 그 주변으로 5층 정도 높이의 많은 아파트들이 세워져 있고 시 외곽으로는 공장과 작은 주택이 퍼져있는 모습이다. 그리고 내가 타고 온 기차역은 시의 중심부에서 한참 떨어져 있다. 나는 넓지 않은 발하쉬 시를 구경하며 천천히 걸었다. 내일은 발하쉬에서 보내는 마지막 날이다.

난 다스타에게 잘 썼다고 말을 하며 엄지손가락을 들어보였다.
간단하게 기본적인 철자만을 알려줬을 뿐인데
자기의 이름을 한글로 표기하다니.
난 다스타와 좀더 얘기해보고 싶었지만
얼마 후 일어난 일 때문에 그럴 만한 여유가 없었다.

4. 발하쉬를 떠나
카작의 수도 아스타나로

발하쉬 시에서 조금 높은 곳에 올라 남쪽을 바라보면 아파트와 나무 사이로 멀리 발하쉬호수가 보인다. 도시에서 바라본 그 파란 호수는 푸른 하늘과 겹쳐져서 수평선까지 뻗어있다. 맑은 날 오전의 햇살을 받아 하얗게 반짝이는 모습을 바라보고 있자니 마치 조용한 바다를 보는 것 같은 느낌이다. 하지만 도시에서 10분만 걸어서 호숫가로 내려가면 그곳의 모습은 멀리서 보았던 것과는 딴판이다. 도시와 가까운 곳에 있는 호수 주변의 깨진 병과 정체불명의 고철 덩어리, 쓰레기들 그리고 한쪽 공장에서 뿜어내는 하늘

 실크로드의 땅, 중앙아시아의 평원에서

을 뒤덮고 있던 구름같은 연기들. 호수의 크기로 볼 때는 유라시아 대륙의 어디에 내놓더라도 손색없는 큰 호수다. 그러나 다른 큰 호수인 바이칼이나 이식쿨만큼 사람들에게 알려지지도 않았고 관광지로 개발되지도 못했다. 이유야 여러 가지겠지만 호수 주변의 몇몇 도시를 제외하고는 온통 황무지라서 그럴 수도 있고, 공장의 매연으로 오염되어서 일수도 있다. 봄 가을이 짧은 데다가 겨울과 여름이 유난히 춥고 더운 곳, 심한 바람과 공장의 매연 때문에 도시의 나무와 풀마저 생기없는 모습이다. 아마 이 발하쉬호수는 어떤 이변이 있지 않는 이상 여행지로 알려지지는 못할 것이다. 그리고 자신의 모습을 사람들에게 제대로 보이지도 못한 채 공장의 매연 속에 묻혀 버릴지도 모를 일이다.

발하쉬를 떠난다고 생각하니 그다지 우쾌한 기분이 아니었다. 이곳에서 좋은 친구들을 만나서 즐거운 시간을 보내기는 했다. 그래도 카자흐스탄에서 가장 보고 싶었던 호수가 이렇게 오염되고 있는 것을 본 뒤라 떠날 때의 기분도 별로 좋지 못했다. 발하쉬 시에서 4일간 머무른 것으로 어찌 전체 호수의 모습을 알 수 있을까. 그저 전체 호수의 풍경은 내가 보았던 모습과 다르기를 바랄 뿐이다. 나는 발하쉬를 떠나 수도인 아스타나(Astana)까지 가기로 했다.

"거긴 꼭 평촌 같은 곳입니다."

알마티에 있을 때 한우리 민박집에서 만난 사람이 했던 말이다. 평촌에 가본 기억이 없는 나는 이 말이 무슨 뜻인지 알 수 없었다. 물론 수도를 아스타나로 이전한 지 얼마 되지 않기는 했지만, 그래도 나는 카자흐스탄에 온 이상 수도 구경은 해야 하지 않을까 하고 생각하고 있었다.

발하쉬에서 저녁 6시 30분에 출발하는 기차를 탔다. 아스타나에는 내일 오후 2시에 도착한다고 한다. 이번에 구한 표는 문이 있는 침대칸, 그러니까 4인용 쿠페다. 내 자리가 있는 칸에는 러시아 남자 한 명, 그리고 여자 2명이 먼저 와서 자리를 잡고 있다.

"내 이름은 안드레이입니다."

키가 크고 늘씬한 체격을 가진 안드레이는 붙임성 있게 나에게 악수를 청하며 말했다. 영어를 잘하는 28살의 안드레이는 8개월 된 딸의 아버지라고 한다. 예카테린부르크에 있는 한 연구소에서 핵물리학을 연구한다는 그는, 지금 휴가를 맞아 어머니가 살고 있는 발하쉬에 들렀다가 돌아가는 길이라고 한다.

이 기차가 아스타나를 거쳐 러시아 국경을 넘어 예카테린부르크까지 가는 모양이다. 다른 두 명의 여자는 내일 새벽에 '카라간디' 라는 곳에서 내린다고 한다. 북쪽으로 올라갈수록 조금씩 추워지는 기분이다. 우리는 조금 얘기를 나누다 각자 침대에 자리를 깔고 누웠다.

안드레이가 깨우는 바람에 새벽에 눈을 떴다. 내 자리는 아래층 침대였는데 그 침대 밑에 여자들의 짐이 있었던 것이다. 얼떨결에 눈을 떠서 침대를 들어 올리고 그 밑에 있던 짐을 내주고 다시 누웠지만 잠은 오지 않았다. 시간은 새벽 5시 30분. 이곳은 발하쉬와 아스타나의 중간 지점인 카라간디. 알마티에서 한참을 북쪽으로 올라온 곳이다.

안드레이의 말에 의하면 이곳에서 몇 시간 동안 정차했다가 다시 출발한다고 한다.

차가운 새벽 공기 때문에 이미 잠은 달아난 상태다. 여자들이 내렸기 때문에 우리 칸에는 나와 안드레이뿐. 우리는 먹을 것을 꺼내 작은 탁자에 펼쳐놓고 아침밥을 먹기 시작했다. 안드레이는 어머니가 싸주셨다면서 튀긴 생선요리와 토마토를 꺼냈고 나는 바자르에서 산 빵과 오렌지를 내놓았다. 안드레이의 목적지인 예카테린부르크까지는 2박 3일이 걸린다고 한다.

"여태까지 어디 어디 여행했어요?"

내가 중앙아시아를 여행 중이라니까 안드레이가 나에게 물었다.

"몽골, 러시아, 우즈베키스탄을 거쳐 지금은 카자흐스탄을 여행 중예요. 얼마 후에 키르키즈스탄으로 가려고요."

"러시아는 어디 가봤어요?"

"바이칼. 이르쿠츠크하고 바이칼만 가봤지요."

안드레이는 두툼한 러시아 지도책을 꺼내서 나에게 보여주었다.

"혹시 나중에라도 기회가 되거든 페테르부르크에 꼭 가봐요. 그 주위에 커다란 호수가 있는데 정말 아름답거든요."

"당신은 가봤어요?"

"네. 난 여러 번 가봤어요. 좀 춥기는 하지만 정말 멋진 곳이에요."

밥을 먹고 나서 안드레이는 녹차를, 나는 커피를 마시고 있을 때 한 소년이 우리 칸으로 들어왔다. 기차는 여전히 카라간디에서 정차한 상태다. '다스타'라는 이름의 14살 소년은 카라간디에서 살고 있는데 카자흐스탄 북쪽으로 캠프를 가는 길이라고 한다. 카라간디에서 태권도를 배운다는데 내가 한국에서 왔다니까 나에게 한국어 철자를 알려달라고 했다. 나는 노트를 꺼내어 국어의 자음과 모음을 순서대로 써서 가르쳐주고, 그 자음과 모음을 어떻게 발음하는지, 그리고 자음과 모음이 어떻게 결합해서 글자가 되는지를 알려주었다. 서툰 영어를 구사하는 다스타는 내 이야기를 듣고 나더니 자신의 이름을 한글로 써서 나에게 보여주었다.

‘ㄷ ㅏ ㅅ ㅌ ㅏ’

난 다스타에게 잘 썼다고 말을 하며 엄지손가락을 들어보였다. 간단하게 기본적인 철자만을 알려줬을 뿐인데 자기의 이름을 한글로 표기하다니. 난 다스타와 좀더 얘기해보고 싶었지만 얼마 후 일어난 일 때문에 그럴 만한 여유가 없었다. 잠시 후에 기차는 다시 출발했고 다스타는 콜라와 빵, 배를 꺼내서 먹으며 나와 안드레이에게도 권했

아스타나로 가는
기차에서 만난
안드레이와 다스타

다. 안드레이가 나에게 말했다.

“여행 끝나면 뭐 할 거예요?”

“글쎄. 또 다른 여행을 준비해야지요.”

이 말만으로는 왠지 썰렁해보여서 한마디를 더했다.

“여행 끝나면 우선 여행기를 좀 써보려고요.”

“어디에? 신문에요?”

“그건 아직 모르겠어요.”

처음에 이 말은 농담반 진담반이었다. 그냥 막연하게 계획 중이던 이야기를 꺼낸 것에 불과했다. 그런데 잠시 후 이 말이 효과를 보는 상황이 생겼다. 경찰이 나타난 것이다.

 실크로드의 땅, 중앙아시아의 평원에서

_ 아홉 번째 이야기

키르키즈스탄으로

발하쉬를 떠나서 카자흐스탄의 수도인
아스타나로 가던 도중에는
이상한 일들이 계속 생겨났다.
그런 일들 때문에
어쩌면 키르키즈스탄으로 가는 일정을
빨리 재촉했는지도 모른다.
카자흐스탄에 다시 올 수 있을까?
만일 다시 오게 된다면 그때는 발하쉬호수를
한바퀴 돌아보고 싶다.
그리고 다시 친구들을 만나고 싶다.

1. 아스타나행 기차에서
경찰과 마주치다

적당히 살찌고 배가 나온 경찰이 우리 쿠페 칸으로 들어왔다. 경찰은 안드레이의 여권을 보고 나서 돌려주더니 나에게도 여권을 요구했다. 난 여권을 꺼내서 내 사진이 붙어 있는 부분과 비자가 붙어 있는 면을 보여주고 다시 돌려받으려 했지만, 경찰은 무슨 이유에서인지 계속 내 여권을 뒤적거리고 있었다.

경찰은 곧 내 여권에서 카자흐스탄 출입국카드를 꺼내더니 그곳에 거주등록 도장이 없다면서 그것을 문제 삼았다.

"카드에 도장 두 개면 거주등록을 따로 하지 않아도 되요. 카자흐스탄의 법이 바뀌었거든요."

난 입국 시에 출입국카드에 받은 두 개의 도장을 가리키며 카자흐스탄의 법이 바뀌었기 때문에 거주등록은 따로 안 해도 된다고 말했다. 안드레이는 이 말을 러시아어로 경찰에게 말했지만 경찰은 요지부동이었다. 안드레이는 나와 경찰 사이에서 통역을 하느라 바빴지만 이때부터 신경전이 시작되었다. 경찰은 휴대폰으로 어디론가 전화를 몇 통하고, 경찰과 이야기를 나눈 안드레이는 경찰이 자기 상사와 통화를 했는데 거주등록 문제가 있다고 나에게 말했다. 나는 한우리 민박집의 명함을 꺼내 보이면서 안드레이에게 다시 말했다. 이 상황에서 내가 우선 의존할 수 있는 사람은 안드레이였다.

"이 명함은 알마티에서 내가 묵었던 지스트하우스겁니다. 여기에 전화 한 통화만 할 수 있게 경찰에게 말해주세요."

그러나 경찰은 자신의 휴대폰으로는 전화를 쓸 수 없다고 한다. 속으로 조금씩 화가 났다. 도대체 이 경찰은 자기나라의 바뀐 법도 모르는 것인지 아니면 알면서도 외국인 여행자에게 트집을 잡는 것인지.

내 사정을 모르는 안드레이는 자신의 출입국카드를 꺼내 거기에 찍힌 커다란 거주등록 도장을 보여주며 나에게도 이런 도장이 있어야 한다고 말을 했다. 안드레이는 다시 경찰과 무슨 얘기를 하더니 이 문제가 'administrative crime'이라고 내게 알려주었다. 경찰은 웃으면서 자기의 두 손을 들어서 수갑을 채우는 시늉을 했다.

'수갑? 설사 정말 거주등록 문제가 나에게 있다고 하더라도 이 문제 때문에 외국인 여행자에게 수갑을 채우나?

화가 났지만 달리는 열차 안에서 다른 방법이 없었다. 전화 한 통이

면 해결 될 수도 있을 문제지만 경찰은 무슨 이유인지 전화 사용을 못
하게 하고 있다. 이 경찰이 도대체 뭘 원하는 걸까. 괜한 꼬투리 잡아
서 돈을 요구하는 걸까. 그렇더라도 돈으로 이 문제를 해결하고 싶은
마음은 없다. 아니 돈으로 해결할 만한 성질의 문제가 아니다. 난 다
시 한우리 민박집의 명함을 보이며 같은 말을 반복했다.

"게스트 하우스의 사장님이 그랬어요. 카자흐스탄 법이 바뀌었기
때문에 입국카드에 도장이 두 개 찍혀있으면 거주등록을 안 해도 된
다고 얘기했다구요."

그러나 발하쉬에 머무는 동안 정식으로 거주등록을 하고 도장을
받은 안드레이의 입장에서는 오히려 내가 이상해 보일지 모를 일이
다. 그는 다시 경찰과 무엇인지 얘기를 나누었다. 나는 그 모습을 바
라보면서 속으로 온갖 생각들을 떠올렸다. 안드레이가 말했다.

"경찰한테 당신이 지금 중앙아시아를 여행하고 있는 여행자라고
말했어요. 그리고 여행 후 신문에 여행기를 쓸 거라는 얘기도요."

난 이 말에서 감을 잡아 다시 안드레이에게 말했다. 이 상황에서 도
움이 될지는 모르겠지만 이왕 이렇게 된거 한번 허풍을 쳐보기로 한
것이다.

"맞아요. 난 여행을 끝내고 신문에 여행기를 쓸 거예요. 카자흐스
탄의 문화와 음식, 사람들에 대해서요. 그리고 카자흐스탄 경찰에 대
해서도요."

안드레이가 이 말을 경찰에게 러시아말로 옮기자 경찰은 날 바라
보았고, 나도 경찰을 바라보았다. 이 경찰이 지금 무슨 생각을 하고
있는 걸까. 잠시 후 경찰은 웃으며 일어나더니 나에게 악수를 청했

다. 약간 어리둥절했지만 아무튼 나쁜 의미는 아닌 것 같아서 나도 손
을 내밀어 악수를 했다. 그리고 경찰은 밖으로 나갔다.

"어떻게 된 거예요? 뭐라고 말했어요? 왜 그냥 간 거예요?"

"나도 잘 모르겠어요. 경찰이 그냥 눈 감아 준 것 같아요."

내 말이 효과를 본 것일까. 아니면 원래 문제가 없는 것을 알면서도
괜히 나에게 트집을 잡아 본 걸까. 이도저도 아니면 정말 나에게 거주
등록 문제가 있는 걸까. 머릿속에서는 오만가지 생각들이 떠올랐지
만 아무튼 경찰이 그냥 갔기 때문에 우선 숨을 돌릴 수 있었다.

그러나 숨을 돌리는 것도 잠시뿐, 1시간 쯤 후 또 다른 경찰이 우리
쿠페 칸으로 들어왔다. 이 경찰도 내 여권과 출입국카드를 보더니 거
주등록이 안되어 있다며 나를 바라보았다. 이번에는 거의 말이 필요
없었다. 난 어차피 경찰과는 말이 통하지 않는데다 안드레이가 내 사
정을 알고 있으니. 안드레이는 경찰과 뭔가를 한참 이야기 했고, 경찰
은 날 바라보다가 어딘가로 사라졌다. 잠시 후 다시 나타난 경찰은 안
드레이에게 날 가리키면서 뭐라고 말을 하더니 열차에서 내렸다.

"아스타나에 가거든 거주등록을 해야 한대요."

안드레이는 경찰이 가고 나자 걱정이 되는 듯 다시 말했다. 난 또
같은 대답을 반복해야 했다. 미칠 노릇이다.

"거주등록 필요 없다니까요."

"그렇지만 내 말을 들어봐요. 첫 번째 두 번째 경찰은 이 문제를 그
냥 눈감아 준 거예요. 하지만 언지 세 번째 경찰이 나타날지 몰라요.
지금까지는 잘 넘어갔지만 당신은 여전히 문제를 가지고 있는 거라
구요."

안드레이의 입장에서는 바뀐 법을 모를 테니 더 이상 말을 해봐야 소용없는 일이다. 내 말보다는 경찰의 말을 더 믿는 것이 당연하겠지만 한편으로는 화가 나기도 했고 또 한편으로는 의심이 생겨났다. 정말 거주등록 문제가 내게 있는 것일까? 만약 문제가 있다면 왜 경찰들이 그냥 갔을까?

경찰들의 태도를 봐서는 거짓말을 하거나 괜히 트집 잡는 것처럼 보이지는 않았다. 그렇다면 둘 중에 하나다. 정말 나에게 거주등록 문제가 있거나 아니면 바뀐 법을 경찰들이 모르거나, 어떤 것이 맞는지는 시간이 지나면 알 수 있을 것이다. 지금으로서는 아스타나에 도착할 때까지 다른 경찰이 나타나지 않기만을 바랄 뿐이다.

아스타나에 도착한 것은 오후 2시가 조금 넘어서였다. 나의 기대대로 기차에서는 더 이상 경찰을 만나지 않았다. 나에게 친절하게 대해

아스타나의 기차역

아스타나 거리

준 안드레이와 인사를 하고 기차에서 내렸다. 아스타나 역은 수도의 역답게 크고 깨끗한 모습이다. 알마티 역보다 잘 정돈되고 깔끔한 외관의 건물이 인상적이다. 이곳에서 작은 호텔을 찾으려고 돌아다녀 보았지만 곧 포기하고 말았다. 우리나라의 모텔 수준으로 보이는 곳의 가격이 하룻밤에 1만 팅게, 8천 팅게 하는 것을 보고 어이가 없었다. 결국 민박을 구하기로 하고 역 앞에서 호객을 하는 사람과 손짓발짓으로 흥정을 했다. 작은 아파트 한 채를 이틀 간 빌리기로 했다. 가격은 하루에 3천 팅게.

비싼 가격은 아니라고 생각했지만 아파트의 상태는 예상보다 안 좋았다. 작은 아파트는 침실과 주방, 화장실로 구성되어 있었고, 아파트라기보다 우리나라의 원룸 같은 그런 공간이었다. 그런데 바로 뒤가 아스타나 역이라서 거의 하루 종일 기차역에서 나오는 소음을 들을 수밖에 없는 위치였다. 그리고 내부도 낡아서 욕조는 녹이 슬어있고 벽지는 벗겨져 있고 주방에는 바퀴벌레가 기어 다니고 있었다.

짐을 풀고 나서 씻은 후 쉬고 있는데 난데없이 전화가 걸려왔다. 어리둥절한 상태에서 전화를 받자마자 한 여자가 러시아어로 무언가 말을 하고 있다. 알아들을 수 없어서 난 영어로 말했다.

"난 러시아말 몰라요. 영어로 말해요."

하지만 여자는 계속 러시아어로 떠들고 있다. 짜증이 나서 끊으려고 하는 순간 반복되는 한 단어가 귀에 들려왔다. '제부쉬까(여자)' 그러자 한순간에 상황이 파악되었다. 맙소사. 이 사람은 나에게 여자가 필요하지 않냐고 말을 하고 있다. 동시에 한우리 민박집에서 들었던 이야기가 떠올랐다.

"호텔에 들어가면 전화가 와요. 여자가 필요하지 않냐는 전화."

그 말이 사실이었구나. 발하쉬는 작은 도시라서 그런 전화를 받지 않았는데 수도인 아스타나에 오니까 짐을 풀자마자 이런 전화를 받게 되는구나 싶었다. 나도 서툰 러시아어로 말했다.

"제부쉬까 니예트.(여자 필요없어요)"

"니예트?"

"니예트, 오케이?"

난 수화기를 내려놓았다. 마음을 진정시키기 위해 주방에서 물을 끓여 커피를 마시려는데 이번에는 누군가 밖에서 문을 두드리고 있다. 문에 붙어있는 구멍으로 밖을 보니 웬 여자가 서 있었다. 경계심이 들기는 했지만 난 문을 열어보았다. 이번에도 마찬가지다. 이 여자도 나에게 여자가 필요하지 않냐는 말을 반복했다.

"니예트!"

문을 닫고 들어와서 침대에 앉았다. 왜 자꾸 이런 일들이 일어나는 걸까. 발하쉬를 떠나면서부터 계속 예상치 못한 일들이 날 피곤하게 하고 있다. 난 잠시 정리를 하고 난 후 쉬기 위해 침대에 누웠다. 그러자 또 누군가가 밖에서 문을 두드렸다. 그냥 무시하고 침대에 누워있었지만 문 두드리는 소리는 좀처럼 수그러들지 않았다. 두드리다 지치면 그냥 가겠지라고 생각했는데 그게 아니었다. 단지 안에 사람이 있는가를 알아보려고 두드리는 투가 아니다. 빠르고 크게 반복되는 그 소리는 빨리 밖으로 나오라고 재촉하는 것처럼 들렸다. 어쩔 수 없이 난 밖으로 나가보았다. 문 밖에는 경찰이 서 있었다.

문이 열리자마자 안으로 들어온 경찰은 화장실과 주방을 훑어보고 곧바로 침실로 들어갔다. 침대의 이불을 걷어보고 침대 밑을 들여다보고 발코니까지 열어 보았다. 그들의 모습에 상황 파악이 되었다. 경찰들은 내가 여자를 불러 함께 있는 게 아닌지 의심하고 여자가 숨을 만한 장소를 골라 뒤져보고 있는 것이다. 이제는 나도 화가 났다.

"도대체 무슨 일이야? 응? 왜 함부로 들어와서 자는데 방해해?"

난 경찰을 문쪽으로 몰면서 말했다. 나 외에 아무도 없다는 것을 안 경찰은 약간 수그러진 태도로 무슨 말인가 했지만 난 알아들을 수가 없다.

"난 러시아말 모르거든. 그러니 영어로 얘기하던지 아니면 나가!"

난 이 말을 계속하면서 밖을 가리켰다. 러시아어로 뭐라고 한참을 떠들던 경찰은 결국 밖으로 나갔고 난 다시 문을 잠그고 침대로 돌아왔다. 외국에 와서 경찰에게 언성을 높여봐야 좋을 게 하나도 없지만, 지금의 심정으로는 어쩔 수 없다. 오늘 하룻동안 일어난 일들 때문에 온통 신경이 곤두서 있었던 탓이다. 이것이 끝이길 바란다. 오늘이 가기 전에 또 무슨 일이 나에게 일어날까?

그 이틀 동안 난 이발을 하고 목욕을 하며 때를 빼고,
치약과 화장지 등 앞으로의 여행에 필요한 물건을 구입했다.
또 밀린 빨래를 하고
그동안 디지털 카메라로 찍은 사진을 인터넷으로 한국에 전송했다.
그리고 밤에는 박 사장님과 함께 보드카를 마셨다.

2. 두려움보다 더 큰 호기심

일반적으로 '여행'이라는 단어를 생각하면 떠오르는 것은 자유와 낭만, 일탈, 설레임 이런 것들이다. 하지만 배낭여행을 하다보면 이런 것들과는 거리가 먼 감정을 느끼게 되는 경우가 많다. 구체적으로는 불안함과 긴장, 육체 및 정신의 피로 심지어는 분노를 느끼게 되는 경우도 허다하다. 특히 말도 안 통하는 곳을 혼자서 여행하다 보면 더욱 그렇다.

익숙한 곳을 떠나서 낯설고 새로운 것과 부딪혀가는 것이 여행의 묘미 중 하나일 텐데, 여기서 새로움이란 새로운 사람과 새로운 길, 새로운 음식 등 여행을 떠나면서부터 접하는 모든 것을 포함할 것이

다. 걸어서 실크로드를 여행한 베르나르 올리비에가 '느낌이 다른 태양빛 아래 몸을 맡긴다'고 말했던 것처럼.

여행 중에 마주치는 많은 것들을 항상 적극적이고 즐겁게 받아들일 수 있다면 좋겠지만, 문제는 이런 새로움이 언제나 즐거움으로 다가오지는 않는다는 것이다. 평소에 일상적으로 해오던 많은 것들, 먹고 자고 열차를 타고 시장에서 물건을 사는 이런 일들 조차 여행 중에는 긴장의 대상이 된다. 과장해서 말하면 여행 중에는 긴장하는 것이 일상적인 습관이 된다. 그리고 이 긴장이 새로운 것을 접할 때의 즐거움과 호기심을 능가하게 되면 그때가 여행에 지쳐가기 시작하는 지점이 된다. 이런 긴장이 쌓이다보면 여행을 끝내고 싶다는 충동까지 들 정도로. 이때쯤 되면 새로움은 더 이상 호기심의 대상이 아니라 그저 기계적으로 받아들이는 '다른 것'에 불과해진다. 일상을 벗어나는 것이 여행일 텐데, 여행 속의 일상에 지쳐가는 현상이 시작되는 것이다.

"막연한 두려움 같은 거 없어요?"

중앙아시아로 배낭여행 간다고 했을 때 예전 직장동료가 했던 말이다.

"두려움 있죠. 하지만 두려움 보다는 호기심이 더 크거든요."

난 그냥 이렇게 대답했었다. 정보도 별로 없고 말도 안 통하는 곳으로 혼자서 떠나는데 왜 두려움이 없을까. 상대방이 내 뜻을 이해하지 못할 것이라는 불안함, 난처한 상황에서 내 입장을 표현하지 못할 것이라는 불안함, 좀더 극단적으로는 만만해 보이는 여행자를 위협하는 누군가를 만날지도 모른다는 드려움까지.

다만 중앙아시아에 대한 욕망과 호기심이 강했기 때문에 출발 전의 그 두려움을 억눌렀을 뿐이다. 하지만 이제 와서 생각해보니 당시에 내가 간과했던 것도 한 가지 있다. 호기심으로 두려움을 이길 수 있을지는 몰라도, 여행 중에 쌓여만 가는 긴장과 정신적인 피로를 이겨내는 것에는 한계가 있다는 점이다.

그리고 이런 피로를 가중시키는 또 하나의 요인은 바로 고독이다. 혼자 있는 것을 어지간히 좋아하는 나지만, 한국말을 한마디도 못한 채 한 달 가까이 지내다 보면 혹시 어디서 한국인을 우연히 만날 수 있지 않을까 하고 은근히 기대하게 되는 처지가 된다.

여행을 떠나기 전에 혼자서 러시아어를 공부하기는 했다. 하지만 그 결과는 보잘것없는 수준이다. 러시아어를 간신히 읽을 줄 아는 정도이고, 내가 할 수 있는 말과 알아들을 수 있는 말은 몇 가지 인사말과 간단한 단어 그리고 숫자가 고작이다. 이걸로는 현지인과 대화는커녕 지금까지 별 탈 없이 먹고 자면서 여기까지 왔다는 것이 신기할 정도다. 이러니 현지인과의 소통은 거의 '바디랭귀지' 수준을 넘지 못할 수밖에.

낮에는 여기저기 돌아다니며 구경하고 경치 좋은 곳에 앉아서 시간을 보내다가도, 저녁을 먹고 8시가 넘어 숙소에 돌아오면 그때부터는 혼자 보내야 하는 긴 밤이 날 기다리고 있다. 배낭여행자가 많은 곳이라면 다른 여행자들

과 함께 어울리기라도 할 텐데, 이 지역은 그렇지도 않아
서 나 같은 입장에 있는 사람을 찾기가 어렵다. 그럴 때는
그냥 어서 빨리 밤이 지나고 아침이 오기만을 기다리는
수밖에 없다. 아침이 오면 최소한 다른 사람들 틈에 섞일
수라도 있으니까.

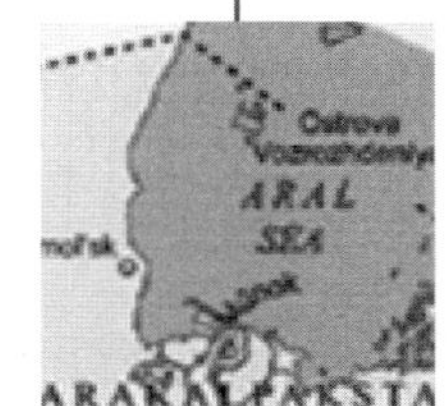

이런 외로움 때문에 여행지에서는 현지인과의 만남을
기대하게 된다. 하지만 언제 어디서나 조심해야 하는 것
이 바로 사람이다. 여행을 떠나기 전 옛 직장동료와 이야
기 하던 중에도 그런 얘기가 나온 적이 있다. 낯선 곳으로
혼자 떠날 때의 불안함을 이야기하던 내가 이렇게 말을
했다.

"거기도 사람 사는 곳인데 특별히 위험할 건 없겠죠."

그러자 익히 듣던 말이 들려왔다.

"사람 사는 곳이니까 위험하죠."

어찌 보면 맞는 말이다. 언제 어디서든 위험한 건 짐승
이나 귀신이 아니라 사람이다. 여행을 다닐 때 순간순간
즐거움을 느끼게 하는 요인도 사람이지만, 여행의 피로
를 가중시키는 요인 역시 사람이다. 그렇다고 현지인과

마주칠 일을 피해다닐 수만은 없다. 배낭여행을 떠나는
이유 중 하나가 바로 낯선 곳에서 낯선 사람을 만나는 건
데, 위험 부담이 있다고 해서 그런 기회를 포기한다면 반
쪽짜리 여행이 되기 때문이다.

"우즈베키스탄하고 카자흐스탄은 많이 달라요."

발하쉬에서 아이굴이 했던 말이 떠올랐다. 카자흐스탄의 일부만을 여행하고서 무엇을 얼마나 알 수 있을까마는 내가 느낀 것도 아이굴의 말과 크게 다르지 않다. 양고기 볶음밥과 양고기국이 우즈베키스탄에 많던 반면에 카자흐스탄에는 샤슬릭과 삼사가 많고, 전통 복장을 입고 다니는 현지인들보다는 현대적 패션의 젊은이들이 많았다. 우즈벡에 널려있던 이슬람 풍의 건물보다 러시아를 연상시키는 건물이 많고, 고전적인 바자르보다 현대식의 마켓이 많은 느낌이다.

알마티로 돌아온 나는 한우리 민박집에서 이틀을 쉬면서 키르키즈스탄으로 갈 준비를 했다. 한우리 민박집에는 많은 손님들이 있었다. 사업차 출장 와 있는 손님도 있고 선교를 목적으로 방문한 교인들도 있고 나같이 이 지역을 혼자 배낭여행하는 사람도 한명 있었다. 나는 그 배낭여행자와 많은 얘기를 했다. 그가 키르키즈스탄을 여행하고 며칠 전에 카자흐스탄으로 넘어왔다고 하기에 난 키르키즈스탄에 관해 많은 것들을 물어보았다. 그는 키르키즈스탄에서 찍은 사진을 보여주면서 나에게 여러 가지를 조언해주었다. 비쉬켁이나 이식쿨호수에 가면 큰 도움이 될 것이다.

"카자흐스탄은 러시아하고 분위기가 많이 비슷한 것 같아요."

"사람들이 좀 무뚝뚝하고 불친절하죠."

그와 나는 이렇게 카자흐스탄에 대해 서로 느낀 점을 이야기했다. 하지만 한우리 민박집에 오는 손님들 중에는 카자흐스탄을 정말 좋아하는 사람도 있었다.

"카자흐스탄에 오니까 꼭 고향에 온 것 같아요."

사업차 이곳에 방문 중이던 어느 분의 이런 말을 듣고 '실례지만 실제 고향이 어디세요?'라고 묻고 싶은 호기심을 억눌러야 했다.

그 이틀 동안 난 이발을 하고 목욕을 하며 때를 빼고, 치약과 화장지 등 앞으로의 여행에 필요한 물건을 구입했다. 또 밀린 빨래를 하고 그동안 디지털 카메라로 찍은 사진을 인터넷으로 한국에 전송했다. 그리고 밤에는 박 사장님과 함께 보드카를 마셨다. 떠나기 전날 밤에는 민박집 맞은편에 있는 카페 테이블에 앉아서 생맥주를 마시기도 했다. 한우리 민박집에 있으면 편하긴 한데, 편하기 때문에 문제가 된다.

떠나는 날 오전, 민박집의 박 사장님은 직접 승용차로 날 버스터미널까지 데려다 주셨다. 이곳에서 합승택시를 잡아 타고 키르키즈스탄의 수도인 비쉬켁으로 가야 한다. 어찌 보면 키르키즈스탄이야말로 가장 경계해야 할 나라인지도 모른다. 키르키즈스탄에는 아는 사람도 없을 뿐더러 한국인 민박집도 없고 한국인 여행사도 없다. 하다 못해 한국대사관도 없다. 막말로 급한 일이 생겼을 때 비빌 언덕이 없는 것이다.

터미널에서 박 사장님과 인사를 하고 비쉬켁으로 가는 합승택시를 탔다. 현지인 3명과 함께 탄 이 택시 요금은 1인당 1,500팅게.

이제 드디어 키르키즈스탄으로 간다.

그는 나에게 자기의 신분증을 보여주었다.
유럽과 연관된 정보기관에서 일하고 있는 그는
28살의 '에르킨'이라는 이름의 친구다.
러시아어와 키르키즈어는 물론이고 영어와 독일어까지 구사한다는
에르킨은 나와 함께 길을 걸으면서 얘기했다.

3. 키르키즈스탄의 수도 비쉬켁에 도착하다

키르키즈스탄의 수도 비쉬켁(Bishkek)은 작은 도시다. 키르키즈스탄의 전체 인구가 500만 명 정도고 그 수도인 비쉬켁의 인구는 대략 60만 명이라고 한다. 키르키즈스탄의 면적은 한반도 전체 면적보다 조금 작은 편이다. 하지만 다행인지 불행인지 그 넓이를 가진 땅덩이에 인구는 500만 명 정도 밖에 되지 않는다.

키르키즈스탄은 산악국가다. 우리나라도 산이 많지만 키르키즈스탄과는 비교가 되지 않을 정도다. 키르키즈스탄은 국토의 80%가 해발 1500m 이상이고 그중 40%가 3000m 이상이라고 한다. 이건 산

이 많은 나라가 아니라 나라 자체가 하나의 산맥인 셈이다. 그래서인지 키르키즈스탄을 가리켜서 '중앙아시아의 스위스'라고 부른다. 산악국가이면서 자연경관이 빼어나 이런 명칭이 생겼을 것이다.

카자흐스탄-키르키즈스탄의 국경을 넘는 것은 의외로 간단했다. 혹시라도 거주등록이나 다른 문제를 트집 잡지 않을까 내심 긴장했지만, 국경의 관리인은 여권과 출입국카드를 한번 훑어보더니 출국도장을 찍어주었다. 알마티에서 비쉬켁으로 오는 길은 넓은 초원과 완만한 경사의 산이 조화를 이룬 모습이다. 나는 비쉬켁으로 오면서부터 키르키즈스탄에 매력을 느꼈다. 중앙아시아가 가지고 있는 골치아픈 실크로드의 역사나 이슬람 유적과는 관계없이 그냥 자연풍광을 여행하고 싶은 사람에게는 키르키즈스탄이 딱일 것이다.

비쉬켁에 도착해서 시내를 헤매다 중심가에서 좀 떨어진 곳에 있는 작은 호텔을 찾았다. VIP 호텔이라는, 작지만 깨끗한 호텔에서 묵기로 했다. 가격은 하루에 1200솜. 솜은 키르키즈스탄의 화폐단위인데, 1달러는 약 40솜이다. 그러니까 솜 곱하기 25하면 대충 우리 돈으로 계산할 수 있다. 나라를 옮겨 다닐수록 점점 더 환율 계산하기가 어려워지는 느낌이다.

호텔에서 짐을 풀고 나서 지도를 들고 본격적인 시내 구경을 하러 나섰다. 거창한 타쉬켄트, 복잡한 알마티와는 달리 비쉬켁은 작고 조용하다. 왕복 8차선 도로도 별로 없고 알마티에서처럼 빵빵거리는 차도 없는 곳이다. 이런 비쉬켁의 중심가는 '츄이' 거리다. 츄이 거리를 중심으로 산책하듯 걷다보면 하루만에 비쉬켁의 중심부를 대강 둘러

비쉬켁 츄이 거리 중심에 있는 국기 게양대와 자유의 여신상

볼 수 있다. 대통령 궁과 마나스 동상, 국기 게양대와 백화점 등이 츄이 거리를 중심으로 모여 있다. 난 지도를 들여다 보며 천천히 거리를 걸었다. 거리에는 많은 학생들이 보였다. 특히 마나스 동상 앞의 거리에는 오전부터 많은 학생들이 책을 옆구리에 끼고 무리지어 모여 있는 모습이다. 그리고 많은 노점상이 있다. 개비담배와 사탕을 놓고 파는 아주머니, 체중계를 놓고 한 번 이용에 1솜씩 받는 아주머니, 차가운 청량음료 한 잔에 3솜씩 파는 상점, 바나나 한 송이에 10솜을 받는 과일상점 등 많은 노점이 있고 사진사들도 많이 있다.

어떻게 한국에 갈까? 키르키즈스탄은 여행의 마지막 나라이니 이제 얼마 후면 귀국준비를 해야 한다. 비쉬켁에서 한국으로의 직항은 없다. 그렇다면 다시 카자흐스탄으로 가서 알마티에서 직항을 이용

비쉬켁 전승기념광장 (위),
미나스 동상 (아래)

하거나 중국을 거쳐야 한다. 카자흐스탄에 다시 가고 싶지는 않다. 그래서 난 중국으로 들어가서 베이징을 거쳐 칭다오로 이동, 칭다오에서 배를 타고 귀국하기로 했다. 이렇게 마음을 정한 후 시내를 둘러보았다. 츄이 거리의 중심에는 국기 게양대가 있고 그 옆으로 자유의 여신상이 있는 광장이 있다. 그 광장에는 파라솔을 펴놓고 사람들의 사진을 찍어주는 사진사들이 몇몇 보였다.

키르키즈스탄이 구소련으로부터 독립한 것은 1991년 구소련 시절에는 이 광장에 레닌의 동상이 있었다고 한다. 독립을 하면서 레닌의 동상은 박물관으로 들어가고 대신에 이 여신상이 지금의 자리를 차지하고 있다. 옆에 있는 국기 게양대에는 붉은 키르키즈스탄의 국기가 있고, 두 명의 키르키즈스탄 군인이 부동자세로 서 있다.

조금 더 걸어가면 마나스 동상이 나온다. '마나스'란 '마나스 서사시'로 유명한 키르키즈스탄 전설상의 인물이다. 예니세이강 부근에 흩어져 살던 키르키즈인들을 규합, 위구르족과 싸우면서 현재의 영토에 정착할 때까지 키르키즈인들을 이끌던 인물이다. 마나스와 그의 아들, 손자와 관련된 많은 이야기들을 '마나스 서사시'라는 이름으로 부른다. 우즈베키스탄에서 아미르 티무르를 떠받들 듯, 키르키즈스탄에서는 마나스를 자기나라의 영웅으로 만들고 있다. 마나스 서사시는 키르키즈스탄 초등학교 교재에도 등장할 정도라고 한다.

난 츄이 거리 끝부분에 있는 쇼핑센터로 들어갔다. 3층짜리 큰 건물을 많은 상품들이 채우고 있다. 1층은 책과 옷, 화장품 등이 많고 2층은 각종 전자제품, 3층은 CD와 DVD를 팔고 있다. 음악 CD를 좀 사고 싶어서 난 3층을 두리번거렸다. 우즈베키스탄과 카자흐스탄에서 장거리 버스와 택시를 탔을 때 차에서 틀어주었던 음악이 왠지 마음에 들었던 것이다. 그리고 그 음악의 절반 정도는 러시아를 여행할 때 역시 버스에서 들었던 음악이다. 국경을 넘어 다른 나라에서 타는 버스에서도 같은 음악을 들을 수 있다는 것도 재미있는 경험이다.

이 지역의 전통 음악 CD 한 장과 대중음악 CD 한 장을 샀다. 그런데 이 음반들은 정품이 아닌 것 같다. 우리나라의 LG CD에 음악을 굽고 스티커를 붙여서 케이스를 씌운 음반이다. 음반을 구입한 후에는 1층으로 내려와 ATM 기계에서 비자카드를 이용해 현금서비스를 받았다. 키르키즈스탄 만이 아니라 우즈베키스탄과 카자흐스탄에도 시내에는 달러로 현금서비스를 받을 수 있는 ATM 기기가 많이 있다. ATM이 보급되기 전에는 여행 중 돈이 떨어지면 한국에서 송금을 받아야 했을 것이다. 하지만 역시 문명의 이기가 많아지다 보니 그만큼 여행도 능률적으로 할 수 있다. 물론 카드를 잃어버리면 모든 것이 끝장이라는 단점도 있지만.

백화점까지 둘러본 후 시내에 있는 한 여행사로 향했다. 오다가 본 몇 개의 여행사 중 가장 그럴 듯해 보이는 '키르키즈여행'에 들어가자 영어를 잘하는 한 직원이 맞아주었다. 이곳을 통해 중국비자를 받고 항공권을 예약해야 한다. 중국비자를 신청하기 위해 카드로 결제를 하고 여권을 맡겼다. 중국비자는 나올 때까지 걸리는 시간에 따라서 세 가지가 있단다. 2일짜리는 150달러, 4일짜리는 130달러 그리고 일주일짜리는 75달러다. 뭐가 이렇게 비싼지 모르겠다. 난 시간은 많고 돈은 아껴야 할 처지라서 가장 싼 75달러 짜리를 신청했다.

"여권 없이 키르키즈스탄을 여행할 수 있어요?"

"어디 어디 여행할 건데요?"

"탈라스하고 이식쿨호수요."

여행사의 여직원은 많은 비자가 붙어있는 내 여권을 한 장 한 장 넘겨보았다.

"탈라스는 갈 때 카자흐스탄 국경을 넘어야 하니까 여권이 없으면 곤란해요. 국경에서 여권 검사를 하거든요."

"그럼 이식쿨호수는요?"

"여권을 복사해 가면 이식쿨호수는 아무 문제 없어요."

어찌되었건 이제부터 1주일간은 여권 없이 복사본 만으로 여행하게 생겼다. 별문제야 없겠지만 그래도 좀 찜찜하기는 하다. 중국으로 가는 항공편을 알아보려고 했더니 날 다른 직원에게 안내해주었다. 항공권 담당 직원이 나에게 물었다.

"언제 중국으로 가려구요?"

"아직 잘 모르겠어요. 전 방금 이곳에 도착했거든요"

"그래서 정보를 모으는 중이군요?"

항공권은 이곳에서 베이징으로 가는 직항이 없단다. 비쉬켁-우루무치-베이징 항공편이 일주일에 두 번, 수요일 금요일에 있는데 세금을 포함한 가격이 328달러라고 한다. 예상보다 싼 가격이다. 좀더

비쉬켁 거리

일정을 구체적으로 정한 후 예약하기로 하고 난 다시 거리로 나왔다.

탈라스(Talas)에 가는 것이 문제다. 카자흐스탄 국경을 통과할 것이 마음에 걸렸지만 탈라스에는 꼭 가야만 한다. 좀 쉬운 방법이 없을까? 이 생각을 하면서 거리를 걷던 내게 이번에도 행운이 찾아왔다.

"여행객이세요?"

옆을 보니까 둥글둥글한 인상의 현지인이 나와 나란히 걸으며 영어로 말을 걸어왔다.

"네."

"어디에서 왔어요?"

"한국에서요."

"당신을 어디선가 본 것 같아서요."

"날 봤다고요? 난 좀 전에 여기에 도착했는데요."

"비슷한 사람이랑 착각했나봐요."

선한 인상의 이 사람에게는 왠지 경계심이 느껴지지 않는다. 내가 물었다.

"비쉬켁에 살아요?"

"아니. 탈라스에 살고 있어요."

순간적으로 잘못 들은 것이 아닌가 느껴졌다.

"탈라스? 탈라스에 산다고요?"

"네. 왜요?"

"아니 그냥. 탈라스에 가고 싶거든요."

"난 내일 오전에 탈라스로 돌아갈 건데, 괜찮으면 나랑 같이 가요."

우연의 일치라고 생각하기에는 너무 좋은 행운이다. 내가 다시 물었다.

"비쉬켁에는 일 때문에 온 거예요?"

"네. 일 때문에 며칠 출장 온 거예요."

"여기서 탈라스까지 가려면 몇 시간이나 걸려요?"

"한 4-5시간 정도?"

"카자흐스탄 국경을 통과한다면서요?"

"아니 꼭 그렇지도 않아요. 그냥 키르키즈스탄 영토만 거쳐서 갈 수도 있어요."

그는 내게 자기의 신분증을 보여주었다. 유럽과 연관된 정보기관에서 일하고 있는 그는 28살의 '에르킨'이라는 친구다. 러시아어와 키르키즈어는 물론이고 영어와 독일어까지 구사한다는 에르킨은 나와 함께 걸으면서 얘기했다. 내가 지금 묵고 있는 숙소가 비싸다고 하자 그는 싼 숙소만 고르지 말고 안전한 곳을 찾으라고 알려주었다.

"싼 숙소가 있긴 있어요. 나랑 같이 한번 가봐요."

에르킨은 이렇게 말을 하며 날 데리고 작은 골목으로 들어섰다. 작은 골목의 양 옆으로는 목조건물들이 죽 늘어서 있다. 에르킨은 그중에서 한 집으로 날 데려갔다. 2층짜리 목조건물을 호텔로 개조한 이곳의 가격은 싸다. 하룻밤에 우리 돈으로 채 1만원이 안되는 곳이다. 하지만 시설은 보잘것없다. 목조건물이라서 바닥은 삐걱거리고 화장실은 공동으로 사용하게 되어있다. 에르킨이 말한다.

"이곳이 싸긴 한데, 여긴 좀 위험해요. 다른 곳에 가봐요."

큰 거리로 나온 우리는 '카작스탄 호텔'이라는 크고 깨끗한 호텔로 들어갔다. 내가 지금 묵고 있는 호텔만큼 깨끗하고 시설이 좋은 곳이다. 하지만 그곳보다 더 가격이 싸고 객실의 종류도 여러 가지다. 5명이 한 방을 사용하는 다인실의 경우 1인당 가격이 300솜이다. 좀더 좋은 2인실의 경우는 600솜, 최고급 방은 1200솜이다. 난 탈라스에 다녀오면 이곳으로 방을 옮겨야겠다고 생각했다. 내가 말했다.

"안내해줘서 고마워요. 당신이 머물고 있는 숙소는 어딘가요?"

"난 지금 호텔에 있는 게 아니라 친구 집에 있어요."

에르킨도 이 카작스탄 호텔이 좋을 거라고 말한다. 가격도 싼데다가 큰길 옆에 있기 때문에 안전하기도 하다는 것이다. 에르킨은 밤에는 위험하니까 돌아다니지 말고 안전한 숙소에만 있으라면서 나에게 자신의 휴대폰 번호를 알려주었다. 내가 물었다.

"키르키즈스탄 사람들은 친절해 보이던데 밤에는 비쉬켁 거리가 위험한가요?"

"외국인들은 밤이면 조심하는 게 좋아요. 외국인은 비쉬켁에서 눈에 띄거든요."

난 에르킨과 탈라스 가는 길에 동행하기로 하고 내일 오전 11시에 만나기로 약속을 했다. 탈라스에 가려면 지금 같은 기회가 없을 것이다. 택시를 타고 호텔로 돌아가려는 나에게 에르킨은 직접 택시를 잡아주면서 말했다.

"택시가 호텔에 도착하면 돈을 지불해요. 절대 그전에 먼저 돈을 내면 안되요. 알겠죠?"

_열 번째 이야기

고선지 장군을 찾아서

고선지 장군이 최후의 전투를 벌인 곳은 어디일까?
고선지 장군에게는 '비운의 장군' 이라는
표현이 딱 들어 맞을 것 같다.
당나라의 장근으로 서역을 정복했지만
결국 안타까운 죽음을 맞은 장군.
그리고 중국에서도 한국에서도
제대로 평가받지 못했던 장군.
탈라스에 가면
고선지 장군의 흔적을 접해볼 수 있을까?

주위의 풍경은 완만한 경사의 언덕과 그 위로 키 큰 나무들이 줄지어선 모습이다.
키르키즈스탄은 자연풍광이 참 매력적인 곳이다.
여기까지 오면서 여러 차례 경치가 바뀌었다.
비쉬켁을 벗어나자 멀리 병풍처럼 둘러진
천산산맥 아래로 넓은 벌판이 펼쳐져 있었다.

1. 1300년 전의 격전지,
탈라스로 가는 길

비쉬켁에는 두 곳의 버스터미널이 있다. 비
쉬켁 중심부를 기준으로 서쪽과 동쪽에 하나씩 있다. 굳이 우리말로
표현하자면 동부·서부터미널 정도 될 수 있을 것이다. 탈라스에 간
다는 생각 때문인지 잠을 설친 나는 일찍 일어나서 씻고 준비를 마쳤
다. 빵과 주스로 대충 아침밥을 먹고, 배낭을 메고 시내를 서성이다
11시가 되어서 에르킨을 만나기 위해 서부터미널로 향했다.

에르킨은 어제와 같은 모습의 서글서글한 웃음으로 날 반겨주었
고, 그의 옆에는 일행 한 명이 더 있었다. 탈라스에 살고 있는 '안티

탈라스 가는 길

카' 라는 이름의 에르킨 동료가 에르킨을 태워가기 위해 폭스바겐 승용차를 끌고 온 것이다. 에르킨과 함께 탈라스에 갈 수 있다는 것만도 행운인데, 승용차로 편하게 간다는 사실에 더욱 기분이 좋은 날이다.

탈라스에 가기 위해서는 멀리 보이는 천산산맥 줄기를 뚫고 약 5시간을 달려야 한다. 에르킨은 국제관계학으로 석사학위를 받고 현재 정보기관에서 근무 중인 친구다. 미국이나 유럽으로 유학을 가고 싶지만, 경쟁이 워낙 심해서 아직 기회를 잡지 못했다고 한다. 그곳으로 유학가려면 서류전형과 영어 인터뷰, TOEFL 시험을 그루 통과해야 하는데 TOEFL 시험에서 두 번 미끄러졌다고 한다. 영어회화와 TOEFL은 당연히 다른 문제일 테지만 유창한 에르킨의 영어실력으로 보면 좀 이상한 일이다.

"영어를 잘 하는데 왜 TOEFL에서 두 번이나 떨어졌어요?"

에르킨이 웃는다.

"키르키즈스탄에서는 TOEFL 교재를 구할 수가 없어요. 교재는커녕 기출문제도 구하기가 힘들거든요. 따로 공부를 못하니까 떨어질 수밖에 없지요."

보통 22-23살에 결혼하는 키르키즈스탄 남자들에 비하면 28살의 에르킨은 노총각인 편에 속하는데 박사학위까지 받고 안정적인 직장을 구하면 결혼할 예정이라고 한다.

천산산맥을 향해서 달리던 차는 어느덧 산맥으로 접어들었다. 양 옆으로는 높은 산이 있고 그 사이로 '카라발타'라는 이름의 작은 강이 흐른다. '카라'는 '검다'라는 뜻이고 '발타'는 도끼라는 뜻이다. 검은 도끼?

"왜 이런 이름이 붙은 거예요?"

"글쎄. 그건 나도 잘 모르겠어요."

차는 강을 끼고 산으로 오르기 시작한다. 해발 3,500m의 산줄기를 넘어서 완만한 지형으로 들어서면 그곳이 탈라스 지역이라고 한다. 마치 우리나라의 미시령이나 한계령을 연상시키는 도로로 진입했다. 구불구불한 포장도로를 따라서 산줄기를 올라가다 보니 멀리 보였던 만년설이 차츰 눈앞으로 다가온다.

만년설을 이고 있는 천산산맥의 준령(峻嶺)들. 난 차의 창문을 닫았다. 구름 없는 하늘의 햇살은 따갑지만, 만년설이 있는 해발 3,000m의 바람은 차갑다. 옆을 보니 어느새 에르킨은 잠을 자고 있다.

탈라스에 가려고 하는 이유는 그곳이 역사적인 의미가 있는 곳이

탈라스 가는 길. 해발 3000m 지점

66

나만의 과장된 생각일지 모르지만
알렉산드로스와 다리우스가 맞붙은 '이수스전투',
스키피오 아프리카누스와 한니발이 격돌했던 '자마전투' 못지않게
역사적으로 중요한 전투일 것이다.
당시에 고선지 장군도 이 산맥을 넘어서
서쪽으로 행군했을지도 모른다.
파미르 고원을 넘어서 서역을 정벌했던
고선지 장군이라면 이 산맥을 넘는 것도 어려운 일은 아니었으리라.

99

기 때문이다. 1300여 년 전, 고구려 출신 당나라 장수인 고선지 장군이 동쪽으로 진격해오던 아랍연합군과 최후의 전투를 벌인 곳이 탈라스 부근의 평원이라고 한다. 정확한 전장의 위치도 알지 못하고 어떻게 알아서 찾아간다고 하더라도 그때의 흔적은 남아 있지 않을 것이다. 그래도 무작정 가보고 싶은 곳이다. 막연한 기대지만 난 그 전장에 서 보고 싶고, 그곳에서 불어오는 바람을 맞으면서 서쪽을 바라보고 싶다.

어찌 보면 그렇게 커다란 전투가 지금의 키르키즈스탄에서 벌어졌다는 것이 흥미롭다. 키르키즈스탄은 1300년 전이나 지금이나 마찬가지로 산악지형일 것이다. 수만의 대군이 진을 치고 맞붙은 전장이라면 당연히 넓은 평원이라야 할 텐데, 국토의 80%가 해발 1,500m 이상인 이 산악국가 어디에 그런 평원이 있을까?

이 전투를 후에 '탈라스 전투'라고 부르게 된다. 이후의 중앙아시아 세력 판도에 결정적인 영향을 미쳤던 이 전투 이후로 동양과 서양 모두 커다란 변화를 겪게 된다. 바그다드로 끌려간 중국 포로에 의해서 서양에 종이와 비단의 제조법이 전해지고, 중앙아시아에서 전면 철수한 당나라는 내부반란에 시달리며 세력이 약해져갔다.

나만의 과장된 생각일지 모르지만 알렉산드로스와 다리우스가 맞붙은 '이수스 전투', 스키피오 아프리카누스와 한니발이 격돌했던 '자마 전투' 못지않게 역사적으로 중요한 전투일 것이다. 당시에 고선지 장군 역시 이 산맥을 넘어 서쪽으로 행군했을지도 모른다. 파미르 고원을 넘어서 서역을 정벌했던 고선지 장군이라면 이 산맥을 넘는 것도 어려운 일은 아니었으리라.

잠에서 깬 에르킨은 창밖에 모여 있는 노점에서 '그루샤'라는 이름의 과일을 한 봉지 샀다. 생김새와 크기가 약간 다르지만 이 과일은 우리나라의 배를 연상시키는 맛을 가졌다. 운전을 하는 안티카에게 한 개 권했지만 안티카는 지금 라마단 금식기간이라서 먹을 수 없다고 한다. 독실한 무슬림들이 라마단 기간을 지킨다는 말은 들어보았지만 직접 보게 될 줄이야. 에르킨의 말에 의하면 라마단 기간 30일 동안 낮 시간에는 아무것도 안 먹는다고 한다.

"낮 시간이라는 게 몇 시부터 몇 시까지를 말하는 거예요?"

"새벽 5시부터 저녁 7시까지. 그런데 하루가 지날 때마다 금식시간이 2분씩 줄어들어요. 그러니까 한달 후는 1시간이 줄어드는 거지요."

"정말 아무것도 안 먹어요? 물이나 차이도 안 마셔요?"

"아무것도, 글자 그대로 아무것도 안 먹어요."

몇 개의 터널을 거친 차는 이제 낮은 곳으로 향하고 있다. 도로 주위에는 유목민들의 전통 가옥인 '유르따'가 보이고 그 주위로 말젖을 발효시켜서 만든 마유주를 팔고 있는 현지인들이 몇몇 모여 있다. 밤잠을 제대로 못 자서 그런지 졸음이 온다. 따가운 햇살과 부드러운 승용차의 움직임이 더 잠을 재촉하고 있다. 언제 내가 달리는 폭스바겐에서 잠을 자볼 수 있겠나. 자세를 편하게 하고 눈을 감았다. 당시 고선지 장군이 그랬던 것처럼 나도 지금 서쪽을 향해서 가는 중이다. 운이 좋다면 얼마 후 그 평원에 서볼 수 있을 것이다.

얼마나 잤을까. 눈을 떠보니 차는 어떤 마을을 지나고 있다. 작은 집들이 있고 소와 말이 주변을 어슬렁거리고 있다.

"여기가 탈라스예요?"

"탈라스 지역이죠. 탈라스 시는 아직 좀더 가야 되요."

아까 보았던 높은 산은 뒤로 물러나 있고 주위의 풍경은 완만한 경사의 언덕과 그 위로 키 큰 나무들이 줄지어선 모습이다. 키르키즈스탄은 자연풍광이 참 매력적인 곳이다. 여기까지 오면서 여러 차례 경치가 바뀌었다. 비쉬켁을 벗어나자 멀리 병풍처럼 둘러진 천산산맥 아래로 넓은 벌판이 펼쳐져 있었다. 그 길을 뚫고 천산산맥에 오르면 만년설이 얹혀진 해발 3000m의 장관을 볼 수 있다. 천산산맥을 내려오니까 몽골을 연상시키는 막막한 초원이 있다. 그리고 이제는 커다란 나무들과 어울린 작은 집들이 산 아래에 옹기종기 모여 있다. 키르키즈스탄을 가리켜서 '중앙아시아의 스위스'라고 부르는 이유를 알 것도 같다. 에르킨이 나에게 물었다.

"근데 왜 탈라스에 가려고 해요?"

뭐라고 대답을 할까. 한국에서 온 이방인이 여행자들에게 인기가 없는 작은 도시로 오는 것이 이상해 보였나보다.

"예전에 탈라스 부근에서 큰 싸움이 있었거든요."

"언제요?"

"8세기 중반에 중국군대하고 아랍연합군이 맞붙은 싸움이었는데, 그 중국군대의 대장이 한국사람이었어요."

"누가 이겼는데요?"

"아랍연합군이 이겼지요."

탈라스 가까이 오자 커다란 공사장이 보인다. 에르킨은 저 공사를 담당하는 회사가 외국업체라고 한다. 그래서 저 공사장에서 일하는 사람들도 외국인이 많은데, 그 사람들 대부분이 현재 탈라스에 머물고 있다고 한다. 내가 물었다.

"탈라스 호텔에서 생활하는 거예요?"

"아니, 호텔이 아니라 탈라스에 가면 작은 아파트를 빌릴 수 있거든요. 저 외국인들은 그 아파트를 빌려서 같이 생활하고 있어요."

"하루에 보통 얼만데요?"

"작은 아파트 한 채에 보통 하루 10-20달러 정도요."

탈라스에 도착한 시간은 5시가 가까운 시간이다. 에르킨은 직접 작은 호텔로 안내해 주었다. 작고 깨끗한 호텔이 하루에 20달러다. 그리 비싼 편은 아니지만 에르킨은 안티카와 얘기해보더니 더 싼 곳으로 가자고 한다.

"더 싼 곳이 있어요. CBT라는 곳이에요."

"CBT? 그게 뭐예요?"

"Community Based Tourism의 약자죠."

대충 생각해보니까 배낭여행객들이 주로 머무는 게스트 하우스 개념인 것 같다. 탈라스는 작은 도시다. 다시 승용차로 조금 달려서 시의 외곽으로 들어서자 작은 주택이 죽 늘어선 길이 나온다. 그중에서 제일 끝에 있는 집 앞에 멈추었다. 'Hospitality: Community Based Tourism' 이라고 써진 간판이 붙어있는 곳이다.

에르킨은 이 집의 사장과 몇 마디 대화를 하더니 나를 안내해주었다. 이곳의 가격은 아침 식사 포함해서 하루에 10달러다. 쾌적한 시

탈라스 시내 거리

설과는 거리가 멀지만 가격이 싸고 아침 식사까지 제공한다는 점이 마음에 들었다. 난 이곳에서 묵기로 하고 에르킨, 안티카와 인사를 했다. 에르킨이 말했다.

"내일 마나스 공원에 갈래요?"

"마나스 공원?"

"네. 마나스가 태어난 곳이 탈라스거든요. 마나스 공원에 가면 마나스 동상과 마나스 무덤도 있어요. 원한다면 같이 가요."

나는 그러겠다고 응했다. 안티카, 에르킨과 내일 오전 10시에 만나기로 약속을 하고 헤어졌다. 여행자들이 많이 오는 숙소 같아서 혹시 다른 여행자를 만날 수 있을까 기대했지만 이곳에는 나밖에 머무는 사람이 없다. 아무튼 키르키즈스탄에 와서 에르킨을 만났다는 것이 행운이고 고마운 일이다.

마나스의 죽음도 흥미롭다. 14세기에 베이징으로 쳐들어간 마나스는
중국자객의 독검을 등에 맞고 죽었다고 한다.
14세기면 중국은 원나라 또는 명나라 시대다.
박물관에는 베이징에서 공성전을 벌이는
마나스 군대의 모습을 실감나게 재현해놓고 있다.

2. 키르키즈스탄의 영웅,
마나스 서사시

에르킨과 안티카는 오전 10시 조금 못 되어 민박집에 도착했다. 작고 조용한 그리고 손님이라고는 나밖에 없는 민박집에서 느긋하게 일어나 아침을 먹고 쉬고 있을 때 밖에서 안티카의 차가 빵빵거렸다. 준비를 해서 밖에 나가보니 에르킨과 민박집의 사장이 뭔가 대화를 하고 있다. 내가 나가자 에르킨이 날 맞아주며 말했다.

"어제 당신이 말했던 그 전투에 대해서 사장님과 얘기하고 있었어요."

“민박집 사장님이 그 사실을 알고 있어요?”

“네. 오래전에 이 부근에서 중국이랑 큰 전투가 있었는데, 그 중국 군의 대장이 한국사람이었다던데요.”

민박집 사장님은 젊어서 많은 곳을 여행했고, 탈라스의 역사에 관심이 많기 때문에 그 사실을 알고 있다고 한다. 에르킨, 안티카와 함께 나는 차를 타고 마나스 공원으로 향했다. 마나스 공원은 탈라스 시내에서 차로 약 30분 정도 걸리는 거리에 있다. 에르킨이 말했다.

“어쩌면 나 한국에 갈지도 몰라요.”

“정말? 언제요?”

“11월에요. 행사에 초청을 받았는데 아직 확실한 건 아니고 지금 내 이름은 대기자 명단에 올라 있어요.”

에르킨의 말은 이렇다. 우리나라의 5.18 광주재단에서 주최하는 아시아 인권학교가 11월에 광주에서 열리는데, 현재 자신의 이름이 대기자 명단에 올라 있단다. 참가자 중에서 혹시 결원이 생길 경우에 자신이 대신 그 행사에 참석할 수 있다고. 그 인권학교는 아시아 10여개 국가에서 나라마다 한두 명씩 초청하는 것으로, 만일 자신이 참석한다면 중앙아시아에서는 유일하게 그 학교에 참가하는 사람이 된다고 한다.

차가 탈라스 시를 빠져나오자 오른쪽으로 작은 강이 보인다. 에르킨은 이 강이 탈라스강이라고 한다. 정확한 크기는 모르겠지만 탈라스강은 이 일대를 흐르는 꽤 큰 강으로 알고 있었다. ‘탈라스’ 라는 도시의 이름도 이 강에서 유래한 것으로 알고 있는데 이렇게 작은 크기

탈라스강

라니? 내가 물었다.

"이렇게 작을 줄은 몰랐는데, 탈라스강은 꽤 큰 강 아니에요?"

"지금 보이는 건 탈라스강의 지류예요. 탈라스강의 상류는 아주 크지요."

잠시 후 우리는 마나스 공원에 도착했다. 이곳은 키르키즈스탄의 국가영웅인 마나스의 묘와 동상, 박물관이 있는 곳이다. 차에서 내려서 입구로 들어서자 왼쪽으로 넓은 잔디밭과 그 사이로 벽돌이 깔려 있는 길이 나온다. 둥근 원형공간 가운데에 마나스의 동상이 높이 서 있고 그 주위를 많은 동상이 둘러싼 모습이다. 비쉬켁에 있는 마나스 동상은 말을 탄 채로 칼을 휘두르는 역동적인 모습이었는데, 이곳의 동상은 두 손으로 칼을 잡고 서 있는 모습이다. 에르킨이 말했다.

"마나스한테는 40명의 충실한 부하가 있었어요. 여기 보면 가운데에 마나스의 동상이 있고, 그 주위에 원형으로 40명의 부하 동상이 놓여있지요.”

　‘마나스와 40인의 동상’ 이란 말을 듣는 순간 난 ‘알리바바와 40인의 도적’ 이 머리에 떠올랐지만 차마 그 말을 꺼내지는 못했다. 이곳은 신성한 장소라서 술도 마실 수 없는 곳이라는데 그런 얘기를 해서 산통을 깰 수는 없는 노릇이다.

　어쩌면 ‘키르키즈’ 라는 어원과도 연관이 있는지 모르겠다. ‘키르키즈’ 라는 단어는 ‘40인의 민족’ 또는 ‘40인의 딸’ 이라는 의미를 가지고 있다. 여기서의 40이 마나스의 40명 부하와 연관되는지는 모르겠지만, 40이라는 단어가 키르키즈스탄에서 남다른 의미를 갖는 것은 분명한 것 같다.

마나스 무덤,
내부는 비어있다

　조금 더 걸어간 곳에는 마나스의 묘가 있다. 하지만 이 묘는 그냥 텅 비어있는 곳으로 실제 마나스의 시신이 있는 묘는 아니라고 한다. 에르킨의 말에 의하면 마나스가 죽은 이후로 그의 무덤이 어디에 있는지는 아무도 모른다고 한다. 칭기즈칸이 무덤도 알리지 않고 사라져간 것처럼. 상징적 존재인 이 무덤은 사각형의 건물에 비슷한 양식, 우즈베키스탄에서 보았던 이스마일 사마니드 묘와 비슷한 모습이다. 문은 잠겨있고 구멍을 통해서 안을 들여다 보았지만 안에는 아무것도 없는 텅 빈 방이다.

　“전망대에 올라가 봐요.”

　에르킨은 나를 전망대로 이끌었다. 전망대라기보다는 낮은 언덕

같은 느낌을 주는 곳이다. 그리 높지 않은 흙언덕을 헉헉거리며 오르자 마나스 공원의 모습이 한눈에 내려다 보였다. 그리고 멀리 탈라스를 두르고 있는 낮은 산들도 볼 수 있었다. 시원한 바람이 불어오고 탁 트인 경치를 바라볼 수 있는 이곳 정상에는 키르키즈스탄의 붉은 국기가 꽂혀있다.

에르킨은 오래전 이곳에서 군인들이 외부에서 오는 적을 감시했다고 설명해준다. 여기서 본 탈라스의 지형은 완만한 평지다. 해발 몇 미터인지는 모르겠지만 멀리 보이는 산줄기를 제외하고는 모두 평지라서 쉽게 외부의 적을 볼 수 있었을 것이다.

이곳에서 잠시 경치를 감상하고 나서 우리는 박물관으로 향했다. 작은 규모의 박물관 1, 2층을 마나스 관련 전시실로 만들어 두고 있다. 에르킨이 박물관 사무실에 들어갔다 나오더니 나에게 말했다.

"잠시 후에 가이드가 올 거예요. 가이드한테 설명을 듣는 게 좋을 거 같아서요."

박물관 2층에서 잠시 서성이고 있자 여자 가이드가 나타났다. 굳은 얼굴로 작은 지휘봉을 들고 천천히 계단을 올라오는 그 모습은 가이드라기보다는 유격장의 조교를 연상시켰다. 박물관 2층은 마나스의 인생에서 중요한 장면을 인형을 통해서 재현하고 있다. 한쪽으로는 탈라스 지역에서 오래전에 사용했던 무기, 옷, 갑옷, 그릇 등을 전시한 공간도 있다. 이중에서 흥미로운 것은 역시 마나스의 생을 인형으로 전시한 부분이다.

키르키즈스탄은 오래전부터 중국과 사이가 안 좋았다고 한다. 하

마나스 공원, 마나스와 40인의 동상이 인상적이다

 실크로드의 땅, 중앙아시아의 평원에서

긴 이웃나라끼리는 원래 사이가 안 좋은 법이니 그럴 만도 할 것이다. 중국과 티격태격하던 시기, 중국에서 마나스에 관한 소문을 듣고 사절단이 이곳에 찾아온 장면을 인형으로 전시하고 있다. 당시 마나스는 어린 소년이었는데 중국사절단이 타고 온 낙타에 돌을 던져 한번에 낙타를 죽였다고 한다. 이것을 본 중국사절단은 '저 강한 아이가 마나스일 것이다'라고 말하며 다시 중국으로 돌아갔다는 이야기가 전해진다.

마나스의 죽음도 흥미롭다. 14세기에 베이징으로 쳐들어간 마나스는 중국자객의 독검을 등에 맞고 죽었다고 한다. 14세기면 중국은 원나라 또는 명나라 시대다. 박물관에는 베이징에서 공성전을 벌이는 마나스 군대의 모습을 실감나게 재현해놓고 있다. 그리고 마나스의 뒤로 접근해서 암살하는 중국자객의 모습도 그려놓았다. 마나스가 죽자 마나스 군대는 중국에서 철수할 수밖에 없었다. 원래 중국과 사이가 안 좋았던 키르키즈스탄은 마나스의 죽음 이후로 더욱 중국에 대한 인식이 안 좋아졌다고 한다. 정정당당한 싸움 끝에 마나스가 죽은 것이 아니라, 상대가 방심한 틈을 타서 비겁하게 등 뒤에서 암살했다는 것 때문에 더욱 그렇다고 에르킨은 말한다.

"그럼 지금도 키르키즈스탄 사람들은 중국을 싫어해요?"

내가 이렇게 묻자 에르킨은 손을 휘휘 젓는다.

"아니, 아니요. 이 얘기는 아주 오래전에 있었던 일이고, 이 이야기 때문에 중국을 싫어하는 사람은 키르키즈스탄에 거의 없어요. 나도 그렇고요."

이런 이야기들을 한데 묶어서 만든 것이 '초원의 일리아드'라고 부르는 '마나스 서사시'이다. 키르키즈스탄에서 마나스가 영웅으로 취급받고 있는 만큼 마나스 서사시도 많은 인기가 있다. 박물관의 한쪽에는 이 서사시만을 전문적으로 이야기하는 만담가들의 사진과 수많은 마나스 서사시 관련 책을 전시하고 있다. 한 만담가는 10시간 동안 쉬지 않고 마나스에 관한 이야기를 할 수 있다고 한다.

마나스 서사시는 마나스의 죽음으로 끝나는 것이 아니라 그의 아들과 손자의 활약으로 이어진다. 박물관 계단 위쪽 벽에는 마나스가 장성한 그의 아들, 손자와 함께 앉아있고 그 뒤에 40명의 부하가 서 있는 모습을 그린 커다란 그림이 있다. 내가 이 그림을 보고 있자 에르킨이 말한다.

"저 그림은 사실이 아니죠. 마나스는 아들하고 손자와 나이 차이가 많아서 저렇게 한 자리에 앉아있을 수가 없었거든요."

마나스는 거의 신화적인 개념으로 취급되는 가상의 인물이라고 알고 있다. 하지만 에르킨의 설명을 듣다보니 마치 마나스가 실존인물인지 아닌지 어리둥절할 정도다. 마나스에 관한 이야기가 과연 사실일까? 여행을 오기 전 중앙아시아와 유목제국에 관한 많은 자료와 책을 보았지만, 그중 어디에도 마나스가 실존인물이라는 기록은 없었다. 아니 마나스라는 이름 자체를 언급한 문헌조차 찾을 수 없을 정도였다.

에르킨은 나에게 가이드의 설명을 통역해주면서 'legendary hero'라는 표현을 사용했는데 이것을 '전설적인 영웅'이란 의미로 사용한 건지, '전설 속의 영웅'이란 의미로 사용한 건지 모르겠다.

"마나스가 정말 실존인물이었어요?"

이렇게 묻고 싶은 충동을 애써 참아야 했다. 하긴 그것이 무슨 상관일까. 키르키즈스탄 사람들이 마나스를 실존인물로 믿더라도, 그 안에서 자신들의 역사에 대해서 자긍심을 느낄 수 있다면 나로서는 그냥 그 믿음을 존중해주는 수밖에.

박물관을 나온 우리는 기념품 가게를 둘러보았다. 기념품 가게는 박물관 앞에 여러 개가 늘어서 있지만 진열하고 있는 기념품들은 거의 비슷비슷했다. 전통 가옥 '유르따'의 작은 모형, 많은 열쇠고리와 배지, 전통 모자와 옷 등을 팔고 있었다. 특별히 사고 싶은 물건이 없었기에 난 그냥 물을 한 병 사들고 밖으로 나왔다. 돌아서 나오는데 등 뒤에서 아주머니가 뭐라고 말을 한다. 에르킨이 그 말을 통역해 주었다.

"여기 들어와서 아무것도 안 사고 그냥 나가는 사람은 당신이 처음이라는대요."

우리는 다시 차를 타고 탈라스 시내로 향했다. 점심을 먹고 탈라스 평원이 어딘지 알아봐야겠다는 생각이다.

난 서쪽을 바라보았다. 당시 고선지 장군도
이 부근 어디에선가 서쪽을 보았을 것이다.
그때는 수풀 대신에 진을 치고 있는
수만의 아랍군이 있었을 것이다.
장군은 그 군사들을 보면서 무슨 생각을 했을까.

3. 탈라스 평원에서
고선지 장군을 상상하다

안티카는 라마단 금식 기간이기 때문에 점심 식사를 하지 않는단다. 할 수 없이 나는 에르킨과 함께 탈라스 시내의 작은 식당에서 점심을 먹었다. 밖을 나와 바람을 쐬면서 에르킨에게 물어보았다.

"혹시 이 근처에 평원이 있어요?"

"글쎄… 아마 이 근처에는 없을걸요. 왜요?"

"어제 내가 말했던 그 전투가 이 근처 평원에서 있었거든요."

"거기 가보고 싶어서 그러는 거예요?"

“네.”

“내 사무실에 올라가서 찾아보죠.”

우리는 함께 에르킨의 사무실로 들어갔다. 에르킨이 혼자 사용하는 사무실은 크지는 않지만 깨끗하게 정리되어 있다. 책상에는 노트북이 놓여있고 그 주위에는 책장과 테이블, 몇 개의 의자가 있다. 그리고 사무실의 벽에는 탈라스 지역의 지도가 붙어있다. 그 지도를 보니까 탈라스 시 일대는 전부 산악지형으로 표시되어 있다. 에르킨이 말한다.

“이 부근에는 없는 것 같아요.”

“평원 비슷한 것도 없어요?”

“잠시만. 좀 알아볼 게요.”

에르킨은 안티카와 뭔가 대화를 하더니 어딘가로 전화를 두 통했다. 잠시 후 전화를 끊으면서 말한다.

“그 전투가 있었던 곳은 이 부근이 아니라 여기서 서쪽으로 좀더 떨어진 곳이라는대요.”

“누구한테 전화한 거예요?”

“탈라스 역사 선생님이랑 민박집 사장님한테요.”

에르킨은 벽에 붙은 지도를 보면서 한 마을을 가리켰다. 탈라스에서 서북쪽으로 좀 떨어진 그 마을의 주변 지역은 평지와 초원지형으로 표시되어 있다.

“여기서 얼마나 떨어진 곳이죠?”

“한 70km 정도?”

70km라. 그렇다면 왕복으로만 족히 2시간 넘게 걸린다는 얘기다.

어떻게 한다? 여기까지 와서 그냥 돌아갈 수는 없는 노릇이다. 나는 다시 에르킨과 안티카에게 부탁하기로 했다. 안티카는 흔쾌히 응했고 그곳까지 자신의 차로 태워다 주기로 했다. 책상에 앉아있던 에르킨은 노트북을 덮었다.

"나도 같이 갑시다. 특별히 바쁜 일도 없으니까요."

이리하여 우리는 다시 차를 타고 탈라스 시에서 서북쪽으로 70km 떨어진 마을을 향해 달리기 시작했다. 에르킨의 말이 맞았다. 탈라스 시를 빠져나오자 양옆으로 완만한 평지가 나타났지만, 수만의 군사가 진을 치고 맞붙기는 힘든 곳으로 보였다. 평지라고는 하지만 넓지 않았고 그 주위 또한 단단한 땅에 울퉁불퉁한 지형이다. 그동안 어떤 지각변동이 있었는지 모르겠지만, 현재의 모습으로 봐서는 1,300년 전에도 평원이라고 봐줄 수 없는 그런 지형이었을 것으로 보인다.

그렇다면 지금 가고 있는 지역은 어떨까. 지도에서 온통 초원지형으로 표시해둔 그 마을 부근이 1,300년 전 고선지 장군이 최후의 전투를 벌인 곳일까. 당시 고선지 장군은 서역을 총괄하는 안서도호부 사진절도사의 위치에 있었다. 쉽게 말하면 서역에서 가장 끗발 있는 중국인이었던 셈이다. 그랬던 그가 탈라스 전투에서 패하고 비운의 죽음을 당한 이후로 중국이나 한국 어느쪽에서도 제대로 대접받지 못했다.

고선지 장군을 주목했던 것은 오히려 영국의 학자였다. '중앙아시아 고고학의 태두'라 불리우는 영국의 오렐 스타인은 고선지 장군의 업적에 대해서 '알프스를 넘은 한니발이나 나폴레옹보다, 파미르 고

 실크로드의 땅, 중앙아시아의 평원에서

카라보라 저수지, 댐 한쪽에 레닌의 얼굴을 조각해 두었다

원과 힌두쿠시를 돌파한 고선지가 더 위대하다' 고 말하기도 했다.

창밖으로는 커다란 저수지가 보인다. '카라보라' 라는 이름의 저수지에는 큰 댐이 있고 댐 한쪽에는 레닌의 얼굴을 조각해 놓았다. 구소련으로부터 독립한 이후 시내에 있던 레닌의 동상은 모두 철거했어도, 댐에 박혀있는 레닌의 얼굴은 어쩌지 못했나 보다. 저수지를 지나자 키르키즈스탄의 산악풍경이 펼쳐진다.

1시간쯤 달리자 마을에 도착했다. 차를 잠시 세운 에르킨은 안티카와 함께 마을 사람들에게 뭔가를 한참 물어보더니 마을 안쪽의 파란 대문 앞에 차를 세웠다.

"여기 사는 분이 그 전투에 관한 사실을 많이 알고 있답니다."

'아랄바이 아마나' 라는 이름의 할아버지는 마당까지 나와서 우리를 맞아주었다. 대학에서 2개의 학위를 받고 역사에 조예가 깊다는 할아버지는 7명의 자식이 있고 20명이 넘는 손자가 있다고 한다. 75세 은발의 노인이지만 아직도 직접 밭에서 일을 하신다고. 난 한국에서 온 여행자라고 소개를 했다.

마당에 놓인 평상에서 잠시 대화를 하고 나서 할아버지는 우리를 방으로 안내했다. 방안 서가에는 책이 잔뜩 꽂혀있고 어느새 상에는 푸짐한 음식이 차려져 있다. 할아버지는 손님을 맞는 전통 이라면서 나를 상석에 앉게 했다. 그리고는 나에게 음식을 권하며 말한다.

"자네가 많이 먹으면 많이 얘기해줄 테고, 적게 먹으면 적게 얘기해줄 거야."

아랄바이 아마나 할아버지

안 그래도 배가 고파오던 김에 잘된 일이다. 라마단 금식기간을 보내고 있는 안티카는 아무것도 먹지 못하고 그냥 앉아 있다. 배고픔을 참는 것만큼이나 남이 먹는 것을 보기만 해야 한다는 사실도 고역이리라. 난 상에 차려진 빵과 과일을 먹고 차이를 마시면서 할아버지의 얘기를 들었다. 아니 정확히 말하자면 할아버지의 얘기를 통역해주는 에르킨의 얘기를 들었다.

탈라스 전투는 서로의 영향력을 넓혀가던 중국과 아랍세력이 이곳에서 필연적으로 충돌할 수밖에 없어서 일어난 전투라고 한다. 당시 중국 군대는 약 7-10만 명 정도였고, 아랍세력의 군사력도 그 정도였을 거라고. 전투력과 병력이 비슷했기 때문에 하루 만에 결판나지 못하고 며칠간 계속된 전투는, 이 부근 현지인들이 아랍군을 지원하면서 단숨에 전세가 기울었다고 한다.

"왜 이 지역의 현지인들이 아랍세력을 편들었죠?"

"같은 유목민이니까. 같은 유목의 전통을 지닌 아랍인 편을 들었던 거지."

카자흐스탄의 '타라즈'에 있는 박물관에 가면 이 전투에 관한 기록이 있을지 모른다고 한다. 타라즈는 구소련 시대에 '잠불'이라는 이름이었지만 독립을 하면서 도시명을 바꾼 곳이다. 이곳에서 남쪽으로 내려가면 불교유적이 하나 있는데, 그것은 이 지역이 예전에 중국 영향권에 있었다는 증거라고도 한다. 중요한 질문이 남았다.

"그 전투가 있었던 곳이 어디인가요?"

"지금 이 일대야. 여기는 예전에 전부 평원이었어. 구소련 시대에 운하를 파고 나무를 심으면서 지형이 바뀌었지."

할아버지는 그 근거로 이 마을의 이름을 들었다. 이 마을이름은 영어의 'flat'에 해당하는 뜻을 가지고 있다고 한다. 푸짐한 대접과 즐거운 이야기의 환대까지 받고 우리는 밖으로 나왔다. 할아버지는 이 마을까지 온 한국인은 내가 처음이라면서 내 손을 잡아주었다. 그 말을 듣더니 안티카가 뭐라고 말을 한다. 에르킨이 안티카의 말을 통역해주었다.

탈라스 전투가 있었다는 곳

"그 장군 이후로 당신이 두 번째로 온 한국인이라는대요."

우리는 웃으면서 마을 밖으로 나와 주위를 둘러보았다. 예전에는 분명 평원이었을 장소가 이제 큰 숲과 운하와 돌무더기, 마을로 바뀌어 있다. 지각변동이 없더라도 인간은 평원이었던 곳을 이렇게 바꾸어 놓을 수 있는 것이다. 하지만 이곳에도 평원의 흔적만은 남아 있었다. 돌무더기 너머로 푸르른 잔디가 펼쳐져 있고 멀리 수풀 사이로 지평선이 보이기도 한다.

난 서쪽을 바라보았다. 당시 고선지 장군도 이 부근 어디에선가 서쪽을 보았을 것이다. 그때는 수풀 대신에 진을 치고 있는 수만의 아랍군이 있었을 것이다. 장군은 그 군사들을 보면서 무슨 생각을 했을까. 파미르 고원을 넘어서 파죽지세로 서역을 장악했던 그였기에 탈

 실크로드의 땅, 중앙아시아의 평원에서

라스전투에도 자신만만하게 임했을지 모른다. 하지만 천려일실(千慮
一失)이랄까. 천하의 고선지 장군도 이곳의 현지인들이 아랍군을 지원
할 거라는 사실만큼은 예측하지 못한 것이다.

"상상할 수 있겠어요?"

어느새 옆으로 다가온 에르킨이 말했다. 상상할 수 있을 것 같다.
마치 꿈을 꾸는 것처럼. 서쪽에는 아랍연합군이 자리 잡고 있고, 동쪽
으로는 고선지 장군 휘하 수만의 군사들이 정렬해 있다. 곧 전투가 시
작된다. 평원에서 진을 치고 맞붙는 회전이 늘 그렇듯, 선두에 선 것
은 기병대였을 것이다. 바람처럼 빨리 달린다는 서역의 한혈마를 탄
당나라의 기병대는 아랍연합군의 기병과 맞붙고 곧 당의 보병도 밀
려와서 전투에 합세한다.

대등한 전투력과 병력 때문에 전투는 하루이틀이 아니라 5일간 계
속된다. 그리고 그 전투 속에서 고선지 장군도 당나라 군사들도, 그리
고 아랍연합군도 지쳐갔을 것이다. 바로 그때 이곳의 현지인들이 아
랍연합군을 지원하면서 승부는 판가름 났다. 생애를 통틀어 가장 비
참한 패배를 당한 고선지 장군은 당나라로 퇴각하지만 몇 년 후에 비
운의 죽음을 맞게 된다.

탈라스 전투에서 고선지 장군이 승리했다면 이후의 중앙아시아 역
사는 다른 모습으로 전개되었을지 모른다. 역사에는 가정이 없다지
만, 난 역사학자가 아니기에 멋대로 한번 상상해본다. 만일 그랬다면
고선지 장군은 이후에도 승승장구 했을 테고, 중앙아시아는 이슬람
문화가 아닌 중국풍의 문화가 우세했을 것이다. 그리고 난 우즈베키
스탄의 사마르칸드와 부하라에서 푸른색 돔이 아닌 기와지붕의 유적

을 보았을지도 모를 일이다.

마을 입구에서 벌판을 바라보던 우리는 다시 차를 타고 탈라스 시내로 향했다. 밥도 못 먹고 물 한 모금 못 마신 안티카는 앞을 바라보며 운전을 했고, 에르킨과 나는 달리는 차 안에서 잠이 들었다. 탈라스 시내가 가까워져서야 우리는 잠에서 깼다. 에르킨은 시내 입구에서 내렸고 안티카는 나를 민박집까지 데려다주고 나서 돌아갔다.

민박집에 돌아온 나는 씻고 나서 커피를 한잔 만들었다. 아주머니께 뜨거운 물을 달라고 했더니 아주머니는 사탕, 과자 한 접시와 꿀도 조금 내주었다. 중앙아시아를 여행하면서 느낀 점 또 한 가지. 이곳에서는 사람들이 단 과자와 사탕을 많이 먹는다. 카자흐스탄에서도 키르키즈스탄에서도 식탁에는 각종 잼과 꿀, 사탕 그리고 과자가 언제나 푸짐하게 놓여있다. 유목 생활의 전통과 단 음식. 이 두 가지도 어떤 연관이 있는 걸까.

마당으로 나온 나는 한쪽에 앉아 커피를 마시고 과자를 먹으며 다음 일정을 생각해보았다. 비쉬켁으로 돌아가면 바로 이식쿨로 떠나야겠다. 이식쿨호수. 이번 여행의 마지막 목적지가 될 장소다. 동시에 가장 기대하고 있는 장소이기도 하다.

 실크로드의 땅, 중앙아시아의 평원에서

_ 열한 번째 이야기

산악호수, 이식쿨

이식쿨호수는 그 빼어난 아름다움에도 불구하고,
우리나라에는 잘 알려지지 않은 장소다.
하지만 구소련 시절부터 공산당 간부들의
휴양소로 사용되던 곳이고,
호수 깊숙한 곳에서 핵실험을 하기도 했다는
이야기가 전설처럼 떠도는 장소이기도 하다.
이식쿨에 가면 그 호수를 바라보면서
하염없이 시간을 보내고 싶다.

멀리 호수 너머로 높은 산들이 늘어서 있고
한낮의 햇살을 받아서 이식쿨호수는 반짝이고 있었다.
아주 오래전부터 호수 깊숙한 곳에
거대한 괴물이 살고 있다는 이야기가
전설처럼 전해오는 곳이기도 하다.

1. 이식쿨에는 괴물이 살고 있을까

비쉬켁의 버스터미널은 오전부터 많은 사람들로 붐볐다. 알마티, 카라콜, 촐폰아타로 가는 사람들, 호객하는 기사들의 목소리와 확성기 소리로 시끌벅적했다.

이곳에서 출발하는 버스는 우리나라에서 볼 수 있는 대형버스가 아니다. 10-15명 정도 탈 수 있는 포드 미니버스가 대부분이다. 그리고 특별히 정해진 출발시간이 있는 것이 아니라, 손님이 모이기를 기다렸다가 인원이 채워지면 출발하는 형식이다.

버스의 주변에는 신문을 파는 가판대, 삼사를 파는 가게와 작은 매점이 있고 바나나를 파는 아주머니와 과자를 팔며 돌아다니는 어린

촐폰아타 가는 길

아이들로 북적였다. 난 촐폰아타로 가는 버스를 골라 탔다. 촐폰아타는 이식쿨호수의 북쪽 중앙에 위치한 작은 도시다. 비쉬켁에서 촐폰아타로 가는 버스의 요금은 150숌. 택시를 타면 2시간 30분 정도 걸린다는데 버스는 얼마나 걸릴지 도를 일이다.

이식쿨호수는 키르키즈스탄의 북동쪽에 위치한 호수다. 해발 1,600m에 위치해 있고 최대 수심이 70cm에 이르며, 남미의 티티카카 호수에 이어 세계에서 두 번째로 큰 산악호수다. 염호인 이 호수는 염분의 농도 때문에 겨울에도 얼지 않는다고 한다. 그래서 붙은 이름이 이식쿨. '이식'은 '뜨겁다'라는 뜻이고 '쿨'은 물이라는 뜻이란다.

이번 여행의 마지막 목적지가 될 이식쿨호수. 중앙아시아를 여행하겠다고 계획했을 때부터, 난 이 지역에 있는 4개의 큰 호수를 보겠다고 작정했었다. 몽골의 홉스골, 러시아의 바이칼, 카자흐스탄의 발하쉬 그리고 이제 마지막으로 이식쿨호수를 보러간다.

동서로 184km, 남북으로 61km의 크기를 가진 이 호수는 그 주위에 여러 개의 마을과 도시가 있다. 그리고 여행자들을 위한 숙박시설까지 있어서 배낭여행자들은 마음만 먹으면 대중교통과 싼 숙박시설을 이용하며 이식쿨호수의 동서남북을 모두 여행할 수 있는 장점이 있다. 이것은 지금껏 여행했던 다른 큰 호수들과의 차이점 중 하나이기도 하다.

홉스골은 호수의 남서쪽에 모여 있는 캠프장을 이용하는 것이 일반적이고, 바이칼은 워낙 커서 한 바퀴를 돌 엄두가 나지 않는다. 그리고 발하쉬호수는 … 다시 생각해봐도 씁쓸해지는 곳이었다.

창밖으로 보이는 풍경은 비쉬켁에서 탈라스로 갈 때의 그것과 큰 차이가 없어 보인다. 양옆으로 높은 산이 늘어서 있고 그 사이로 난 포장도로를 따라서 버스가 달리고 있다. 한참을 달리던 버스는 '발릭취' 라는 이름의 항구도시로 들어섰다. 이곳이 이식쿨호수의 초입에 있는 항구도시인 모양이다.

발릭취를 벗어나자 오른편 창밖으로 이식쿨 호수가 보인다. 멀리 호수 너머로 높은 산들이 늘어서 있고 한낮의 햇살을 받아서 이식쿨호수는 반짝이고 있었다. 이식쿨호수는 우리나라에 많이 알려지지는 않았지만, 그 빼어난 경관 때문에 구소련 시절부터 공산당 간부들의 휴양소로 사용되던 곳이다. 그리고 아주 오래전부터 호수 깊숙한 곳에 거대한 괴물이 살고 있다는 이야기가 전설처럼 전해오는 곳이기도 하다.

이식쿨호수 풍경

이런 이식쿨호수는 육상 실크로드의 요충지이기도 했다. 천산산맥의 북쪽을 가로지르는 천산북로의 실크르드 중앙에 위치한 이 호수는, 물에 염분이 많아서 식수원으로는 적합하지 않았을지 모른다. 하지만 천산 산맥과 알타이 산맥 가운데에 아늑하게 자리 잡고 있기 때문에, 당시의 실크로드를 가로지르는 상인들에게 좋은 휴식처가 되었을 것이다.

그리고 나에게도 휴식처가 되길 바란다. 탈라스도 조용한 곳이긴 했지만, 거기에서는 온갖 상상으로 머리가 복잡했기 때문에 마치 내가 그곳에서 한바탕 전투라도 치른 기분이었다. 그런 탈라스를 빠져

나오면서부터는 기분도 가라앉고 마음도 차분해졌다. 촐폰아타에 가면 그 아름답다는 이식쿨호수를 바라보면서 그저 하염없이 시간을 보내고 싶다.

비쉬켁을 떠난 버스는 4시간이 넘어서 촐폰아타(Cholponata)에 도착했다. 버스터미널에서 내린 나는 무작정 배낭을 메고 길을 따라서 걸었다. 촐폰아타는 철이 지나서 한가한 관광지라는 느낌이다. 한눈에 보더라도 민박집이 분명한 곳들이 여럿 보이고, 깨진 맥주병과 온갖 쓰레기들이 작은 길 곳곳에 버려져있다.

일요일이라서 그런지 더욱 쓸쓸해 보이는 촐폰아타는 가게도 바자르도 문을 닫았고 거리에는 사람도 별로 없다. 여름에는 많은 여행객들로 붐비는 곳이겠지만 지금은 10월 중순, 차가운 호숫가 바람이 불어오는 이곳의 풍경은 쓸쓸하기만 하다.

길가의 식당에서 늦은 점심으로 40솜짜리 라그만과 차이를 먹고 민박집을 찾았다. 넓은 마당에 깨끗하게 꾸며놓은 민박집이 하루에 250솜이다. 아침 식사를 제공하지는 않지만, 혼자 사용하기에 적당한 작은 방에는 화장실과 샤워시설도 갖춰져 있다. 마당 한쪽에 있는 부엌에서 취사를 하지는 못하지만, 대신 커피포트는 언제든 마음대로 사용할 수 있단다.

오면서 언뜻 보았지만, 관광지라서 그런지 거리에는 많은 카페와 상점과 바자르가

촐폰아타의 민박집

있다. 카페에서 밥을 사먹어도 될 테고, 바자르에서 빵이나 ‘도시락’ 라면을 사서 대충 때워도 될 것 같다.

방에 들어가서 씻고 짐을 정리하고 나니 어느덧 5시가 넘어있다. 이식쿨호수 구경은 내일 하기로 하고 오늘은 그냥 쉬기로 했다. 어제 탈라스에서 비쉬켁으로 오는 버스를 6시간 동안 탄 데다가, 오늘도 4시간 넘게 버스를 탄 피로 때문일 것이다. 아니 어쩌면 그렇게 보고 싶었던 이식쿨호수의 구경을 잠시 뒤로 기루고 싶기 때문일지 모른다.

마당 한쪽에는 흔들의자가 놓여있다. 이 민박집에는 여행자를 위한 방이 족히 10개는 있지만, 손님은 나 혼자뿐이다. 커피를 만들어서 흔들의자에 앉았다. 커피를 홀짝이면서 촐폰아타의 조용한 분위기를 느껴보고 싶은 저녁이다.

여기 앉아서 파란 호수와
구름이 얹혀진 산들을 보고 있자니,
과장된 생각일지 모르지만
내가 이걸 보기 위해서 그 먼 길을 돌아 여기까지 왔구나…
싶은 느낌마저 들었다.

2. 아름다운 산악호수,
이식쿨호수

바람소리에 잠을 깬 나는 밖을 내다보았다. 산악지역인데다 호숫가라서 그런지 밤과 새벽에 불어오는 바람소리를 듣고 있자면 마치 빗소리가 연상될 정도다. 기온이 낮아서가 아니라 바람 때문에 춥다고 느껴지는 곳이다. 쌀쌀한 오전 날씨 때문에 다시 침대 속으로 들어가고 싶은 마음이 강했지만, 뜨거운 물로 샤워를 하고나니 그런대로 참을 수 있을 것 같다. 빵과 주스로 대충 아침을 때우고 밖으로 나왔다.

촐폰아타는 작은 도시다. 도시라기보다는 그냥 마을이라고 하는

촐폰아타 거리

것이 어울릴 만큼 작은 곳이다. 내가 타고 온 버스길이 중심가이고 그 주변으로 많은 민박집과 카페와 상점, 바자르가 늘어서 있다. 민박집의 상당수는 시즌이 지나서인지 영업을 하지 않고 있고 카페도 문을 닫은 곳이 많다. 햇살은 따갑지만 산악지대인데다가 호수에서 불어오는 찬바람 때문에 낮에도 긴 옷이 필요한 곳이다. 이런 촐폰아타는 집들이 중심가에 원형으로 모여 있는 것이 아니라 호숫가를 따라서 길게 늘어서 있다.

난 중심가에서 호수쪽으로 뻗어있는 작은 길을 걸었다. 햇살은 따갑고 인적 없는 거리에는 개가 뛰어다니고 있다. 양옆으로 나무가 늘어서 있는 길을 따라서 10분 정도 걸어가니까 이식쿨 호수가 나타났다. 그곳에서 맞은편을 보면 촐폰아타의 다른 편이 보인다. 내가 본 이식쿨호수의 첫인상은 바로 그 장면이었다. 정상에 만년설이 쌓인 높은 산과 그 아래로 늘어선 키 큰 나무들, 그리고 그 사이로 보이는 작은 집들. 파란 호수와 만년설 위에 얹혀진 구름과 파란 하늘. 이 장면은 여태껏 보아왔던 다른 호수들보다 더 아름다운 모습이다. 바이칼의 웅장함, 홉스골의 아늑함과는 다른 이식쿨호수의 첫 느낌, 아름다움이었다.

　호숫가를 따라 걷다 보니 철 지난 해수욕장 느낌의 이곳 모래사장에는 군데군데 벤치가 놓여있다. 계속해서 서쪽으로 걷다보니 뭔지 모를 공사하는 모습, 문 닫은 카페가 보였다. 그곳에서 오른쪽으로 보면 넓은 이식쿨호수의 수평선이 눈에 들어온다. 호수는 아침햇살을 받아 반짝거리고 그 위로 흰새가 날아다니고 있다.

　잔잔한 파도가 이는 호수를 보면서 난 모래사장에 앉았다. 처음 여행을 계획했을 때부터 마지막 목적지로 정했던 이식쿨호수. 막상 이곳에 앉아 호수 너머로 보이는 눈 덮인 산맥을 보고 있자니 그렇게 계획을 세우길 잘 했다는 생각이다. 이 경치를 보고 나면 도저히 다른 곳으로는 떠날 엄두가 나지 않을 것만 같다.

　캐쉬미르 접경에 있는 달 호수(Dal Lake)를 바라보면서 누군가는 공포를 느꼈다고 했던가. 이식쿨호수의 모습은 공포까지는 아니지만 적어도 외경임에는 틀림없다. 바이칼호수가 깎은 듯한 기암괴석과 함께 샤먼과 주술의 분위기를 풍기는 웅장함이라면, 몽골의 홉스골은 완만한 산과 수풀 속에서 포근함을 느낄 수 있는 곳이다.

　그리고 이식쿨호수는 만년설을 얹은 채 호수를 둘러싼 천산산맥 속에서 신비로움을 간직하고 있는 곳이다. 아니 아련하게 보이는 천산산맥은 호수를 둘러싼 것이 아니라 해발 1600m 호수 위에 둥실 떠 있는 듯한 느낌이다. 이러니 오래전부터 이 호수 깊숙한 곳에 거대한

이식쿨호수를
바라보며.
(아래) 멀리 눈
쌓인 천산산맥이
보인다

괴물이 살고 있다는 이야기가 전설처럼 떠도는 것도 이해할 만하다. 예전에 육상 실크로드가 한창일 때, 이 인근에 살던 투르기스족의 수령은 겨울이면 이곳으로 군대와 가축을 옮겨와서 겨울을 보냈다고 한다. 겨울에는 많은 눈이 내리고 호수의 바람 또한 차가울 테지만, 아무리 추워도 얼지 않는다는 이 호숫가는 아늑하게 겨울을 보내기 좋은 장소였을 것이다.

1,400여 년 전에 불경을 구하기 위해서 천축으로 향하던 당나라의 승려 현장 삼장도 이곳을 거쳐 갔다고 한다. 현장 삼장은 호수를 가리켜 '거대한 칭(靑) 호수'라고 했다고 한다. 아마도 이식쿨호수의 남쪽을 따라서 지나갔을 테지만, 남쪽에서 본 풍경도 그리 큰 차이는 나지 않았을 것이다. 다만 당시에는 지금 볼 수 있는 많은 집들 대신에 보다 원시적이고 개발되지 않은 나무숲과 만년설이 쌓인 산이 있었을 것이다.

시간이 얼마나 지났을까. 호수에는 배 한 척 떠있지 않고 이곳 역시 지나다니는 사람이 없다. 여기 앉아서 파란 호수와 구름이 얹혀진 산들을 보고 있자니, 과장된 생각일지 모르지만 내가 이걸 보기 위해서 그 먼 길을 돌아 여기까지 왔구나… 싶은 느낌마저 들었다.

촐폰아타에서 편안하게 3일을 보냈다. 촐폰아타에는 박물관이 하나 있지만, 별 관심이 없던 나는 많은 시간을 호숫가에서 빈둥거리며 보냈다. 철 지난 호숫가에는 현지인도 관광객도 없고 조용하게 찰랑이는 물소리뿐이다. 많은 물줄기가 들어오지만 빠져나가는 물줄기는 없다는 이식쿨호수. 그런데도 항상 지금의 수량을 유지하고 넘쳐나지 않는 것은 언제나 따갑게 내리쬐는 햇볕 때문일지 모른다.

호숫가보다 내가 더 좋아했던 장소가 있다. 촐폰아타의 뒤쪽, 그러니까 호수쪽이 아니라 산쪽이다. 촐폰아타 뒤는 민둥산 같은 낮은 산들이 있고 그 뒤로는 정상에 눈이 쌓인 높은 산이 있다. 마을 뒤로 나 있는 길을 구불구불 따라 뒤쪽으로 올라가다 보면 넓은 벌판이 나오고 듬성듬성 집들이 있다. 그리고 소와 양이 풀을 뜯는 모습도 보인다. 거기서 좀더 뒤쪽으로 올라가면 낮은 산 밑자락에 도착할 수 있다.

내가 좋아했던 장소인데, 지나다니는 사람도 없고 깨진 병이나 쓰레기도 없는 곳이다. 그곳에 있는 작은 바위 하나에 걸터 앉아서 아래쪽을 내려다보면 온갖 바위가 놓여있는 넓은 벌판과 키 큰 나무 사이로 여러 색의 지붕들, 그리고 그 너머로 이식쿨호수가 보인다. 늦은 오후 혼자 이곳에 앉아서 호수와 집들을 바라보며 캔맥주를 홀짝이다 보면 세상에 남부러울 것이 없다는 생각마저 들었다. 그리고 집이나 호수조차 보기 싫을 때는 그냥 뒤로 돌아 앉으면 그만이었다. 뒤로 돌아 앉으면 만년설이 얹혀진 산과 바위 외에는 보이는 것이 없다.

10월 중순의 촐폰아타는 조용하다. 여름에는 많은 여행객들로 붐비고 시끌벅적한 곳이겠지만, 여행철이 지난 지금은 차도 사람도 별로 없고, 낮이나 밤이나 개 짖는 소리와 바람소리 외에는 들리는 것도 없다. 여행을 떠나면서부터 조용한 곳을 찾았던 나는 결국 여행의 마지막이 되어서야 이곳에 도착한 것이다.

카라콜에 머무는 며칠 동안
난 그냥 시내를 어슬렁거리고
바자르를 기웃거리고 정보센터에 들러서
커피를 얻어 마시며 이야기를 하고,
민박집 뒤쪽에 있는 산에 올라가곤 했다.

3. 여행의 마지막 도시, 카라콜

출폰아타에서 편하게 며칠을 보내고 나서 나
는 카라콜로 향했다. '카라콜(Karakol)'은 이식쿨호수의 동쪽에 위치한
도시다. 이식쿨호수 주변에서 가장 큰 도시인 이곳에는 약 7만 명의
인구가 살고 있다고 한다.

그리고 러시아의 여행가 프르제발스키 대령이 묻힌 곳이기도 하
다. 19세기에 중국, 몽골, 중앙아시아를 지나서 시베리아를 탐험했던
프르제발스키 대령은 다른 탐험가들처럼 여행가에게 많은 영감을 주
었던 인물이다. 특히 그가 탐험한 지역이 현재에도 낯선 지역인 시베
리아와 중앙아시아라는 점이 더욱 그렇게 느껴질지 모른다. 프르제

카라콜산 시내 거리와 동상

발스키 대령은 1888년 카라콜에서 죽었다고 한다. 유언에 따라 탐험가의 옷을 입은 채로 관속에 들어간 그의 시신은 이식쿨호수가 보이는 카라콜의 외곽에 묻혔다고 한다.

촐폰아타에서 택시로 2시간가량을 달려 카라콜에 도착했다. 카라콜의 중심가에서 내린 나는 가지고 있던 작은 지도를 보면서 거리를 익히려 했다. 중심가에 서서 둘러보니 카라콜은 무척 넓어 보였다. 비쉬켁에서 바로 카라콜로 왔다면 이곳은 작아보였을 것이다. 하지만 도로 하나를 사이에 두고 모든 것이 놓여져 있던 촐폰아타와 비교하니 카라콜은 마치 타쉬켄트만큼이나 넓어 보였다. 많은 사람과 길 사이에서 난 어안이 벙벙해졌다. 더운 날씨는 아니지만 햇살은 여전히 따갑고, 거리에는 무엇이 좋은지 모여서 깔깔거리는 많은 젊은이들이 보인다.

지도를 보면서 대충 방향을 잡은 나는 배낭을 메고 호텔로 향했다. 호텔에는 묵지 않을 가능성이 많지만, 어쨌건 가격이라도 한번 알아보자는 생각이었다. 지도를 보면서 천천히 거리를 걸었다. 중심가에서 북쪽으로 올라가면 '키르키즈 텔레콤'이 나오고 거기서 우측으로 두 블록을 간 지점에 호텔이 있다고 지도상에 나와 있다.

그곳으로 가니 베이지색의 큰 건물이 있다. 깨끗한 외관의 4층 건물에는 큰 창이 쭉 붙어있다. 비싸 보이는 곳이지만 일단 들어가 보기라도 하자는 생각에 정문으로 향했다. 정문 안쪽에는 수위실처럼 보이는 곳이 있고, 그 안쪽으로 넥타이를 매고 정장을 입은 젊은 남자 2명이 나란히 서서 얘기를 하고 있다. 난 그 앞으로 다가갔다.

"여기가 호텔인가요?"

한 남자가 웃는다.

"아뇨. 학교입니다."

난 뒤돌아서 밖으로 나왔다. 그러고 보니 이 건물의 생김새는 호텔이라기보다 학교에 가깝다. 키르키즈스탄 남학생들의 교복도 정장에 넥타이 차림인가 보다.

그래서 중심가에서 좀더 바깥쪽으로 걸어갔다. 지도에 의하면 카라콜에는 정보센터가 두 군데 있다. 난 그중에서 바깥쪽에 위치한 정보센터로 가고 있다. 배낭을 메고 5분쯤 걸어가니 'Turkestan Tour'라는 간판이 붙은 정보센터 겸 여행사가 보였다. 난 무작정 문을 밀고 안으로 들어갔다.

이 여행사는 산악여행 전문사인지 넓은 마당에는 산악투어에 필요한 각종 장비가 놓여있고 커다란 트럭이 여러 대 주차되어 있다. 그리고 마당 안쪽으로는 전통 가옥인 '유르따' 가 여러 채 세워져있다. 아마도 유르따에서 손님들을 묵게 하는 것 같다.

"무슨 일로 왔어요?"

금발머리의 늘씬한 여자가 사무실에서 나오며 나에게 영어로 말했다.

"한국에서 온 여행자인데요, 이곳에서 며칠 머물 수 있나 해서요."

"이쪽으로 오세요. 방이 여러 종류라서 가격표를 보여줄 게요."

여자의 말대로 종류가 가지가지였다. 가장 싼 방은 마당의 유르따를 이용하는 것이고 아침 식사를 원할 경우에는 별도의 비용을 추가해야 한단다. 화장실과 세면장도 공동으로 이용해야 한다. 그리고 결정적으로 이곳에서는 달러나 솜을 받지 않고 특이하게도 유로화를 받는다고 한다.

"달러로 내면 안되요?"

"저희는 유로만 받아요. 시내에 가면 환전소가 있으니까 그곳에서 환전하세요."

나는 일단 알겠다는 말을 하고 다시 비낭을 메고 밖으로 나왔다. 유로화로 환전하는 것도 번거롭거니와 가급적이면 현지인 가정에서 민박을 하고 싶었다. 결국 난 다시 중심가로 돌아가서 그곳에 있는 정보센터의 도움을 받기로 했다. 정보센터에서는 영어를 잘하는 현지인들이 맞아주었다. 이 정보센터는 'Turkestan Tour' 처럼 전문여행사를 겸하고 있는 것이 아니라 순수한 비영리의 정보센터라고 한다. 이 정보센터를 돕고 싶은 마음이 있다면 이곳에서 파는 기념품을 사면 된다고 한다. 정보센터의 한쪽에는 'Issyk Kul Lake' 라는 글자가 박혀진 티셔츠와 배지, 안내책자, DVD 등이 많이 있었다.

"배낭 내려놓고 앉아서 커피 한잔 하세요."

정보센터에 근무하는 여직원이 가져다 주는 커피를 마시며 이야기를 나누었다.

"한국인들은 여기까지 잘 안 오는데. 어떻게 여기까지 여행을 오게 되었어요?"

"지금 중앙아시아를 여행하고 있거든요. 우즈베키스탄이랑 카자흐스탄을 거쳐서 키르키즈스탄으로 왔어요. 카라콜에는 오늘 도착했구요."

카라콜도 여름철에는 관광객들이 몰리는 곳이라서 그런지 여행객을 위한 민박집이 많이 있었다. 직원은 나에게 민박집의 카탈로그를 보여주면서 하나를 고르라고 한다. 민박집이 많이 있지만 가격과 시설이 전부 고만고만해 보인다. 난 카탈로그를 넘겨보면서 말했다.

"하나 추천해줄 수 있어요?"

직원은 카탈로그를 몇 장 넘겨보더니 나에게 'Green Yard'라는 이름의 민박집을 추천해 주었다. 내가 물었다.

"여기서 얼마나 멀어요?"

"글쎄요… 걸어서 한 15-20분 정도 될 거예요. 택시를 불러줄 게요. 민박집에 도착하면 택시비는 민박집에서 낼 거니까 걱정하지 않아도 되요."

이렇게 해서 난 직원이 추천해주는 민박집에 가게 되었다. 시 중심가에서 약간 떨어진 곳에 위치한 민박집의 가격은 아침 식사를 포함해서 하루에 600솜이다. 촐폰아타와 비교하면 비싼 편이지만 민박집 내부의 편의시설이 촐폰아타의 그것과는 비교가 안된다.

민박집에 짐을 풀고 나서 밖으르 나왔다. 처음에는 넓어보였던 카라콜이지만, 시간이 지나니까 이곳도 익숙해졌다. 이 도시도 '똑따쿨' 거리를 중심으로 많은 상점과 카페와 바자르가 있다. 내가 묵는 민박집은 이 거리에서 걸어서 약 20분 거리에 위치해 있다. 시내에서 떨어져 있기는 하지만 그만큼 조용했고 카라콜 시내는 어차피 별로 볼 것도 없다.

카라콜은 여름이면 많은 여행객들이 므이는 곳이지만, 그들 대부분은 카라콜 주위의 산과 계곡을 여행하기 위한 베이스캠프로 이 도시에 머문다. 카라콜 주위에는 멋진 경관을 가진 명소가 많지만, 그곳에 가려면 여러 명이 돈을 모아서 택시를 대절하거나 아니면 이곳 여행사의 단체 투어 프로그램에 참가해야 한다.

여행철이 지나서인지 이 도시에도 여행객들은 보이지 않는다. 민박집에 머무는 손님도 나 혼자뿐이고, 몇 군데 여행사에 들러서 투어 프로그램을 문의해 보았지만 대답은 부정적이다. 여행사에서는 프로그램이 있기는 하지만, 지금은 다른 손님이 없어서 그 모든 비용을 나 혼자 부담할 가능성이 많다고 한다.

그래서 결국 포기상태가 되었다. 몇 군데 여행사에다 혹시라도 프로그램에 참가할 다른 여행객이 있으면 민박집으로 알려달라고 부탁해 두었지만 별로 기대는 하지 않았다. 카라콜에 머무는 며칠 동안 난 그냥 시내를 어슬렁거리고 바자르를 기웃거리고 정보센터에 들러서 커피를 얻어 마시며 이야기를 하그, 민박집 뒤쪽에 있는 산에 올라가

카라콜 뒤쪽 산

곤 했다.

특히 산에서 많은 시간을 보냈다. 이곳의 산은 우리나라의 산처럼 나무와 바위가 많은 그런 산이 아니다. 그냥 민둥산을 연상할 만큼 나무와 바위가 없고, 경사도 그다지 급하지 않은 완만한 산이다. 이곳에 오르면 카라콜 시내와 외곽이 한눈에 들어온다. 카라콜은 이식쿨 호수에서 떨어진 곳이라서 호수를 볼 수는 없지만, 대신 넓게 펼쳐진 키르키즈스탄의 벌판과 주위에서 풀을 뜯는 소와 말을 볼 수 있다.

앞서 말했듯이 키르키즈스탄을 가리켜서 '중앙아시아의 스위스'라고 부른다. 스위스와 같은 산악국가인데다가 자연경관이 빼어나서 그런 명칭이 붙었을 것이다. 스위스에 가본 적이 없는 나는 키르키즈스탄과 스위스를 비교하지는 못하겠다. 다만 키르키즈스탄을 여행한 느낌으로는 이 나라의 자연경관이 다른 어느 나라와 비교하더라도 뒤질 것이 없다는 생각이다.

국토의 80%가 해발 1,500m 이상인 이 나라는 눈 덮인 천산산맥과 이식쿨호수를 비롯한 많은 산악호수와 계곡이 있다. 다만 상대적으로 덜 알려지고 여행자들을 위한 시스템이 아직 미비하다는 것이 스위스와의 차이일지 모른다. 다른 중앙아시아 국가들처럼 구소련으로부터 독립한 지 얼마 되지 않았기 때문에 '키르키즈스탄'이라는 나라명을 생소하게 여길 사람들도 많을 것이다.

그렇지만 만약 이 나라에서 적극적으도 관광자원을 개발하고 홍보도 하며 여행자들을 위한 인프라를 구축해나간다면 어떻게 될까. 그래서 아름다운 나라의 자연경관이 사람들에게 알려지고, 많은 관광객들이 모여들게 된다면? 그때는 스위스를 가리켜 '유럽의 키르키즈스탄'이라고 부르게 될지도 모를 일이다.

카라콜에서 며칠을 보낸 나는 다시 버스(250솜)를 타고 비쉬켁으로 돌아왔다.

인간이 망가뜨린 아랄해와 뜨거운 햇살 아래
아지랑이가 피어오르던 키질쿰사막, 해발 3,163m에서 바라본
웅장한 천산산맥의 줄기, 거대한 괴물이 살고 있다는 파란 이식쿨호수와
그 너머로 보이던 만년설을 간직한 산맥.
그리고 러시아에서 본 바이칼을 생각했다.

4. 중앙아시아에서의 먹거리

흔히 중앙아시아라고 부르는 지역은 넓게 보아서 중국의 대싱안링산맥에서부터 카스피해까지를 말한다. 좀더 좁은 범위로는 중국 신장지역부터 카스피해까지를 지칭하기도 한다. 아시아대륙의 많은 부분을 차지하는 이 지역의 지리적 특징은 높고 험한 산맥과 광활한 평원 그리고 모래투성이의 사막이다.

이런 지리적 특성 때문에 이 지역의 주인공들은 오래전부터 유목생활을 하는 유목민들이었다. 초원과 사막에서 유르따와 게르 같은 견고하면서도 이동성을 극대화한 전통 가옥에서 양, 염소, 말과 함께 생활하는 유목민들이 그들이다.

　그래서인지 이곳의 음식은 양고기를 위주로 한 육식이 대부분이다. 현재 유목생활방식은 많이 사라졌지만 유목음식전통을 유지하고 있는 중앙아시아를 여행하다보면 이런 음식을 많이 접할 수 있다.

뿔로프와 슈르빠

　우즈베키스탄에서 많이 먹을 수 있는 음식은 양고기 볶음밥인 '뿔로프'와 양고기국인 '슈르빠'다. 주로 양고기가 들어간 음식이라서 특유의 향과 느끼한 맛이 나는 음식이다. 개인적으로는 우즈베키스탄을 여행하면서 가장 많이 먹었던 음식이기도 하다. 처음에는 독특한 양고기의 향 때문에 낯설게 여겨졌지만, 기름지고 자극적인 음식을 좋아하는 나에게는 딱이라고 생각되었던 메뉴다. 가격은 한 그릇에 보통 한국 돈으로 600-800원 정도.

　또 많이 볼 수 있는 음식은 '삼사'다. 우리나라의 군만두 비슷한 음식이라고 보아도 될 것 같다. 우리나라에서 먹는 보통의 만두보다 더 크고, 안에는 양고기가 들어있다. 우리나라의 군만두는 한입에 쏙 넣을 수 있지만, 이 삼사는 크기 때문에 어지간히 큰 입이 아니라면 한입에 넣을 수 없다. 그러다보면 당연히 한 손에 들고 여러 번에 걸쳐서 베어 먹어야하는데, 한입 두입 먹다보면 안에서 양고기 기름이 흘러나와서 난처한 몰골로 변하기 쉽다.

　그리고 과일이 있다. 중앙아시아에서 많이 먹은 과일은 토마토와 포도, 수박이다. 맛도 좋고 가격도 싸기 때문에 느끼한 음식을 먹은 후에 입가심으로도 좋다. 내 머리만한 수박 한통이 600원, 주먹만한 토마토 10개에 300원, 포도 1kg에 400원 등 이런 식이다.

국시와 차이 (위)
라그만과 차이 그리고 리뾰쉬까 (아래)

 실크로드의 땅, 중앙아시아의 평원에서

또 '딩야'라는 이름의 과일이 있다. 수박과 비슷한 모양인데 약간 길쭉하고 겉이 노란색의 과일이다. 굳이 비교하자면 메론과 비슷하다고 할까. 이 과일도 여름에 냉장고에 넣어서 차게 한 후에 썰어 먹으면 수박 못지않게 시원한 맛을 볼 수 있다. 가격도 수박과 비슷한 수준이다.

고려인들이 있는 곳에 가면 '국시'라는 음식을 판다. 우리나라 표준어로는 국수겠지만, 이곳에서는 모두 '국시'라고 부른다. 어느 카페의 메뉴판에는 친절하게도 영어로 'kukcy'라고 표기해둔 것도 보았다. 아마 한국인이 이곳을 여행할 때 가장 입맛에 맞게 먹을 수 있는 음식이 바로 국시일 것이다. 우리나라의 잔치국수를 차갑게 만들었다고 하면 비슷할까.

카자흐스탄과 키르키즈스탄으로 오면 약간 다른 음식을 먹을 수 있다. 우즈베키스탄에서 많이 접했던 쁠로프와 슈르빠 대신에 카자흐스탄과 키르키즈스탄에서는 주로 라그만을 많이 먹었다. 중앙아시아식 짬뽕이라고 부르기도 하는 이 라그만은 두꺼운 면발에 각종 채소와 고기를 얹어서 걸쭉한 국물에 담아낸 음식이다.

이 라그만도 입맛에 맞아서 많이 먹기는 했는데 더운 햇살 아래서 이 뜨거운 국물을 먹기가 쉽지 않다는 죠, 그리고 이곳에는 젓가락이 없어서 포크로만 면을 먹어야 한다는 점 등이 아쉽기도 하다.

그리고 카자흐스탄에서는 운 좋게도 이 나라의 전통 음식인 '베스빠르막'을 먹을 수 있었다. 발하쉬호수를 여행하면서 알게 된 현지인 친구들의 초대로 이 음식을 맛보았다. 삶은 소고기와 양파, 감자가 섞인 이 음식은 한국인의 입맛에도 잘 맞는 음식이다. 다만 현지인들은 보통 소고기가 아닌 말고기나 양고기로 베스빠르막을 만드는 것이 일반적이다. 이 음식은 지역과 만드는 사람의 취향에 따라서 여러 가지 형태가 있다고 한다. 그러니 나는 베스빠르막의 여러 종류 중에서 한 가지만을 맛보았을 뿐이다.

중앙아시아 어느 나라에서든 공통적으로 먹을 수 있는 음식이 바로 '리뾰쉬까'라고 부르는 전통 빵과 '차이'다. '리뾰쉬까'는 러시아어고, 우즈베키스탄에서는 '난'이라고 부른다. 쟁반 만한 둥그런 크기에 독특한 문양이 인상적인 이 빵은 중앙아시아 어느 식당에 들어가더라도 주문할 수 있는 음식이기도 하다.

특별한 양념이나 향신료 없이 만들었기 때문에 오히려 부담 없이 먹을 수 있다. 만든 지 얼마 안된 리뾰쉬까를 잔뜩 쌓아두고 파는 가게를 지날 때면 특유의 구수한 냄새가 코를 자극한다. 가격도 싸다. 바자르에서 150-200원이면 하나를 살 수 있다. 현지인들은 이 빵을 작게 찢어서 라그만이나 슈르빠 국물에 찍어 먹기도 한다.

차이는 '질료니' 차이와 '쵸르니' 차이가 있는데 영어로는 각각 'green tea', 'black tea'라고도 한다. 우즈베키스탄에서는 주로 질료니 차이를 마셨는데 카자흐스탄과 키르키즈스탄에서는 쵸르니 차이를 더 선호하는 것 같다. 이 차이도 어느 식당을 가든지 기본적으로 주문할 수 있을 뿐더러 가격도 싸다. 작은 주전자 하나에 보통 200-300원 정도고, 인심 좋은 곳에서는 공짜로 리필해주기도 한다.

어디로 여행을 가든지 간에 즐거움 중 하나는 현지의 음식을 맛볼 수 있다는 점이다. 그 음식종류가 다양하고 가격도 싸다면 금상첨화일 테다. 그런 점에서 중앙아시아는 꽤 매력적인 장소일 수 있다. 양고기에 대한 거부감만 없다면. 입맛이 그리 까다롭지 않은 여행객이라면 저렴한 가격에 다양한 음식을 맛볼 수 있는 곳이 바로 중앙아시아다.

중앙아시아를 떠나는 날 오전. 시내를 걸어다니며 라그만과 삼사, 차이를 먹었다. 이제 비쉬켁을 떠나면 중앙아시아를 떠나는 것이고 그러면 몇 달 동안 지겹게 들어왔던 러시아어도 못들을 테고, 이곳 음식도 못 먹게 된다. 그동안 여행하면서 먹어온 많은 음식들, 그중에서도 특히 라그만과 리뾰쉬까가 생각날 것단 같다. 어쩌면 난 이 음식이 먹고 싶어서 중앙아시아에 다시 오게 될지도 모른다.

오후가 지나서 2일간 묵었던 호텔을 나와 택시를 타고 공항으로 향했다. 택시 밖으로는 넓은 벌판이 펼쳐져 있다. 떠오르는 얼굴들. 엉터리 여행자인 나를 도와주었던 우즈베키스탄의 수잔나, 카자흐스탄에서 사귄 친구들인 아스카와 아이굴. 그리고 키르키즈스탄에서 만난 친구 에르킨. 어려울 것이라고 생각했던 지역을 즐겁게 여행할 수 있었던 것은 모두 친구들의 친절과 웃음 때문이었다.

마나스 국제공항에 도착해서 남은 돈을 모두 달러로 환전한 후 출국심사대를 통과했다. 공항의 직원은 내 얼굴과 여권을 보더니 비자에 출국도장을 찍어주었다. 내가 타는 비행기는 중국남방항공사의 비쉬켁-우루무치-베이징 항공편이다. 오늘 저녁에 비쉬켁을 떠나면 우루무치에서 하룻밤을 자고 내일 정오경에 베이징에 도착한다. 우루무치 호텔숙박권을 포함한 이 항공편의 가격은 328달러다.

심사대를 통과해서 게이트 앞 대기실로 가자 그곳에는 많은 중국인들이 있다. 그동안 들어오던 러시아어와 함께 중국어가 들리기 시작한다. 못 알아듣기는 마찬가지지만, 그래도 오래전부터 홍콩영화를 통해서 익숙해진 중국어가 좀더 친근하게 느껴진다. 그리고 내가 중앙아시아를 떠난다는 것이 실감나는 순간이기도 하다.

여행 중 가장 많이 들었던 러시아어는 '앗 꾸다?(너 어느 나라에서 왔어?)' 라는 말이다. '까레야(한국)' 라고 대답하면 십중팔구 상대방은 다시 '세베르니 까레야? 유즈니 까레야?' 라고 되묻는다. '세베르니 까레야' 는 북한, '유즈니 까레야' 는 남한이다. 북한에서 배낭 메고 중앙아시아를 여행하는 사람이 과연 얼마나 있을까.

이런 질문을 많이 받다보니 나중에는 '세베르니 까레야!' 라고 말하고 싶은 장난기가 발동하기도 했다. 하지만 끝내 그렇게 말하지는 못했다. 그렇게 말했을 때 상대가 어떤 반응을 보일지 몰랐고, 내 마음 한구석에는 북한사람으로 보이기 싫은 생각이 있었는지도 모르겠다.

7시가 되자 게이트가 열렸다. 기내에 올라 창가쪽 자리에 앉은 나는 그동안 여행하면서 보았던 잊을 수 없는 풍경들을 떠올렸다.

인간이 망가뜨린 아랄해와 뜨거운 햇살 아래 아지랑이가 피어오르던 키질쿰사막, 해발 3,163m에서 바라본 웅장한 천산산맥의 줄기, 거대한 괴물이 살고 있다는 파란 이식쿨호수와 그 너머로 보이던 만년설을 간직한 산맥. 그리고 러시아에서 본 바이칼을 생각했다. 바이칼 알혼 섬의 정보센터에 붙어있던 글귀.

'Think Like Baikal'

최고수심이 1,600m에 이르고 수십 개의 물줄기가 들어오지만 오직 앙가라강을 통해서만 빠져나간다는 바이칼. 그 바이칼처럼 넓고 깊게 생각하라는 의미일까.

7시 30분이 되자 비행기가 이륙했다. 거대한 굉음을 일으키며 활주로를 질주하던 비행기는 곧 하늘로 날아올랐다. 창밖으로는 중앙아시아의 벌판이 어둠 속에 펼쳐져 있다. 그 어둠을 바라보면서 난 머릿속으로 로버트 프로스트의 시 구절을 떠올린다. 이제 중앙아시아를 떠난다.

내가 근심에 지쳤을 때
그리고 인생이 온통 길 없는 숲속과도 같을 때
얼굴에 거미줄이 걸려 간지러울 때
내 눈에 작은 가지가 스쳐 눈물이 흐를 떠

나는 잠시 세상을 떠났다가 다시 돌아와서 새 시작을 하고 싶습니다.
운명이 나를 잘못 이해해서 내 바람을 절반만 들어주어,
나를 데려갔다가 다시 돌아오지 못하게 하기를 바라지 않습니다.

이 세상은 사랑하기에 좋은 곳입니다.
이보다 더 좋은 곳이 있다는 것을 나는 알지 못합니다.

1. 중앙아시아는 어떤 지역인가?

중앙아시아라고 부르는 지역은 여러 가지 견해가 있지만, 일반적으로 중앙아시아 5개국을 말한다. 우즈베키스탄, 카자흐스탄, 키르키즈스탄, 타지키스탄, 투르크메니스탄이 여기에 해당한다.

2. 혼자서 배낭여행이 가능한가?

언어의 문제가 있고, 국내에 제대로 된 가이드북도 없는 편이지만 마음만 먹는다면 얼마든지 배낭여행이 가능한 장소다. 가이드북은 영문판 『론리 플래닛(중앙아시아)』을 추천한다.

국내의 해외여행안전사이트(www.0404.go.kr)에 가보면 우즈베키스탄과 키르키즈스탄을 유의 또는 주의로 분류해 놓았다. 그러나 내 경

험에 의하면 그렇게 큰 주의는 오히려 여행에 방해가 될 수 있다. 일
반적인 여행지에서의 주의사항들(늦은 밤에 혼자 돌아다니지 않기, 현지인들
을 너무 믿지 않기 등) 만 조심한다면 혼자서도 안전하게 여행할 수 있다.
우즈베키스탄에서는 친절한 현지인들을 꽤 많이 만났었다. 너무 친
절해서 겁날 정도로. 현지의 치안에 대해서는 큰 걱정을 하지 않아도
된다.

3. 비자는 어떻게 받을까?

투르크메니스탄을 제외한 나머지 4개국은 관광비자를 받는 것이
어렵지 않다. 비용이 약간 비싸고 시간도 많이 걸리기 때문에 여행일
정을 심사숙고하고 비자를 신청하는 것이 좋다. 나의 경우는 우즈벡
넥서스 투어(www.uzuz.co.kr)를 통해서 일괄적으로 비자를 받았다. 1개
월 짜리 관광비자의 경우 각 나라당 70-100$ 가량의 비용이 든다.
우즈벡 넥서스 투어의 경우 타쉬켄트 현지에도 사무실을 두고 있기
때문에 여러 가지로 편한 점이 많다. 현지에서 다른 나라의 비자를 받
는 것도 가능하지만, 가급적 일정을 세부적으로 정한 후 한국에서 모
두 받아가는 것이 편하다.

4. 여행경로는 어떻게 세울까?

한국에서의 직항 여부, 국경을 어떻게 넘을지를 고려해서 세우는
것이 좋다. 한국에서 우즈베키스탄(타쉬켄트)과 카자흐스탄(알마티)으로
는 직항이 있다. 그리고 우즈베키스탄과 카자흐스탄, 키르키즈스탄

의 경우는 육로로 국경을 넘는 것이 쉬운 편이다. 여행경로를 세우면서 여행의 목적과 중점적으로 여행할 대상을 고려해 두는 것이 좋다.

우즈베키스탄은 수많은 이슬람 유적이 볼만하고 카자흐스탄은 다채로운 자연, 키르키즈스탄은 해발 1500m 이상의 산악풍경이 매력적인 곳이다. 나의 경우는 우즈베키스탄(타쉬켄트, 사마르칸드, 부하라, 히바, 누쿠스, 아랄해)-카자흐스탄(알마티, 발하쉬호수, 아스타나)-키르키즈스탄(비쉬켁, 탈라스, 이식쿨호수)-중국으로 여행 경로를 세우고 떠났다.

5. 거주등록 문제는 어떻게 할까?

거주등록이란 시민권을 소지하지 않은 외국인이 해당국가 내에 체류할 때 그의 거주지를 해당 지역 관청에 등록하는 것을 말한다. 러시아를 포함해서 구소련 지역에 광범위하게 남아 있는 제도이다. 해당 외국인의 입국 후 며칠 이내에 하도록 규정되어 있고 거주등록은 해당 기간 동안 단 1회만 하면 된다.

거주등록은 보통 '오비르'라는 지역 내무부 산하 부서에서 하게 되어 있지만, 대부분의 관광객은 호텔에서 거주등록을 하는 경우가 많다. 현재 러시아에서는 거주등록이 필수이고 구소련 지역은 국가마다 차이가 있다. 우즈베키스탄에서는 원칙적으로 해야 하지만 출국시 검사를 거의 하지 않는다. 하지만 만일을 대비해서 머무는 호텔마다 거주등록 확인증을 받아두는 것이 좋다. 카자흐스탄은 3개월 이내 체류시 거주등록을 안해도 되고, 키르키즈스탄은 한국인의 경우 거주등록이 필요없다.

우즈베키스탄의 경우는 거주등록 보다도 세관신고서에 더 많은 신경을 써야한다. 외환관리가 엄격한 나라라서 출국시에 세관신고서를 필수적으로 제출해야 한다. 입국시에 2장의 세관신고서를 작성해서 한 장은 제출하고 다른 한 장은 도장을 받아서 출국시까지 보관하도록 한다.

6. 숙식 및 교통경비는 얼마나 들었나?

이 문제는 어떻게 여행을 하느냐에 따라서 천차만별이다. 우즈베키스탄의 경우는 수도인 타쉬켄트를 포함해서 사마르칸드, 부하라 등의 관광도시에 수많은 호텔이 있다. 고급 호텔부터 작은 B&B 호텔까지 많은 호텔이 있으니 자신의 예산에 맞게 선택하면 된다. B&B 호텔의 경우에도 10달러 미만짜리부터 30달러 짜리까지 다양하다. 가격이 싼 곳은 그만큼 시설이 좋지않고 보안도 허술한 경우가 많다. 나의 경우는 타쉬켄트에서만 1일 30달러 짜리 호텔에서 묵었다. 그리고 사마르칸드와 부하라 등에서는 1일 20달러를 넘지 않는 곳을 숙소로 정했다.

먹는 비용도 마찬가지다. 현지인들이 즈로 먹는 빨로프, 슈르빠, 삼사, 차이 등으로 식사를 해결할 경우에 한끼의 비용이 우리 돈으로 1500원을 넘지 않는다. 다만 매 끼를 이렇게 먹기가 힘들기 때문에 가끔씩은 한인식당이나 고급 레스토랑을 찾는 것도 나쁘지 않다. B&B 호텔에 머물 경우 아침 식사는 호텔에서 준다. 나는 하루에 먹는 비용으로 4000원 이상을 사용하지 않았다.

우즈베키스탄의 경우 도시에서 도시토 이동할 때 합승 택시를 많이 사용한다. 이때 택시기사와 흥정을 잘 하는 것이 중요하다. 우즈베

키스탄의 큰 도시는 워낙 외국인 관광객이 많이 몰리기 때문에 현지의 택시기사들도 간단한 영어 몇 마디는 할 줄안다.

카자흐스탄은 도시간 기차가 잘 발달되어 있고, 키르키즈스탄은 중형 버스가 주요 교통수단이다. 비용은 우리나라와 비교해서 싼 편이지만 만일 택시를 이용할 경우에는 흥정할 때 주의하도록 하자.

또 한가지, 우즈베키스탄에는 수 많은 이슬람 유적과 건물이 있다. 이 유적에 들어갈 때 당연히 입장료를 내야 하는데 현지인과 외국인은 요금에 차별을 둔다. 외국인의 경우는 우리 돈으로 약 2000원 가량을 내야 한다. 우즈베키스탄에는 워낙 이런 유적이 많기 때문에 먹는 비용보다도 이 비용이 더 많이 들어갈 수 있다. 그리고 유적지에 들어가면 기념품을 사라고 접근하는 현지인들이 많으니 적당히 대처하도록 한다.

7. 어떤 언어가 통할까?

중앙아시아 국가들의 공통점 중 하나는 구소련으로부터 독립한지 얼마되지 않았다는 점이다. 각 나라마다 자신들의 언어가 있지만 아직까지는 러시아어로 의사소통이 가능하다. 여행을 떠나기 전에 러시아어 철자를 꼭 익히도록 하고 간단한 인사말이나 숫자 등을 외워가는 것이 좋다. 특히 숫자를 우선적으로 익히는 것이 중요한데, 시장이나 식당에서 물건을 살 경우 반드시 필요하기 때문이다. 그리고 러시아어를 읽을 수만 있더라도 기차역이나 버스터미널 그리고 시내의 표지판을 보는데 큰 도움이 된다. 그리고 우즈베키스탄의 경우 타쉬켄트 뿐 아니라 지방 도시에서도 호텔에서는 영어가 통용된다. 워낙 외국인 여행객들이 많은 국가라서 그럴것이다. 하지만 카자흐스탄이나 키르키즈스탄에서는 호텔에서도 영어는 통하지 않는다. 이럴 경우를 대비해서 러시아어 회화책을 하나 가져가면 큰 도움이 된다.

8. 환전은 어떻게 할까?

기본적으로 달러로 환전해서 가지고 간다. 우즈베키스탄과 카자흐스탄, 키르키즈스탄 모두 시내에는 환전소가 많이 있다. 모두 합법적인 환전소니까 이용하기에 불편이 없다. 달러 뿐만 아니라 중앙아시아 다른 나라의 돈도 환전되는 경우가 많다.

우즈베키스탄의 화폐 단위는 '숨'으로 우리 돈 1원 = 1숨과 같다. 카자흐스탄의 화폐 단위는 '텅게'로 1달러는 약 130텅게, 텅게 곱하기 8하면 대충 한화로 계산된다. 키르키즈스탄의 화폐는 '솜'이다. 1달러는 약 40솜으로, 솜 곱하기 25하면 한화를 알 수 있다(2005년 여름 기준).

9. 어떻게 짐을 쌀까?

언제 여행을 할지, 얼마나 여행을 할지에 따라서 다른 문제다. 5월
부터 10월 까지를 여행에 적당한 기간으로 생각하되 혹서기인 7, 8월
은 피하는 것도 좋다. 우즈베키스탄은 워낙 뜨겁고 건조한 곳이라서
자외선 차단제와 모자, 선글라스 등은 필수품이다. 얇은 여름 옷 위
주로 준비하고 반바지, 그리고 만일을 대비해서 가벼운 점퍼도 하나
있으면 좋다.

나의 경우는 40리터 짜리 배낭을 넘지 않는 범위에서 짐을 꾸렸다.
배낭 하나와 카메라를 넣고 다닐 작은 보조가방 하나가 전부였다. 그
리고 전기를 사용하는 물건은 면도기와 카메라만 가져갔다. 물론 작
은 B&B 호텔에서도 전기는 편하게 사용할수 있다. 여행기간에 따라
서 다르겠지만 짐은 최소화하는 것이 좋다.

1. 출국

① 여권(passport) 준비

국가에서 발급해주는 출국허가증으로 국외여행을 하고자 하는 내국인에게 자국의 국민임을 증명하고, 국외를 여행하는 동안 방문국의 편의와 보호에 대한 협조를 받을 수 있도록 하기 우하여 외무부에서 발급해주는 공식서류입니다. 2005년 9월 30일부터 사진전사식의 신여권이 발급되고 있으며, 유효기간은 10년입니다.

② 비자(VISA) 발급

비자는 한 국가에서 입국을 허가하는 공문서로서 입국자가 소지한 여권의 유효성과 입국 및 체재에 대하여 심사하는 입국허가 서류로서, 그 나라의 대사관 또는 영사관에서 관장하고 발행합니다. 우즈베키스탄에 입국하려면 반드시 대사관에서 발급한 비자가 있어야 합니다.

〈우즈베키스탄 비자의 종류〉

- 비즈니스 비자(Business visa) : 1주부터 6개월까지 기간은 다양하며, 현지에서 계속 연장 할 수 있습니다.
- 관광비자(Travel visa) : 1개월 동안 체류 가능하며 기간을 연장할 수 없습니다(1달 정도 연장이 될 수도 있다). 여행사에서 초청장 발급.
- 경유비자(Transit visa) : 우즈베키스탄을 경유하여 제3국으로 갈 경우 발급을 받습니다. 여행사에서 초청장 발급.

③ 비자발급 준비물

- 여권, 여권 복사본, 사진1장, 초청장, 비자 발급비(달러로 준비).
- 현지에 초청장을 보내줄 거래처나 회사가 없어 여행사를 통해 초
  청장을 의뢰하는 경우

(현지 여행사는 관광비자 초청장만 가능하나 비즈니스비자도 대행해 줍니다.)

- 한국에 있는 여행사에 의뢰
- 여행사는 현지 여행사에 초청장을 의뢰
- 현지여행사는 초청장을 작성하여 우즈벡 외무성에 접수
- 1주일 후 승인 텔렉스를 주한 우즈벡 대사관으로 발송
- 비자발급. 보통 10일은 소요됩니다.

(한국의 여행사를 통하지 않고 직접 현지의 여행사에 초청장을 의뢰할 수 있으
나 비용송금 문제와 서로간의 연락문제로 시간이 많이 소요됩니다. 그러므로
현지 여행사와 거래를 맺고 있는 한국의 여행사에 의뢰하는 것이 편리합니다.)

④ 관광비자의 발급

- 여행사를 통해 발급 받는 경우(관광비자는 여행사를 통해서만 가능)
  한국에 있는 여행사에 의뢰→여행사는 현지 여행사에 초청장을 의
  뢰-현지여행사는 초청장을 작성하여 우즈벡 외무성에 접수→1주
  일 후 승인 텔렉스를 주한 우즈벡 대사관으로 보냄→한국의 여행사
  에서 비자발급.

⑤ 항공권

아시아나항공과 우즈벡항공 두 항공사가 운항하고 있으며, 항공권은
여행사에서 구입하는 것이 저렴합니다. 항공권의 가격은 여행사마다 할
인요금이 각각 다르므로 사전에 잘 알아보고 구입해야 합니다.

2. 인천 국제공항(출국)에서

① 공항도착

- 출발 2시간 전까지는 도착(여객터미널 3층)
- 출입국 카드 작성 및 병무신고(해당자만)

② 탑승수속

해당 항공사 카운터에 탑승권(Boarding pass) 발권 및 수화물 발송. 수화물은 20kg까지 가능(초과 시 kg당 추가요금 부과).

항공기에 가지고 탈수 있는 수화물의 규정은 가로×세로×폭 등은 3면의 합이 115cm미만, 무게 10kg이하 1개입니다. 짐을 붙인 후 반드시 수화물 번호표(tag)를 받고 잘 보관하셔야 합니다.

탑승구 확인 후 환전. (이륙 1시간 전까지 탑승수속을 마쳐야 합니다)

③ 환전

우즈베키스탄의 화폐인 숨은 현지에서 달러로만 환전이 가능하므로 출발 전에 달러로 환전을 하셔야 합니다. 100$에서 1$까지 다양하게 환전하는 것이 좋으며 1$짜리의 경우 공항에서 숙박지까지 택시 이용시 숨 대용으로 사용할 수 있습니다. (타슈켄트 시내에서 2$정도면 어디든 이동 가능합니다)

> 참고) 우즈베키스탄에서는 여행자수표(T/C)의 사용은 거의 없고, 신용카드도 몇몇 고급 업체에서만 사용하므로 꼭 현금을 준비하셔야 합니다.

④ 보안검색

보안검색 X레이기 통과, 개인 소지품도 함께 검사합니다.

⑤ 출국심사

여권, 탑승권, 출입국카드 제시.

⑥ 탑승

탑승구로 이동하여 안내방송에 따라 이륙 30분전까지는 탑승하셔야 하며, 탑승 전 공항면세점에서 쇼핑이 가능합니다. (인천공항의 면세점은 그 규모가 매우 크므로 시간을 넉넉히 가지고 쇼핑을 즐기는 것이 좋습니다)

3. 기내에서

아시아나항공과 우즈벡항공 모두 도착까지 모두 2번의 식사가 제공됩니다(1회는 간편식). 기내에서도 면세품을 구입할 수 있습니다.

4. 타슈켄트 공항(입국)에서

비행기에서 내리면 입국장까지 운행하는 대형 셔틀버스가 대기하고 있습니다. 셔틀버스 하차 후 입국장으로 뛰어가는 승객들도 보이지만 나중에 수속을 완전히 마치는 시간은 비슷합니다. 비자에 문제가 없는 한 우즈벡에서 입국을 거부당하는 경우는 없습니다. 대신 우즈베키스탄은 외환통제가 엄격한 국가이므로 입국시 외환신고에 주의해야 한다.

① 입국심사

여권, 항공권을 제시하면 됩니다. 입국심사 직원은 러시아어만 사용하나, 거의 말이 필요없습니다. 간혹 관광비자의 경우 바우처 제시를 요구하는 경우도 있으나, 이는 제시를 요구하는 자체가 아무런 법적인 근거가 없으므로 없어도 괜찮습니다. (바우처란? 초청여행사에서 어떤 서비스(호텔,

② 세관신고서 작성

(러시아어용, 영어용이 있으며 기내에서 작성하기도 합니다) 반드시 2장을 작성해야 합니다. 우즈베키스탄에 입국할 때 외환보유액은 제한이 없으며, 세관신고서에 기재함으로써 신고를 마치게 됩니다. 하지만 $10,000이상일 경우에는 1%의 관세를 부과하고 있음으로 유의해야 합니다.

소지한 외화는 정확히 기입하는 것이 좋습니다. 신고서는 두 장을 쓰며 세관에 한 장을 내고 나머지 한 장을 잘 보관해야 합니다. 나중에 출국수속할 때 나머지 한 장을 제시해야 하므로 분실에 주의해야 합니다.

③ 수화물 찾기

입국심사 후 화물 컨베이어에서 수화물을 찾습니다. 때로는 아주 늦게 나오는 경우도 많습니다. 우즈베키스탄에서는 기다림에 익숙해져야 한다는 점을 염두에 두십시오.

④ 수화물 투시기 통과 및 세관 통과

모든 수화물을 투시기에 통화시키고, 세관신고서(2장)을 제출하면 직원이 사인을 한 후 한 장은 접수하고 한 장은 돌려줍니다. 한 장은 환전할 때나 출국시 반드시 필요하기 때문에 여권에 꼭 보관하셔야 합니다.

⑤ 짐표(tag)확인

수화물 짐표를 직원에게 주고 확인을 합니다. 짐을 들어주겠다는 포터들과 짐표를 확인하는 공항직원을 구분하기가 어려우며 아주 혼잡스럽습니다. 요즘 짐표 확인은 잘 안하는 편입니다.

참고) 공항문을 나서면 서로 짐을 들어주겠다고 나서는 사람들이 있는데 이들은 수레로 짐을 차 타는 곳까지 실어주고 돈을 받는 직업적인 포터들입니다. 바가지요금이 심해 되도록 짐이 많을 경우만 미리 가격을 흥정한 후 짐을 맡기셔야 합니다. (보통 2,000~3,000숨(3$))

⑥ 여권(passport) 준비

5. 공항에서 숙소까지

호텔이나 여행사직원이 마중을 나오도록 하는 것이 좋습니다. 택시를 이용할 때에는 택시기사와 가격을 미리 흥정한 후 이용해야 합니다. (보통 2,000숨~3,000숨(2~3$))

6. 타슈켄트 공항 (출국)에서

출발 3일전까지 항공권 예약상황을 재확인(리컨펌)해야 하고, 이륙 2시간 전까지 타슈켄트 공항(2층)에 도착하셔야 합니다. 공항 안에는 출국하는 사람만 들어갈 수 있습니다.

• 타슈켄트 국제 공항
출국은 2층에서 하며, 입국은 1층에서 합니다.
– 아시아나 항공 T. 120-7385, 7386
– 우즈벡 항공 T. 115-2907, 115-2908

① 세관신고서 작성
세관신고서 1부를 다시 작성(현재 소지한 $를 입국시 신고한 금액 한도내에서

기입, 금액을 정확히 적어야 합니다). 귀금속, 그리고 고가품 등은 세관신고서에 정확히 기재해야 출국할 때 문제가 되지 않습니다. 마찬가지로 오래된 골동품이나 카펫, 그리고 역사적으로 가치가 있는 품목을 우즈벡에서 가지고 출국할 때는 우즈벡 문화부의 도장을 받은 증명서가 있어야 반출 가능합니다.

② 탑승수속

해당 항공사 카운터에 탑승권 발권 및 수화물을 발송합니다. 수화물에 대해서 아주 깐깐한 편으로 우즈벡 공항은 수화물의 무게를 엄격히 합니다. 20kg까지 가능하며, 초과시 kg당 추가요금이 청구됩니다.

③ 세관 및 수화물 투시기 통과

모든 수화물을 투시기에 통과시키고, 직원에게 새로 작성한 세관신고서와 입국시 신고한 세관신고서를 함께 제출합니다. 입국할 때 신고한 금액보다 더 많이 외화를 가지고 나갈 수 없음에 유의하셔야 합니다.

④ 출국심사

여권, 탑승권 등을 제시합니다.

⑤ 보안검색

보안검색 X레이기 통과, 개인 소지품도 함께 검사합니다.

⑥ 출국대기장으로 이동 및 탑승

탑승 전 공항면세점 이용이 가능합니다.

7. 기내에서

2번의 기내식이 제공됩니다.

8. 인천 국제공항(귀국)에서

① 보안검색

보안검색 X레이기 통과, 개인 소지품도 함께 검사합니다.

② 수화물 찾기

③ 세관검사

400불이상 구매물품 등 신고대상 상품을 가진 사람은 세관신고서 작
성하시고 (주류 1병, 담배 1보루, 향수 5온스 이하 등) 만약 신고물품이 없으면
그냥 통과합니다.

◎ 주우즈베키스탄 대한민국 대사관은 민원인들의 편리를 위해 각종 민원관련 접수 및 문
  의사항을 uzkoremb@koremb.uz 또는 uzconsular@koremb.uz의 주소로 접수하고 있
  습니다.

9. 박물관 및 갤러리 (타쉬켄트 내)

이름	시간	주소(전화번호)	비고
티무르 박물관	월요일 휴일 화-일 10:00-17:00	Amir Temur Ave. 1 132-02-12(13)	
우즈벡 아트 박물관	매일 10:00-19:00	Mpvarainahr str. 16 136-74-36, 136-36-44	
Central Exhibition Hall of Academy of Arts	10:00-17:00	Rashidov Str. 40 56-51-46	전시 바뀌는 동안은 휴관
Museum of Olympid Glory	월-화: 9:30-17:00 토: 10:00-16:00 일요일 휴관	Rashidov str. 4a 144-76-02	
나보이 문학 박물관	월-금: 10:00-17:00 토: 10:00-13:00 일요일 휴관	Navoi str. 69 41-02-75, 144-14-86	문학사 박물관
보로딘 박물관	월-금 10:00-15:00 토,일요일 휴관	Yukay- Yuz. str. 18 133-09-83	그림, 중국 목각을 포함한 작품 전시
역사 박물관	일요일 휴관 10-13시, 14-17시 16시 마지막 입장 가능	Rashidov str. 3 139-10-83	
자연사 박물관	월요일 휴관 화-일 10:00-16:00	Sagban str. 16 40-47-55	
Art salon "Usto-zoda"	월-토 10:00-18:00 일요일 휴관	Movaraunahr str. 1 (kuranty)	우즈벡 도자기, 실크 옷
Museum of Ashrafy	월-금 10:00-15:00 토,일 휴관	Center-1, 15 apt. 25 133-23-84	악기 및 음악가 작품
Museum of Geology	월-금 9:00-16:00 토,일 휴관	Furkat str. 4 45-15-51, 45-13-37	
Museum of Aybek	월-금 10:00-17:00 토,일 휴관	Tezetdinov str. 26	Aybek 살았던 집
Museum of Esenin		Tolstoy blind alley 20 137-11-79	
Memorial to Japanese citizens	매일 (가이드 가능)	Yakkasarayshaya sts. 20 43-38-97	일본군포로 기념 전시관

실크로드의 땅,
중앙아시아의 평원에서

초판 1쇄 인쇄일   2007년 5월 14일
초판 1쇄 발행일   2007년 5월 21일

지 은 이   김준희
만 든 이   이정옥
만 든 곳   평민사
          서울시 서대문구 남가좌2동 370-40
          전화: (02)375-8571(代)
          팩스: (02)375-8573

          평민사 모든 자료를 한눈에 ―
          http://blog.naver.com/pyung1976
          이메일: pyung1976@naver.com

등록번호   제10-328호

ISBN   978-89-7115-483-0   03800

정 가   10,000원